唐风唐韵

唐诗三百首精选

南山◎注析

中国文联出版社
http://www.clapnet.cn

图书在版编目（CIP）数据
唐风唐韵：唐诗三百首精选 / 南山注析. -北京：中国文联出版社，2015.8
ISBN 978-7-5190-0354-8
Ⅰ. ①唐… Ⅱ. ①南… Ⅲ. ①唐诗－诗集 Ⅳ. ①I222.742
中国版本图书馆CIP数据核字(2015)第218438号

唐风唐韵：唐诗三百首精选

注　　析：南　山
出 版 人：朱　庆
终 审 人：奚耀华　　复 审 人：姚莲瑞
责任编辑：陈若伟　　责任校对：柏　杨
封面设计：张子墨　　责任印制：陈　晨
出版发行：中国文联出版社
地　　址：北京市朝阳区农展馆南里 10 号，100125
电　　话：010-65389144（咨询），65067803（发行），65389150（邮购）
传　　真：010-65933115（总编室），010-65033859（发行部）
网　　址：http://www.clapnet.cn
E - mail：clap@clapnet.cn　　chenrw@clapnet.cn
印　　刷：河北信德印刷有限公司
装　　订：河北信德印刷有限公司
本书如有破损、缺页、装订错误，请与本社联系调换
开　　本：880×1230mm　　1/32
字　　数：251千字　　印　张：10.5
版　　次：2015 年 10 月第 1 版　　印　次：2024 年 1 月第 3 次印刷
书　　号：ISBN 978-7-5190-0354-8
定　　价：46.00 元

前 言

唐朝是中国历史上空前强盛的大一统王朝，经济发达，军力强盛，中外交流频繁，而且文化也极其繁荣，其中古典诗歌更是发展到了巅峰时期。据《全唐诗》不完全统计，唐朝产生的有名记载的诗人就有两千三百多位，比如享有盛名的王维、孟浩然、李白、杜甫、白居易、高适等；诗作则有近五万多首，许多至今依然是脍炙人口的名篇佳作。可以说，唐诗是唐代文学的最高标志，开创了中国诗歌发展的新纪元。

唐诗的形式和风格丰富多彩、推陈出新。它不仅继承了汉魏民歌和乐府诗的传统，并且极大地发展了歌行体的样式。无论是缠绵悱恻的《长恨歌》，还是感人至深的《琵琶行》，抑或是沉郁顿挫、充满忧国之思的《茅屋为秋风所破歌》，无不体现出一种创新，一个时代的精气。

此外，唐诗也在继承前代五言、七言古诗的基础上，发展出了叙事言情的长篇巨制和风格优美整齐的近体诗。在当时，近体诗还属于一种新体诗，这种格律诗体将我国古典诗歌音节和谐、文字精炼的艺术特色，推到了前所未有的高度，为古代抒情诗找到了一个最典型、最合适的形式，以至于到如今还备受诗歌爱好者的推崇和模仿。

鲁迅先生曾说："我以为一切好诗，到唐朝已被做完。"当然，这并不是说唐朝之后就没有字韵皆佳的好诗，实在是后来人写古诗，先读一读唐诗是很有必要的。无疑，唐诗代表了中华诗歌的最高成就，在中国乃至世界文坛上都留下了浓墨重彩的笔触。本书收录了众多不同形式和风格的唐诗作品，并对诗作从创作背景、思想内容、情感意趣、结构风格等方面逐篇进行赏析，力求全面地展现出唐诗瑰丽多彩的艺术风姿。

编　者

目 录

五言古诗

乐府

七言古诗

乐府

五言律诗

七言律诗

五言绝句

乐府

七言绝句

乐府

五言古诗

感遇二首

张九龄

其　一

兰叶春葳蕤[①]，桂华秋皎洁[②]。
欣欣此生意[③]，自尔为佳节。
谁知林栖者[④]，闻风坐相悦[⑤]。
草木有本心，何求美人折？

其　七

江南有丹橘，经冬犹绿林。
岂伊地气暖[⑥]，自有岁寒心。
可以荐嘉客[⑦]，奈何阻重深[⑧]。
运命唯所遇，循环不可寻。
徒言树桃李[⑨]，此木岂无阴？

[注释]

① 葳蕤：枝叶茂盛。

② 桂华：即桂花。

③ 欣欣：草木旺盛生长貌。

④ 林栖者：指隐士。

⑤ 坐：因；一说深，极。

⑥ 伊：彼，那里。指“江南”。

⑦ 荐：贡献，陈献。

⑧ 阻重深：指山水阻隔。

⑨ 树桃李：种植桃树李树。这两句的意思是，人们只说是种桃树、李树能得其荫，难道种植丹橘就没有绿荫吗？

[简析]

张九龄是盛唐诗人，玄宗时一代名相。开元末期，唐玄宗沉溺声色，怠于政事，贬斥张九龄，宠任口蜜腹剑的李林甫和专事逢迎的牛仙客。这两首诗即是张九龄被贬荆州长史后所作。他用传统的比兴手法，托物寓意，写了《感遇十二首》。这里选一、七首。诗人借春兰、秋桂以及橘树高洁的品质，来比喻自己不同流合污，坚持政治理想的节操，兼有申述不平之意。

下终南山过斛斯山人宿置酒

李　白

暮从碧山下，山月随人归。
却顾所来径，苍苍横翠微[①]。
相携及田家，童稚开荆扉。
绿竹入幽径，青萝拂行衣。
欢言得所憩，美酒聊共挥。
长歌吟松风[②]，曲尽河星稀。
我醉君复乐，陶然共忘机[③]。

[注释]

① 翠微：青翠的山坡。

② 松风：指古乐府《风入松》曲，也可作歌声随风入松林解。

③ 机：世俗的心机。

[简析]

李白这位唐朝浪漫主义大诗人，被后人誉为“诗仙”。李白曾经两入长安，一次在30岁时，另一次在42岁时，此诗即在长安时所作，但无法考证是哪一次。终南山，在今陕西西安市南，地近京城而又山林幽静；斛斯山人当是一位隐士，同时也是李白的好朋友。这首诗只写一次很平常的做客经历，却写出了最淳朴的感情，很有些田园诗的风范。

月下独酌

李　白

花间一壶酒，独酌无相亲。
举杯邀明月，对影成三人。
月既不解饮，影徒随我身。
暂伴月将影，行乐须及春。
我歌月徘徊，我舞影零乱。
醒时同交欢，醉后各分散。
永结无情游，相期邈云汉[①]。

[注释]

①邈：远。云汉：银河。

[简析]

李白性格孤傲，自视甚高，却被玄宗皇帝视为“非廊庙器”而弃置不用，这对李白是沉重的打击。怀有远大的抱负，却无法改变现状，也没有其他前途可言，于是放浪形骸，寄情山水与诗酒。这首诗即写他用饮酒、赏月打发时光，排遣心中孤寂苦闷的情状。虽是借酒浇愁的孤独苦闷之作，但于放浪的形骸和奇妙的联想中，足以窥见诗人浪漫率真的个性。

春　思

李　白

燕草如碧丝[①]，秦桑低绿枝[②]。

当君怀归日，是妾断肠时。
春风不相识，何事入罗帏[3]？

[注释]

① 燕：指今河北北部一带，当时为戍边之地。

② 秦：今陕西一带，指征夫们的家乡。

③ 罗帏：罗帐。

[简析]

这是一首描写思妇心绪的诗，作品将少妇的心态刻画得逼真细腻。李白有相当数量的诗作描摹思妇的心理，《春思》即是其中著名的一首。在我国古典诗歌中，"春"字往往语带双关，既指自然界的春天，又可比喻青年男女之间的爱情。诗题"春思"之"春"，就包含这两层意思。

望岳

杜甫

岱宗夫如何[1]？齐鲁青未了[2]。
造化钟神秀[3]，阴阳割昏晓。
荡胸生曾云[4]，决眦入归鸟[5]。
会当凌绝顶，一览众山小。

[注释]

① 岱宗：即泰山。《风俗通·山泽篇》："泰山，山之尊者，一曰岱宗。岱，始也；宗，长也。"

② 齐鲁：在今山东省境内。

③ 钟：聚集。

④ 曾：同"层"。

⑤ 眦：眼眶。

[简析]

杜甫这位唐代伟大的现实主义诗人，经历了唐代由盛转衰的过程，因此与诗仙李白相比，杜甫更多的是对国家的忧虑及对民生疾苦的同情，其作品被称为“诗史”，其人则被尊为“诗圣”。

杜甫写泰山的诗很多，而独有这首千百年来为人们所传诵。玄宗开元二十三年（735），诗人到洛阳应进士，结果落第而归，于是北游齐鲁，这首诗即作于此时。该诗结句精妙，气势不凡，意境辽远，将诗人的抱负和理想蕴含其中。

赠卫八处士

杜 甫

人生不相见，动如参与商[①]。
今夕复何夕，共此灯烛光。
少壮能几时，鬓发各已苍。
访旧半为鬼，惊呼热中肠。
焉知二十载，重上君子堂。
昔别君未婚，儿女忽成行。
怡然敬父执[②]，问我来何方。
问答未及已，驱儿罗酒浆[③]。
夜雨剪春韭，新炊间黄粱[④]。
主称会面难，一举累十觞[⑤]。
十觞亦不醉，感子故意长[⑥]。
明日隔山岳，世事两茫茫。

[注释]

① 参（shēn）与商：二星名，参星在西而商星在东，当一个

升起，则另一个落下，永不相见。

② 父执：词出《礼记·曲礼》："见父之执。"意即父亲常相交结的朋友。

③ 罗酒浆：罗摆酒宴。

④ 间（jiàn）：掺合。

⑤ 觞（shāng）：酒杯。

⑥ 故意：老朋友的情谊。

[简析]

此诗作于诗人被贬华州司功参军之后。诗写偶遇少年知交的情景，抒写了人生聚散无常，故友相见倍感亲切，却又悲喜交集。尤其暂聚忽别，不能不让人深感世事渺茫，骤生无限感慨。全诗层次井然，平易真切，感性充沛，极具感染力。而末两句的低徊婉转，更加耐人寻味。

佳人

杜甫

绝代有佳人，幽居在空谷。
自云良家子[①]，零落依草木[②]。
关中昔丧乱[③]，兄弟遭杀戮。
官高何足论，不得收骨肉[④]。
世情恶衰歇[⑤]，万事随转烛[⑥]。
夫婿轻薄儿，新人美如玉。
合昏尚知时[⑦]，鸳鸯不独宿。
但见新人笑，那闻旧人哭。
在山泉水清，出山泉水浊。
侍婢卖珠回，牵萝补茅屋[⑧]。

摘花不插发，采柏动盈掬[9]。
天寒翠袖薄，日暮倚修竹。

[注释]

①良家子：好人家的子弟。

②零落：飘零沦落。依草木：住在山林中。

③丧乱：死亡和祸乱，指遭逢安史之乱。

④骨肉：指遭难的兄弟。

⑤衰歇：衰败失势。

⑥转烛：烛火随风摇摆不定，喻指世事变化无常。

⑦合昏：夜合花，又称合欢树，其叶朝开夜合。常喻指夫妻恩爱。

⑧牵萝：拾取树藤类枝条。卖珠、牵萝都是写佳人生活之艰辛。

⑨采柏：采摘柏树叶。柏为常绿不凋之木，此处佳人有自喻坚贞之意。动：往往。盈掬：一满把。

[简析]

唐肃宗乾元元年（758）六月，杜甫由左拾遗降为华州司功参军，第二年七月，他毅然弃官，拖家带口，客居秦州，负薪采橡栗，自给度日。此作品即写于该年秋天。诗写一个佳人先遭离乱，娘家中落，又被丈夫抛弃，却坚贞不移，幽居度日。关于此诗作意，一向有争论。有人认为是写实，有人则认为全是寄托，但大部分折衷于二者之间。

梦李白 二首

杜　甫

一

死别已吞声[1]，生别常恻恻[2]。

江南瘴疠地，逐客无消息。
故人入我梦，明我长相忆[3]。
恐非平生魂，路远不可测。
魂来枫林青[4]，魂返关塞黑[5]。
君今在罗网，何以有羽翼。
落月满屋梁，犹疑照颜色[6]。
水深波浪阔，无使蛟龙得！

二

浮云终日行，游子久不至。
三夜频梦君，情亲见君意。
告归常局促[7]，苦道来不易[8]。
江湖多风波，舟楫恐失坠。
出门搔白首，若负平生志。
冠盖满京华，斯人独憔悴。
孰云网恢恢，将老身反累[9]。
千秋万岁名，寂寞身后事。

[注释]

① 吞声：饮泣，泣不成声。

② 恻恻：悲痛的样子。

③ 明：知晓。

④ 枫林青：指李白所在的南方。

⑤ 关塞黑：指杜甫所居秦陇地带。

⑥ 颜色：指李白之容颜。

⑦ 告归：辞别归去。局促：不安的样子。

⑧ 苦道：反复恳切地诉说。

⑨ 反累：反而无辜受牵累。

[简析]

唐肃宗乾元元年（758），李白因受永王李璘（玄宗第十六子）事牵连，被下浔阳狱，不久又流放夜郎（今贵州桐梓县），第二年春因天旱大赦，中途放还。好友杜甫此时流寓秦州，只知李白流放，尚不知李白赦还的事，忧念成梦，遂成此二诗。前一首表现诗人对故人吉凶生死的关切；后一首是诗人的咏叹，抒发对李白际遇的愤慨不平和深切同情。两首诗充分表现了杜甫对李白生死不渝的真挚情谊。

送綦毋潜落第还乡①

王　维

圣代无隐者，英灵尽来归②。
遂令东山客③，不得顾采薇④。
既至金门远⑤，孰云吾道非？
江淮度寒食，京洛缝春衣。
置酒长安道，同心与我违⑥。
行当浮桂棹⑦，未几拂荆扉⑧。
远树带行客⑨，孤城当落晖。
吾谋适不用⑩，勿谓知音稀。

[注释]

① 綦毋（qí wú）潜：綦毋为复姓，潜为名，字孝通，唐代江西最有名诗人。王维好友，后人认为其诗风接近王维。

② 英灵：杰出的人才。

③ 东山客：借指隐士。东晋时谢安曾隐居会稽东山。

④ 采薇：指殷末伯夷、叔齐采薇西山。代指隐居。

⑤ 金门：汉宫有金马门，也称金门。此代指朝廷。

⑥ 违：分别。

⑦ 行当：将要。桂棹（zhào）：桂木制的划船工具。

⑧ 荆扉：以荆条做的门，即柴门。此句指已回到了家乡。

⑨ 带：映带。行客：指綦毋潜。

⑩ 吾谋适不用：语出《左传》："子无谓秦无人，吾谋适不用也。"适：偶然。这里是说綦毋潜的才华暂时未被朝廷赏识。

[简析]

王维是一个早熟的作家，九岁即负才名；年十九，赴京应试，举解头（即第一名举子）；二十一岁便中进士。曾一度奉使出塞，此外大部分时间在朝任职。安史之乱中曾被执，拘禁于菩提寺中，安史乱平，以谄贼官而论罪，因曾作诗寄慨，只受到降官的处分，后官至尚书右丞。

这是一首劝慰友人落第的诗。这首送别诗不仅写出了对朋友的关心理解以及慰勉与鼓励，也表现出诗人早期积极入世的思想。全诗感情真挚亲切，诗人为友人的落第而惋惜，对友人的遭遇深表同情，但全诗的格调并不流于感伤，相反显得奋发昂扬。后綦毋潜在唐玄宗开元十四年（726）果登进士第。

送别

王维

下马饮君酒①，问君何所之。
君言不得意，归卧南山陲②。
但去莫复问，白云无尽时。

[注释]

① 饮：使动词，请别人喝。

② 南山：指终南山。陲：边。

[简析]

这首诗不知是送给谁的，似乎彼此都很了解。看似平淡的语句，细读起来，却是词浅情深，意味悠远。将要离开的人想来是要归隐，至于为什么不得意，只是一语带过，并无半点牢骚，诗人也不纠缠追问，也无需追问，因为他们情投意合，心意相通，都具有飘逸的性情、豁达的襟怀以及对隐居生活的向往。诗的后两句韵味正在此。

青　溪

王　维

言入黄花川[①]，每逐青溪水[②]。
随山将万转，趣途无百里[③]。
声喧乱石中，色静深松里。
漾漾泛菱荇[④]，澄澄映葭苇[⑤]。
我心素已闲[⑥]，清川澹如此。
请留磐石上，垂钓将已矣[⑦]。

[注释]

① 黄花川：今陕西凤翔县东北黄花镇附近。

② 青溪：今陕西沔县之东。

③ 趣途：趣同“趋”，指走过的路途。

④ 菱荇（líng xìng）：泛指水草。

⑤ 葭苇（jiā wěi）：泛指芦苇。

⑥ 素：向来。

⑦ 将已矣：将以此终其身；从此算了。

[简析]

诗题一说《过青溪水作》，大约是王维初隐陕西蓝田南山时所作。写一条不甚知名的溪水，却很能体现王维山水诗的特色，每一句都可以独立成为一幅优美的画面，而且配有音效。溪流随山势蜿蜒，在乱石中奔腾咆哮，在松林里静静流淌，水面微波荡漾，各种水生植物随波浮动；溪边的巨石上，垂钓老翁悠闲自在。诗人正是有意借青溪来为自己写照，以清川的淡泊来印证自己的夙愿，心境、物境在这里融合为一。

渭川田家

王　维

斜阳照墟落[①]，穷巷牛羊归[②]。
野老念牧童[③]，倚杖候荆扉。
雉雊麦苗秀[④]，蚕眠桑叶稀[⑤]。
田夫荷锄至，相见语依依。
即此羡闲逸[⑥]，怅然吟《式微》[⑦]。

［注释］

① 墟落：村庄。

② 穷巷：深巷。

③ 野老：村野老人。

④ 雉雊（zhì gòu）：野鸡鸣叫。

⑤ 蚕眠：蚕蜕皮时，不食不动，像睡眠一样。

⑥ 即此：指上面所说的情景。

⑦ 式微：《诗经·邶风》中的篇名，其中有“式微式微，胡不归”的句子，表归隐之意。

［简析］

王维年轻时好求上进，积极参与政事，多年宦海沉浮之后把一切都看淡了，欣羡自然，并写下了许多优美的山水诗和反映农家生活的田园诗。《渭川田家》就是其中一首。诗人用白描的手法，绘制出一幅春末夏初的乡村景象图，表现出对田园闲逸的欣羡之情，也流露出诗人的归隐之意。全诗内容的中心就在“归”字上，写景抒情浑然一体，画龙点睛式地揭示了主题。最后一句是全诗的重心与灵魂，“即此羡闲逸，怅然吟《式微》”。

西施咏

王　维

艳色天下重，西施宁久微①。
朝为越溪女②，暮作吴宫妃。
贱日岂殊众③，贵来方悟稀④。
邀人傅脂粉，不自著罗衣⑤。
君宠益娇态，君怜无是非。
当时浣纱伴，莫得同车归。
持谢邻家子⑥，效颦安可希⑦。

[注释]

① 宁久微：哪里会久居微贱呢。

② 越溪：西施浣纱之地，即浙江绍兴东南之若耶溪。

③ 岂殊众：哪里有什么不同啊。

④ 稀：与众不同。

⑤ 此两句是说西施贵显之后，梳洗打扮都有专人侍奉，不必自己动手。

⑥ 持谢：奉告。

⑦ 安可希：怎能希望获得西施那样的幸运呢。

[简析]

历代咏西施的诗很多，而王维这首别具一格。诗人以西施为题，写出了世态的炎凉。同时，结尾两句也表露出人生浮沉，还要凭际遇，并不全与才能相关，又何必效颦营求呢？表现出诗人看淡人生、随性自然的心境。

秋登万山寄张五

孟浩然

北山白云里[①]，隐者自怡悦[②]。
相望试登高[③]，心随雁飞灭。
愁因薄暮起[④]，兴是清秋发[⑤]。
时见归村人，沙行渡头歇[⑥]。
天边树若荠[⑦]，江畔洲如月[⑧]。
何当载酒来，共醉重阳节。

[注释]

① 北山：襄阳西北十里，故云。即万山。

② 隐者：诗人自谓。

③ 此句意味因望你而登高。

④ 薄暮：即傍晚。

⑤ 兴：兴致。

⑥ 沙行：在沙滩上行走。

⑦ 荠：荠菜，是说远望树像荠菜一样细小。

⑧ 洲：一作“舟”。

[简析]

孟浩然生当盛唐，曾得张九龄和王维的赏识，早年有用世之志，但政治上困顿失意，遂隐居家乡襄阳。其耿介不随的性格和清白高尚的情操，为当时和后世所倾慕，李白称赞他：“红颜弃轩冕，白首卧松云。”其诗尤以五言见长，意境清远，风致恬淡自然。本诗是一首怀人之作。诗人怀故友而登高，望飞雁而孤寂，临薄暮而惆怅，处清秋而发兴，自然希望好友能来一起共度佳节。

夏日南亭怀辛大

孟浩然

山光忽西落[①]，池月渐东上[②]。
散发乘夕凉[③]，开轩卧闲敞[④]。
荷风送香气，竹露滴清响。
欲取鸣琴弹，恨无知音赏。
感此怀故人，终宵劳梦想。

[注释]

① 山光：傍山的日影。

② 池月：池边的月色。

③ 散发：古人束发，散发是一种放浪不羁的行为。

④ 开轩：开窗。闲敞：舒适宽敞的地方。

[简析]

孟浩然诗的特色是“遇景入咏，不拘奇抉异”（皮日休语），虽只就闲情逸致作清描淡写，却往往能引人渐入佳境。《夏日南亭怀辛大》是其代表性的名篇。诗以景入情，表达怀念友人的情思。辛大是诗人的同乡好友，两人常在夏日来南亭纳凉饮酒。

宿业师山房待丁大不至

孟浩然

夕阳度西岭，群壑倏已暝[①]。
松月生夜凉，风泉满清听[②]。

樵人归欲尽，烟鸟栖初定[③]。
之子期宿来[④]，孤琴候萝径[⑤]。

[注释]

① 壑（hè）：山谷。倏（shū）：突然。暝：昏暗。

② 风泉：指风声和泉水共鸣。

③ 烟鸟：暮烟中的归鸟。

④ 之子：此子，这个人，指丁大。期宿来：相约来住宿。

⑤ 萝径：藤萝悬垂的山径。

[简析]

业师是法名业的僧人，丁大是孟浩然的朋友。这首诗写在山间夜宿，期待友人，抱琴而待。本是极平常的事，但却挥洒自如，诗中有画，极富美感。

同从弟南斋玩月忆山阴崔少府

王昌龄

高卧南斋时[①]，开帷月初吐[②]。
清辉澹水木[③]，演漾在窗户[④]。
荏苒几盈虚[⑤]？澄澄变今古。
美人清江畔，是夜越吟苦[⑥]。
千里其如何？微风吹兰杜[⑦]。

[注释]

① 南斋：书斋。

② 帷（wéi）：帘幕。

③ 澹：摇荡貌。此句是说月亮的清辉在水上与树间流动。

④ 演漾：水流摇荡。

⑤ 盈虚：指月的圆缺。

⑥ 越：山阴所在乃古越国地。前句清江也即越地的曹娥江，美人则指代崔少府。

⑦ 兰杜：兰草和杜若，皆香草名。风吹兰杜，馨香远闻。

[简析]

王昌龄，山西太原人，是盛唐著名的边塞诗人。早年贫贱，困于农耕，年近不惑，始中进士。安史之乱时，为刺史闾丘晓所杀。其诗以七绝见长，尤以登第之前赴西北边塞所作边塞诗最著。他的边塞诗气势雄浑，格调高昂，充满了积极向上的精神。

王昌龄本不以古体诗见长，但这首观月怀友的五言古诗，却写得恬淡悠远，耐人品味。由优美的月色而引出人生的感慨与哲思，进而触景生情怀念起远方的友人，馨香远闻，遥寄思慕。

寻西山隐者不遇

邱　为

绝顶一茅茨[①]，直上三十里。
扣关无僮仆，窥室唯案几。
若非巾柴车[②]，应是钓秋水。
差池不相见[③]，黾勉空仰止[④]。
草色新雨中，松声晚窗里。
及兹契幽绝[⑤]，自足荡心耳。
虽无宾主意，颇得清净理。
兴尽方下山，何必待之子。

[注释]

① 茅茨：茅屋。

② 巾柴车：即给简陋的车子盖上帷幔，巾作动词用。引申为

乘车出行之意。

③ 差（cī）池：原为不齐的样子，这里指我来了，隐者却外出了，彼此错过。

④ 黾（mǐn）勉：勉励，有殷勤意。

⑤ 及兹：到此。契：合，接触。幽绝：指此间清幽绝美的景色。

[简析]

邱为，在诗坛的活动，主要是唐玄宗开元、天宝年间，其传世作品不多。本诗之所以广为流传，在于它写隐逸之情时另辟蹊径，重点不是写不遇的失望，而是由清幽绝美的环境感悟了隐逸之趣与清净之理，能够乘兴而来，兴尽而归，洒脱自然。

春泛若耶溪

綦毋潜

幽意无断绝[①]，此去随所偶[②]。
晚风吹行舟，花路入溪口。
际夜转西壑[③]，隔山望南斗[④]。
潭烟飞溶溶[⑤]，林月低向后。
生事且弥漫[⑥]，愿为持竿叟。

[注释]

① 幽意：指寻奇探幽、放任自适的兴致。

② 随所偶：即随所遇。

③ 际夜：到了夜晚的时候。

④ 南斗：星座名，因在北斗之南，故称。

⑤ 潭烟：指晚上潭面的雾气。溶溶：广大的样子，这里形容暮霭迷濛。

⑥ 生事：指世间事。

[简析]

前说綦毋潜是王维的好友，落地归乡时王维有送别诗，那是在玄宗开元八年（720）。开元十四年，他再次赴京应试，终于进士及第。之后便入仕途，官阶不高，期间也如他的友人们一样萌发归隐之意，“安史之乱”后第二次归隐，从此不仕。

这首诗写春日乘晚风随意泛舟，突出地反映了诗人随遇而安的心境，触景生情，归隐之意甚浓。殷璠说綦毋潜“善写方外之情”（《河岳英灵集》），这种特色此诗足以体现，诗人以幽意的情怀、自适的兴致把夜景摹写得清幽而不荒寂，有一种不事雕琢的自然美，体现出兴味深长的意境。

宿王昌龄隐居

常　建

清溪深不测，隐处唯孤云。
松际露微月，清光犹为君。
茅亭宿花影，药院滋苔纹①。
余亦谢时去②，西山鸾鹤群③。

[注释]

① 药院：种植芍药的院落。

② 谢时：摆脱世俗之累，指归隐。

③ 鸾鹤群：与鸾鹤为伍。

[简析]

常建是一位怀才不遇的诗人，与王昌龄为开元十五年（727）同榜进士。他的诗无富贵气，但属思精妙，境界清远。在这首诗里，诗人细致地描绘了王昌龄隐居之处的自然景色，平实中蕴含着比兴寄喻，流露出自己对此隐逸生活的羡慕之情，末两句直接说出要“谢时去”，来西山与鸾鹤相伴为伍。

与高适薛据登慈恩寺浮图①

岑 参

塔势如涌出，孤高耸天宫。
登临出世界，磴道盘虚空②。
突兀压神州，峥嵘如鬼工。
四角碍白日，七层摩苍穹。
下窥指高鸟，俯听闻惊风。
连山若波涛，奔走似朝东。
青槐夹驰道，宫观何玲珑。
秋色从西来，苍然满关中。
五陵北原上③，万古青濛濛。
净理了可悟④，胜因夙所宗⑤。
誓将挂冠去，觉道资无穷⑥。

[注释]

① 浮图：原是梵文佛陀的音译，这里指佛塔。慈恩寺浮图即今西安大雁塔。

② 磴道：塔内阶梯石道。

③ 五陵：指汉代五个帝王的陵墓，即高祖长陵、惠帝安陵、景帝阳陵、武帝茂陵及昭帝平陵。

④ 净理：清净的佛理。了：了然，明了。

⑤ 胜因：佛家语，是说胜妙的善因。夙：向来，平素。宗：信仰。

⑥ 觉道：佛家使人觉悟的道理。这句是说佛家的禅理可以使人取用无穷。

[简析]

岑参是唐玄宗天宝三年（744）进士，著名的边塞诗人。其早年的诗作风华绮丽，从戎后转趋雄奇。此诗是天宝十一年（752）秋在长安作。慈恩寺是唐高宗作太子时为故去的母亲所建，故名。当时，与岑参同游题咏的还有高适、薛据和杜甫。诗写登塔的见闻和感想，状写塔的崔巍和景色的壮丽十分到位，由塔的孤高和登临后的四方瞭望，忽而领悟禅理，油然而生出世的念头。

贼退示官吏 并序

元　结

癸卯岁，西原贼入道州[①]，焚烧杀掠，几尽而去。明年，贼又攻永破邵[②]，不犯此州边鄙而退。岂力能制敌欤，盖蒙其伤怜而已。诸使何为忍苦征敛，故作诗一篇以示官吏。

昔年逢太平，山林二十年。
泉源在庭户，洞壑当门前。
井税有常期，日晏犹得眠。
忽然遭世变，数岁亲戎旃[③]。
今来典斯郡[④]，山夷又纷然[⑤]。
城小贼不屠，人贫伤可怜。
是以陷邻境，此州独见全。
使臣将王命，岂不如贼焉？
今被征敛者，迫之如火煎。
谁能绝人命，以作时世贤[⑥]！
思欲委符节，引竿自刺船[⑦]。
将家就鱼麦[⑧]，归老江湖边。

［注释］

① 西原贼：当时对广西西原地区少数民族的称呼。道州：在今湖南境。

② 攻永破邵：永和邵即永州和邵州，都在今天湖南境内。

③ 亲戎旃（zhān）：戎旃指军中营帐，亲戎旃是说亲自参与战事。

④ 典：掌管。斯郡：此郡，即道州。

⑤ 山夷：即前所说的“西原贼”。

⑥ 此二句是说：谁能忍心断绝百姓生路而去获取上司称许的所谓“贤能”之名呢？

⑦ 委：放弃。符节：做官的凭证。刺船：撑船。这两句是说想要辞官而去。

⑧ 将家：携带家眷。就：靠近。

[简析]

元结，河南人，天宝十二年（753）进士，安史之乱中曾组织义军抗击史思明南侵，有战功。他早年居住乡间，关心民瘼，为地方官时，采取过一些利民措施。他有一部分讽喻时政的诗，明显表现出对人民疾苦的深切同情。

此诗作于安史之乱初定后，当时诗人授道州刺史。道州地处江南，虽不像中原地区那样直接遭受战火摧残，但官府的横征暴敛使其处境并不比中原为优。这首诗正表达了诗人对“官不如贼”的愤慨，词意深沉，感情激愤。这对本身也是官吏的诗人来说，难能可贵。

郡斋雨中与诸文士燕集①

韦应物

兵卫森画戟②，燕寝凝清香③。

海上风雨至，逍遥池阁凉。

烦疴近消散④，嘉宾复满堂。

自惭居处崇，未瞻斯民康⑤。

理会是非遣⑥，性达形迹忘。

鲜肥属时禁⑦，蔬果幸见尝。

俯饮一杯酒，仰聆金玉章。
神欢体自轻，意欲凌风翔。
吴中盛文史，群彦今汪洋[8]。
方知大藩地[9]，岂曰财赋强。

［注释］

① 郡斋：指州郡衙门的休息室。燕集：举行宴会。

② 森：密密地排列。

③ 燕寝：私室，内室，这里指休息的地方。燕同“宴”。

④ 烦疴：烦闷与疾病。

⑤ 居处崇：地位高贵。斯民康：人民康乐。这两句说自己很惭愧，地位高生活好，却未能使老百姓过上好日子。

⑥ 会：通。遣：排遣。意思是说，道理弄通了，就能排遣世俗是非。

⑦ 鲜肥：指荤腥食物。时禁：古代遇到灾荒，往往断屠，禁酒肉。

⑧ 彦：许多有才学的文士。汪洋：指诸文士文章气度恢弘。

⑨ 大藩地：原指王侯的封地，这里指大郡苏州。

［简析］

韦应物，今陕西西安人，15 岁起便为玄宗侍卫，出入宫闱，扈从游幸。早年豪纵不羁，横行乡里，乡人苦之；安史之乱起，玄宗奔蜀，他流落失职，始立志读书，少食寡欲，常“焚香扫地而坐”。因做过苏州刺史，世称“韦苏州”。

他的诗风恬淡高远，善于写景和描写隐逸生活。此诗便是韦应物晚年任苏州刺史时所作。通过与文友聚会时的情景描绘，写出闲适生活的情趣。朴素平淡的语言中，突显出秀丽清朗的风格。

初发扬子寄元大校书[1]

韦应物

凄凄去亲爱[2]，泛泛入烟雾。

归棹洛阳人，残钟广陵树[3]。
今朝此为别，何处还相遇。
世事波上舟，沿洄安得住[4]。

[注释]

① 扬子：指扬子津，在长江北岸。校书：即校书郎，官名，掌管校书籍。

② 去：离开。亲爱：相亲相爱的朋友，指元大。

③ 广陵：今江苏省扬州市。此句意谓：船行渐远，回望广陵，只有晓钟的余音穿过依稀的树影遥送入耳。

④ 沿洄：顺流而下为沿，逆流而上为洄，这里指处境的顺逆。住：停止。此两句是说世事捉摸不定，就像水上之舟漂泊不定一样。

[简析]

这首诗写于韦应物离开广陵回洛阳去的途中。元大是他在广陵的朋友，诗中以“亲爱”相称，可见彼此感情颇深。这首诗以“归棹洛阳人，残钟广陵树”十字最为著名。诗人和元大分手，是不忍分离而又不得不分离的难舍难分。以至于在还能望见广陵城外的树，还能听到寺庙钟声的时候，就忍不住要写诗寄元大了。此诗感情色彩十分浓郁，经过由景到情的推进和渲染，末两句又不由得发出世事本就不能由个人作主的感慨，既是开解自己，也是安慰朋友。表面平淡，内蕴深厚，这是韦应物擅长运用的艺术手法。

寄全椒山中道士[1]

韦应物

今朝郡斋冷，忽念山中客。
涧底束荆薪[2]，归来煮白石[3]。
欲持一瓢酒，远慰风雨夕。
落叶满空山，何处寻行迹。

[注释]

① 全椒山：今安徽省全椒县西三十里的神山。

② 荆薪：柴草。

③ 白石：葛洪《神仙传》云："白石先生者，中黄丈人弟子也，尝煮白石为粮，因就白石山居，时人故号曰白石先生。"

[简析]

这首诗被称为韦诗中的名篇，颇有陶渊明的风格。韦应物这首诗，情感和形象的配合十分自然，有人说它"一片神行"，有人说是"化工笔"。诗人由郡斋的冷而想到山中的道士，再想到送酒去安慰他们，终又觉得找不着他们而无可奈何；而自己心中的寂寞之情，也终于无从排遣。诗人描写这些复杂的感情，是通过感情和形象的配合来体现的，构成了情韵深长的意境，很耐人寻味。

长安遇冯著

韦应物

客从东方来，衣上灞陵雨[①]。
问客何为来？采山因买斧[②]。
冥冥花正开[③]，飏飏燕新乳[④]。
昨别今已春，鬓丝生几缕？

[注释]

① 灞陵：即霸陵，汉文帝陵墓，在今陕西省西安市东，因地处霸上而得名。

② 采山：进山采樵，喻有归隐山林之意。

③ 冥冥：形容造化默默无语的情态。

④ 飏飏（yáng）：鸟飞翔的样子。燕新乳：指小燕初生。

[简析]

冯著是诗人韦应物的朋友，韦应物赠冯著诗现存四首。据韦诗所写，冯著是一位有才有德但仕途失意的名士，颇擅文名。他先在家乡隐居，清贫守真，后来到长安谋仕，约在大历四年（769）应征赴幕到广州，数年过去，仍未获官职，便于约大历十二年（777）再到长安。韦应物对这样一位朋友是深为同情的，诗中以亲切而略带诙谐的笔调，对失意的冯著深表体贴和慰勉。全诗清新活泼，含蓄风趣，惹人喜爱。

夕次盱眙县①

韦应物

落帆逗淮镇②，停舫临孤驿。
浩浩风起波，冥冥日沉夕。
人归山郭暗，雁下芦洲白③。
独夜忆秦关，听钟未眠客④。

[注释]

① 次：停泊。盱眙（xū yí）：今属江苏，地处淮水南岸。

② 逗：停留。淮镇：淮水旁的市镇，指盱眙。

③ 芦洲：芦苇丛生的水洲。

④ 客：诗人自称。此二句意为孤独之夜，怀念家乡。

[简析]

这是一首写旅途客思的诗。诗人因路遇风波而夕次孤驿，在孤驿中所见全是秋日傍晚的萧索景象，夜听寒钟思念故乡，彻夜难眠。一片思乡之情和愁绪全寄托于景物的描写之中。诗的妙处就在寓情于景，情景交融，用环境、氛围来衬托诗人的心绪。韦应物乃唐代花间派的代表人物，其诗风委婉含蓄，善于借物抒情。

东郊

韦应物

吏舍跼终年[①]，出郊旷清曙[②]。
杨柳散和风，青山澹吾虑[③]。
依丛适自憩[④]，缘涧还复去[⑤]。
微雨霭芳原，春鸠鸣何处。
乐幽心屡止，遵事迹犹遽[⑥]。
终罢斯结庐，慕陶直可庶[⑦]。

[注释]

① 跼（jú）：拘束。

② 旷清曙：在清幽的曙色中得以精神舒畅。

③ 澹吾虑：澄净思绪。

④ 丛：树林。憩：休息。

⑤ 缘：沿着。涧：山沟。还复去：徘徊往来。

⑥ 此二句意谓：自己颇爱东部的幽静，想住下来，却因公事在身，行迹还是很匆忙。

⑦ 此二句意谓：终当辞官在此结庐而居，平生敬慕陶潜的愿望，到这时差不多就可以实现了。

[简析]

这是韦应物晚年的一首春日郊游诗，此时他对陶渊明极为向往，不但做诗效陶体，而且在生活上也慕陶。该诗写诗人放下公牍庶务走出官衙，呼吸到郊外清新的空气而心旷神怡。感慨心虽乐此，却屡屡公事在身而行迹匆忙，于是铭志终有一天要在此结庐长住，实现陶渊明那样的隐居之志。诗人以真情实感诉说了官场生活的繁冗乏味，表现出对官场生活的厌倦，抒发了回归自然的清静快乐。不但话真情真，也是风景陶冶情怀的绝唱。

送杨氏女[①]

韦应物

永日方戚戚[②]，出行复悠悠。
女子今有行[③]，大江溯轻舟。
尔辈苦无恃[④]，抚念益慈柔。
幼为长所育[⑤]，两别泣不休。
对此结中肠，义往难复留。
自小阙内训，事姑贻我忧[⑥]。
赖兹托令门，仁恤庶无尤[⑦]。
贫俭诚所尚，资从岂待周[⑧]。
孝恭遵妇道，容止顺其猷[⑨]。
别离在今晨，见尔当何秋。
居闲始自遣，临感忽难收。
归来视幼女，零泪缘缨流。

[注释]

① 杨氏女：指女儿嫁给杨家。

② 永日：整天。戚戚：伤悲的样子。

③ 行：出嫁。

④ 尔辈：你们，指韦应物的孩子们。无恃：指年幼丧母。

⑤ 此句下作者自注曰："幼女为杨氏所抚育。"

⑥ 事姑：侍奉婆婆。此两句是说：担心女儿因丧母缺乏闺中妇德的教诲，而侍姑不周。

⑦ 无尤：没有过失。

⑧ 资从：嫁妆。

⑨ 猷（yóu）：规矩、法则。

［简析］

这是一首送女出嫁的好诗。诗人早年丧妻，幼女为长女抚育长大，感情颇深。女儿即将远行，作为兼父母之爱的老父，本就心有不舍，再看到两个女儿“两别泣不休”更是把抓柔肠。可是情难敌义，女大当嫁是天经地义的事。于是强忍泪水，送女出行，怜其无恃，反复叮咛，谆谆教诲。送走女儿才发现还是控制不了自己，只能与幼女相对而泣。全诗朴实无华却情真语挚，慈父爱，骨肉情，十分感人。

晨诣超师院读禅经①

柳宗元

汲井漱寒齿②，清心拂尘服。
闲持贝叶书③，步出东斋读。
真源了无取，妄迹世所逐。
遗言冀可冥④，缮性何由熟⑤。
道人庭宇静⑥，苔色连深竹。
日出雾露馀，青松如膏沐⑦。
澹然离言说⑧，悟悦心自足⑨。

［注释］

① 诣（yì）：到。超师：名字叫超的和尚。

② 汲井：从井里打水。

③ 贝叶书：佛经。《汉书 · 西域传》：“西域有贝多树，国人以其叶写经，故曰贝叶书。”

④ 遗言：指佛家经典。冀：希望。冥：暗合，

⑤ 缮性：修心养性。这两句是说，佛经所言还有希望心领神会，可还是不知道通过什么途径才能使本性修炼到纯熟完满的程度。

⑥ 道人：有道之人，这里指超师。

⑦ 膏沐：本指润发的油脂。这里引申为洗沐、润泽。

⑧ 离言说：难以用言语来表达。

⑨ 悟悦：悟道之乐。

[简析]

柳宗元是唐宋八大家之一，不仅文学上有造诣，而且还是一位思想家，与韩愈共同倡导了唐代古文运动。诗人原是有志于积极用世的封建知识分子，在社会政治思想和伦理道德观念上坚信儒家学说，以承继往圣的道统为责任；同时又在佛教盛行的唐代深受濡染和影响，主张“统合儒释”。

这首诗是诗人被贬永州时所作。诗人清晨早起，到附近僧人超师的寺院去读佛经，有所感而写下这首抒情诗，曲折地表达了埋藏在心底的抑郁之情，同时又流露出一种寻求超脱、流连闲适佳境“寄至味于澹泊”的复杂心情。

溪 居

柳宗元

久为簪组束[①]，幸此南夷谪[②]。
闲依农圃邻，偶似山林客。
晓耕翻露草，夜榜响溪石[③]。
来往不逢人，长歌楚天碧[④]。

[注释]

① 簪组：古代官吏的服饰，代指为官生涯。

② 南夷：古代对南方少数民族的称呼，这里指永州。谪：贬官流放。

③ 榜：此处读“彭”音，划船之意。响溪石：水激溪石的声响。

④ 楚天：永州原属楚地，故称。

[简析]

这首诗是柳宗元贬官永州居处冉溪之畔时的作品。唐元和五年(810)，柳宗元在零陵西南游览时，发现了曾为冉氏所居的冉溪，因爱其风景秀丽，遂迁居于此，并改名为愚溪，以表其愚人之志。这首《溪居》是闲与闷的吟咏，初读使人仿佛感受到陶渊明“采菊东篱下，悠然见南山”的情怀，但细细品味，一种“强欢强乐”之感便会油然而生。

乐府

塞上曲

王昌龄

蝉鸣空桑林[①]，八月萧关道[②]。
出塞入塞寒，处处黄芦草。
从来幽并客[③]，皆共尘沙老。
莫学游侠儿，矜夸紫骝好[④]。

[注释]

① 空桑林：桑林因秋来落叶而变得空旷、稀疏。

② 萧关：宁夏古关塞名。

③ 幽并：幽州和并州，今河北、山西和陕西一部分。

④ 矜：自夸。紫骝：紫红色的骏马。

[简析]

王昌龄是盛唐时享有盛誉的一位诗人，《全唐诗》对其诗的评价是“绪密而思清”。幽州和并州都是唐代边塞之地，是有志青年建功立业、追逐名利的舞台，可是这首诗开篇便描写了塞外肃杀的秋景，继而想到这些征人最终不过是“皆共尘沙老”罢了。如果说这是无可奈何的惋惜，那么若再像市井游侠般自恃勇武、耀武扬威，甚至惹是生非，就是一种悲哀了。这是对唐代锦衣少年浮夸风气的讽喻，也是诗人反战情绪的深层表达。

塞下曲

王昌龄

饮马渡秋水，水寒风似刀。
平沙日未没，黯黯见临洮[①]。

昔日长城战，咸言意气高[②]。
黄尘足今古[③]，白骨乱蓬蒿[④]。

[注释]

① 黯黯：模糊不清的样子。临洮（táo）：今甘肃岷县一带，地邻洮水，是长城起点。

② 咸言：都说。

③ 足：充满。

④ 乱蓬蒿：散乱在蓬蒿之中。

[简析]

《塞上曲》《塞下曲》都出于汉乐府《出塞》《入塞》，属横吹曲辞，多写边塞战争，“盖军中之乐也”（郭茂倩《乐府诗集》）。这种曲辞到了唐代大为流行，成为新乐府辞。以上两首似乎都是天宝年间所作，表达了诗人的非战思想。一隐一显，手法虽不同，但主旨一致，具有强烈的人民性和历史纵深感。语言简炼，极富表现力。

关山月[①]

李　白

明月出天山[②]，苍茫云海间。
长风几万里，吹度玉门关[③]。
汉下白登道[④]，胡窥青海湾[⑤]。
由来征战地，不见有人还。
戍客望边邑[⑥]，思归多苦颜。
高楼当此夜[⑦]，叹息未应闲。

[注释]

① 关山月：古乐府名，多抒离别哀伤之情。

② 天山：指祁连山，位于今青海、甘肃两省交界处。

③ 玉门关：在今甘肃敦煌西，古代通向西域的交通要道。

④ 白登：白登山，在今大同东北。匈奴曾围困汉高祖刘邦于此。

⑤ 胡：此指吐蕃。青海湾：指青海湖，在今青海西宁附近。

⑥ 戍客：驻守边疆的将士。边邑：泛指边境地区。

⑦ 高楼：古诗中多以高楼指闺阁，这里指戍边将士的妻子。

[简析]

唐代虽然国力强盛，但边关战事却从未停息过，李白的这首《关山月》就是一首反映当时无数戍边将士及后方思妇愁苦的力作。诗人在开篇以浑宏的笔力描绘出关、山、月三种因素在内的辽阔的边塞图景，为下文作渲染和铺垫，水到渠成地引出征人怀乡的情绪、战争的悲惨残酷，乃至征夫与思妇两地相思的愁苦。同时，也表达了诗人向往国泰民安的美好愿望。

子夜吴歌[①]

李　白

长安一片月，万户捣衣声[②]。
秋风吹不尽，总是玉关情[③]。
何日平胡虏，良人罢远征[④]。

[注释]

① 子夜吴歌：古乐府名。相传是晋代一名叫子夜的女子创制，因起自吴地，故名。多写哀怨眷恋之情。

② 捣衣声：捣衣时，砧与杵相撞发出的声音。

③ 玉关情：对玉门关外征战的夫君的思念之情。

④ 良人：古时妻子称丈夫为良人。这里指远在玉门关外的丈夫。

[简析]

这首诗写征夫之妻秋夜怀思远在边陲的丈夫，希望早日结束战争，丈夫能够早日还家。虽未直写爱情，却字字渗透着不尽的情意；虽未高谈时局，却又不离时局。情调用意俨然边塞诗的风韵，而且情景交融，感情真挚，荡气回肠，读来让人怦然心动。

长干行[①]

李　白

妾发初覆额，折花门前剧[②]。
郎骑竹马来，绕床弄青梅[③]。
同居长干里，两小无嫌猜。
十四为君妇，羞颜未尝开。
低头向暗壁，千唤不一回。
十五始展眉，愿同尘与灰[④]。
常存抱柱信[⑤]，岂上望夫台。
十六君远行，瞿塘滟滪堆[⑥]。
五月不可触，猿声天上哀。
门前迟行迹，一一生绿苔。
苔深不能扫，落叶秋风早。
八月蝴蝶黄，双飞西园草。
感此伤妾心，坐愁红颜老。
早晚下三巴[⑦]，预将书报家。
相迎不道远[⑧]，直至长风沙[⑨]。

[注释]

① 长干行：古乐府旧题。长干，古金陵里巷名，其地有山冈，江东称山陇之间为“干”。

② 剧：游戏。

③ 床：这里指坐具。

④ 尘与灰：犹至死不渝，死了化作灰尘也要在一起。

⑤ 抱柱信：《庄子·盗跖》载，相传有个叫尾生的人，与一女子相约在桥下见面，届时女子未来，潮水却至，尾生守信不肯离去，抱着柱子被水淹死。

⑥ 滟滪（yàn yù）堆：瞿塘峡口的一块大礁石。《太平寰宇记》中民谣有“滟滪大如幞，瞿塘不可触”句，是说农历五月涨水没礁，船只易触礁翻沉。

⑦ 下三巴：指丈夫从三巴东下回家。三巴即古巴郡、巴西、巴东的总称，在今四川东北部。

⑧ 不道远：不嫌远。

⑨ 长风沙：地名，在今安徽安庆东的长江边上。陆游《入蜀记》：“自金陵至长风沙七百里。”

[简析]

这是一首具有强烈艺术感染力的爱情叙事诗。诗写一位年轻商妇对久别丈夫的思念，真切地表达了商妇炽热而专一的感情。诗从两人天真烂漫、两小无猜的童年写到丈夫远离后的深切思念，将初嫁的羞涩、新婚的喜悦和坚贞不渝的心愿抒写得十分细腻生动。此诗千百年来脍炙人口，“青梅竹马，两小无猜”也成为后世用来形容自幼要好的有情人终成眷属的成语。

列女操[①]

孟　郊

梧桐相待老[②]，鸳鸯会双死。

贞妇贵殉夫，舍生亦如此[③]。

波澜誓不起，妾心古井水[④]。

[注释]

① 操：琴曲名，也是诗题的一种。大多是用他物起兴本意。此诗即以梧桐偕老、鸳鸯双死兴起烈女殉夫的主题。

② 相待老：古代传说，梧与桐乃一雄一雌之树，同长同老，同生同死。

③ 亦如此：即像梧桐、鸳鸯那样。

④ 古井水：古井之水永远不会起波澜，也即表示自己心志坚定。

[简析]

孟郊是中唐诗人，与贾岛合称“郊岛”。他们都际遇不佳，官职卑微，一生穷困，一生苦吟。孟郊性情耿介寡合，却与韩愈一见如故，诗酒唱和。韩愈说孟郊诗“横空盘硬语，妥贴力排奡（ào）”。

孟郊诗以五言古诗为主，不作律诗，诗风大都质朴自然、表情达意深刻生动。此诗歌颂贞妇、表彰洁烈，反映了诗人的局限性，或早已不合时宜，但结合诗人身世性格，这里的“烈女”似乎正是诗人誓不与豪门权贵同流合污的自我写照。

游子吟[①]

孟　郊

慈母手中线，游子身上衣。
临行密密缝，意恐迟迟归。
谁言寸草心，报得三春晖[②]。

[注释]

① 游子吟：系孟郊自制的乐府题。

② 三春晖：春天的阳光，象征母爱。因春天有三个月，故称。

[简析]

本诗题下，诗人有自注“迎母溧上作”，盖系孟郊居官溧阳蔚时的作品，此时孟郊年约五十岁。苏轼论及孟郊的诗有“诗从肺腑出，出辄愁肺腑”之评价，这首诗给人的感觉正是如此。该诗清新流畅、诗味醇美，亲切真诚地吟颂了既普通而又伟大的母爱，千百年来凡读此者，无不产生共鸣。

七言古诗

登幽州台歌[①]

陈子昂

前不见古人，后不见来者。

念天地之悠悠[②]，独怆然而涕下[③]。

[注释]

① 幽州台：即蓟北楼，又称蓟丘、燕台，燕昭王为招纳天下贤士而建的黄金台，故址在今北京大兴。

② 悠悠：形容时间的久远和空间的广大。

③ 怆然：悲伤的样子。

[简析]

陈子昂是唐诗革新的先驱者，生活于初唐向盛唐过渡的年代，敢于犯颜直谏，屡遭排斥打击，才华不得施展，终被诬陷死于狱中，时年四十二岁。这首诗写武则天万岁通天元年（696），陈子昂随军讨伐契丹之叛，来到东北边地，主帅武攸宜根本不懂军事，作为参谋的陈子昂进谏，不被采纳反遭贬斥，因此登幽州台抒发失意的感慨。盖本屈原《远游》——“唯天地之无穷兮，哀人生之长勤，往者余弗及兮，来者吾不闻”而作。吊古悲今，感时伤事，语言奔放而不假修饰，极富感染力，被誉为初唐诗歌的绝唱，千百年来吟诵不绝。

古　意

李　颀

男儿事长征[①]，少小幽燕客。

赌胜马蹄下[②]，由来轻七尺[③]。

杀人莫敢前[4]，须如猬毛磔[5]。
黄云陇底白云飞[6]，未得报恩不得归。
辽东小妇年十五，惯弹琵琶解歌舞。
今为羌笛出塞声，使我三军泪如雨。

[注释]

① 事长征：从军远征。

② 马蹄下：这里指战场。

③ 七尺：指身躯。古人常称男子身高七尺。

④ 莫敢前：使敌人不敢近前。

⑤ 猬毛磔（zhé）：形容姿貌威武，语出《晋书·桓温传》：“眼如紫石棱，须作猬毛磔。”磔：张开。

⑥ 陇：山陵。此句是说边塞战地环境的艰苦。

[简析]

诗人李颀本富家子，后因结交轻薄子致倾财破产。遂隐居颍阳苦读十载，终于玄宗开元二十三年（735）中进士。曾任新乡县尉，但总不得升迁，晚年仍过隐居生活。他性格疏放超脱，一生交游很广，与王维、高适、王昌龄等皆有来往，诗名颇高。

李颀的诗以写边塞题材为主，风格豪放，慷慨悲凉，七言歌行尤具特色。此诗题为“古意”，也就是一首拟古诗。首六句写戍边健儿勇猛刚烈的英雄豪气，短促的节奏凸显的是粗线条、硬作风；继而转为七言平声韵，景中含情，运用烘云托月的手法，含蓄精炼地表现出誓死报国的硬汉思念家乡的情怀，情韵并茂，颇具匠心。

送陈章甫

李　颀

四月南风大麦黄，枣花未落桐叶长。

青山朝别暮还见，嘶马出门思旧乡。
陈侯立身何坦荡，虬须虎眉仍大颡[①]。
腹中贮书一万卷，不肯低头在草莽。
东门酤酒饮我曹[②]，心轻万事如鸿毛。
醉卧不知白日暮，有时空望孤云高。
长河浪头连天黑，津吏停舟渡不得。
郑国游人未及家[③]，洛阳行子空叹息[④]。
闻道故林相识多，罢官昨日今如何[⑤]。

[注释]

① 大颡（sǎng）：宽阔的脑门儿。此句形容陈章甫仪表威武。

② 东门：指洛阳城的东门。

③ 郑国游人：指陈章甫。他从河南新郑来游洛阳，故称。

④ 洛阳行子：作者自称。

⑤ 故林：故乡。此两句写诗人对陈章甫罢官回乡后的境况很挂念。

[简析]

李颀的送别诗，以善于描写人物著称，本诗即为一首代表作。陈章甫是个很有才学的人，长期隐居嵩山。他曾应制科及第，但因没有登记户籍，吏部不予录用，经他上书力争最终破例录用。这件事一时被传为美谈，也提高了他的知名度，但其仕途并不通达，因此无意官事。这首诗大约写于陈章甫罢官后登程返乡之际，李颀送他到渡口，以诗赠别，极力赞美了他的品格、气质，充满了慰藉之情。全诗笔调轻松，风格豪爽，凸显了诗人及友人旷达、豪放的情怀。

琴　歌

李　颀

主人有酒欢今夕，请奏鸣琴广陵客[①]。

月照城头乌半飞，霜凄万木风入衣。
铜炉华烛烛增辉[2]，初弹渌水后楚妃[3]。
一声已动物皆静，四座无言星欲稀。
清淮奉使千余里[4]，敢告云山从此始。

[注释]

① 广陵客：谓技艺高超的琴师。古有《广陵散》琴曲，晋名士嵇康擅弹此曲。

② 华烛：花烛。

③ 渌水、楚妃：皆琴曲名。

④ 清淮：地近淮水。

[简析]

此诗是诗人奉命出使即将远行前，在友人饯别宴会上听琴曲后所作。写时，写景，写琴，写人，步步深入，环环相扣，章法整齐，层次分明。以酒咏琴，闻琴而醉；既入仕途，又向往诗酒、音乐声中的怡然自得，萌生归隐的念头。全诗描摹琴声，重在反衬，使琴声愈显高妙、动人，同时也传达了诗人的一种矛盾心情。

听董大弹胡笳弄兼寄语房给事[1]

李　颀

蔡女昔造胡笳声，一弹一十有八拍。
胡人落泪沾边草，汉使断肠对归客。
古戍苍苍烽火寒，大荒阴沉飞雪白。
先拂商弦后角羽，四郊秋叶惊摵摵[2]。
董夫子，通神明，深松窃听来妖精。
言迟更速皆应手，将往复旋如有情[3]。

空山百鸟散还合，万里浮云阴且晴。
嘶酸雏雁失群夜[4]，断绝胡儿恋母声。
川为静其波，鸟亦罢其鸣。
乌珠部落家乡远，逻娑沙尘哀怨生[5]。
幽音变调忽飘洒，长风吹林雨堕瓦。
迸泉飒飒飞木末，野鹿呦呦走堂下。
长安城连东掖垣[6]，凤凰池对青琐门。
高才脱略名与利，日夕望君抱琴至。

[注释]

① 董大：名兰庭，是房琯的门客，善弹琴。房给事：即房琯，任给事中，唐属门下省。

② 摵摵（shè shè）：形容叶落之声。

③ 这两句形容董大弹琴手法之妙，之后的十二句则写琴声使听者产生的种种联想。

④ 嘶酸：苦楚的意思。

⑤ 逻娑（luó suō）：即逻些，唐时吐蕃的都城。今西藏自治区拉萨市。

⑥ 东掖垣：门下省的办公地点，在皇宫东边。下句的凤凰池则指中书省，在皇宫西边。

[简析]

这首诗也是写听琴的。《胡笳弄》是给事中房琯的门客董庭兰创作的用琴声来模仿胡笳乐声的琴曲。诗人听操琴妙手董大弹奏此曲，充满边塞风情和历史回声，不觉从胡笳十八拍产生许多联想。以视觉来写听觉，借助许多形象来表达自己的主观感受，也是诗中常用之法。当然，结尾不忘借听琴来赞美主人。

听安万善吹觱篥歌[1]

李 颀

南山截竹为觱篥，此乐本自龟兹出[2]。
流传汉地曲转奇，凉州胡人为我吹。
傍邻闻者多叹息，远客思乡皆泪垂。
世人解听不解赏，长飙风中自来往。
枯桑老柏寒飕飗[3]，九雏鸣凤乱啾啾。
龙吟虎啸一时发，万籁百泉相与秋。
忽然更作渔阳掺[4]，黄云萧条白日暗。
变调如闻杨柳春，上林繁花照眼新。
岁夜高堂列明烛，美酒一杯声一曲。

[注释]

① 觱篥（bì lì）：一作筚篥，古簧管乐器名。本出西域龟兹，后传入内地，为隋唐燕乐及唐宋教坊乐的重要乐器。

② 龟兹（qiū cí）：古西域国名，在今新疆库车县一带。

③ 飕飗（sōu liú）：形容风雨声。

④ 渔阳掺：鼓调名，声节悲壮。

[简析]

这首诗是写听胡人乐师安万善吹奏觱篥，称赞他高超的技艺。同时写觱篥之声凄清，听后容易使人伤感。诗在描摹音乐时，不仅以鸟兽树木之声作比，同时采用通感手法，以“黄云蔽日”“繁花照眼”分别来比喻音乐的阴沉和明快，比前一首更有独到之处。

夜归鹿门歌[1]

孟浩然

山寺钟鸣昼已昏，渔梁渡头争渡喧[2]。

人随沙岸向江村，余亦乘舟归鹿门。
鹿门月照开烟树，忽到庞公栖隐处[3]。
岩扉松径长寂寥，唯有幽人自来去。

[注释]

① 鹿门：诗人当时隐居的襄阳鹿门山。

② 渔梁：在襄阳东，离鹿门很近。

③ 庞公：即庞德公，汉末隐士。与司马徽、诸葛亮为友。

[简析]

诗人孟浩然长期隐居家乡鹿门山，这是歌咏归隐情怀的诗，清闲淡素。先写渡口的喧闹，再写居所只有自己独来独去的幽静。因为东汉时的著名隐士庞德公也曾在这里住过，于是追慕与自照便自然地融为一体。感情真挚飘逸，于平淡中见优美。

庐山谣寄卢侍御虚舟[1]

李 白

我本楚狂人，凤歌笑孔丘[2]。
手持绿玉杖，朝别黄鹤楼。
五岳寻仙不辞远，一生好入名山游。
庐山秀出南斗傍，屏风九叠云锦张，
影落明湖青黛光[3]。
金阙前开二峰长，银河倒挂三石梁。
香炉瀑布遥相望，回崖沓嶂凌苍苍。
翠影红霞映朝日，鸟飞不到吴天长。
登高壮观天地间，大江茫茫去不还。
黄云万里动风色，白波九道流雪山。
好为庐山谣，兴因庐山发。

闲窥石镜清我心，谢公行处苍苔没。
早服还丹无世情[④]，琴心三叠道初成。
遥见仙人彩云里，手把芙蓉朝玉京[⑤]。
先期汗漫九垓上[⑥]，愿接卢敖游太清[⑦]。

［注释］

①卢虚舟：范阳人，唐肃宗时曾任殿中侍御史。曾与李白同游庐山。

②凤歌：《论语·微子》：楚狂接舆歌而过孔子，曰：凤（比孔子）兮，凤兮，何德之衰？

③明湖：这里指鄱阳湖。

④还丹：道家炼丹，丹砂烧成水银，炼久又还成丹砂。

⑤玉京：道家说元始天尊所居在天中心之上，名玉京山。

⑥先期：预先约好。汗漫：传说中的神仙名。九垓：九天。

⑦卢敖：燕人，秦始皇时招为博士，派他求神仙而不返。这里喻指卢虚舟。

［简析］

这首诗作于诗人流放夜郎遇赦返回的次年，这时他从汉口来到江西，虽然已经历尽磨难，却始终不愿向折磨他的现实低头。诗中咏叹庐山风景的奇绝，游览飘然，忽发学道成仙之念，并进而邀伴同游，表现了诗人狂放不羁的性格。全诗想象丰富，境界开阔，给人以雄奇浪漫的美感享受。

梦游天姥吟留别

李　白

海客谈瀛洲[①]，烟涛微茫信难求；
越人语天姥[②]，云霓明灭或可睹。

天姥连天向天横，势拔五岳掩赤城[3]。
天台四万八千丈，对此欲倒东南倾。
我欲因之梦吴越，一夜飞度镜湖月[4]。
湖月照我影，送我至剡溪[5]。
谢公宿处今尚在，绿水荡漾清猿啼。
脚著谢公屐[6]，身登青云梯。
半壁见海日，空中闻天鸡。
千岩万壑路不定，迷花倚石忽已暝。
熊咆龙吟殷岩泉[7]，栗深林兮惊层巅[8]。
云青青兮欲雨，水澹澹兮生烟。
列缺霹雳[9]，丘峦崩摧。
洞天石扉，訇然中开。
青冥浩荡不见底，日月照耀金银台。
霓为衣兮风为马，云之君兮纷纷而来下。
虎鼓瑟兮鸾回车，仙之人兮列如麻。
忽魂悸以魄动，恍惊起而长嗟。
唯觉时之枕席，失向来之烟霞。
世间行乐亦如此，古来万事东流水。
别君去兮何时还？且放白鹿青崖间，
须行即骑访名山。
安能摧眉折腰事权贵，使我不得开心颜！

［注释］

① 瀛州：传说中的海上三座神山之一，另两座名蓬莱、方丈。

② 天姥（mǔ）：山名，在今浙江省新昌县东五十里，东接天台山。

③ 赤城：山名，在今浙江省天台县北，天台山的南面，土色皆赤。

④ 镜湖：又名鉴湖，在今浙江省绍兴市南。

⑤ 剡（shàn）溪：水名，在今浙江省嵊州市南，曹娥江上游。

⑥ 谢公屐：指南朝诗人谢灵运游山时穿的一种特制木鞋，鞋底下安着活动的锯齿，上山时抽去前齿，下山时抽去后齿。见《宋书·谢灵运传》。

⑦ 殷（yǐn）：原指雷声，这里作动词用，意为震动。

⑧ 栗：使战栗。

⑨ 列缺霹雳：闪电雷鸣之意。

[简析]

李白在被排挤出长安的第二年，即唐玄宗天宝四年（745），准备由东鲁（今山东省南部）南游越中时，写下这首向朋友们表白自己心情的诗，又题作《别东鲁诸公》。全诗既写梦境，也写现实，构思缜密，想象丰富，将神话传说和实际景况奇幻地交织在一起。表现了诗人迭遭失意后对神仙世界的向往。全诗兴到笔随，酣畅淋漓，气势磅礴，完全不受形式的束缚。

金陵酒肆留别[1]

李 白

风吹柳花满店香，吴姬压酒劝客尝[2]。
金陵子弟来相送，欲行不行各尽觞[3]。
请君试问东流水，别意与之谁短长。

[注释]

① 留别：临别留诗给送行者。

② 吴姬：指酒店中的侍女，因金陵古属吴地，故称。压酒：压糟取酒。古时新酒酿熟，临饮时方压糟取用。

③ 尽觞（shāng）：喝尽杯中的酒。

[简析]

李白在出蜀当年的秋天，往游金陵，逗留了大半年之后，于开元十四年（726）春，又要东游扬州。临行之际，朋友在酒店为他饯行，李白留诗作别。这首小诗描绘了春光春色中江南水乡的一家酒肆里，吴姬压酒、友人相送的美好画面。语虽明浅，却情韵悠长，而且清新俊逸、热情洋溢，足见诗人的文采风流。

宣州谢朓楼饯别校书叔云①

李　白

弃我去者，昨日之日不可留。
乱我心者，今日之日多烦忧。
长风万里送秋雁，对此可以酣高楼②。
蓬莱文章建安骨③，中间小谢又清发④。
俱怀逸兴壮思飞，欲上青天览明月。
抽刀断水水更流，举杯消愁愁更愁。
人生在世不称意，明朝散发弄扁舟⑤。

[注释]

① 宣州：今安徽省宣城县。谢朓楼：又称谢公楼，也称北楼，在陵阳山上，南齐诗人谢朓任宣州太守时所建。叔云：李白的族叔李云。

② 酣高楼：畅饮于高楼。

③ 蓬莱：这里指东汉时中央校书处藏书的东观。建安骨：建安本是东汉献帝的年号，因此期以曹操父子及建安七子为代表的诗文风格苍劲刚健，故称建安风骨。

④ 小谢：即谢朓，因后于谢灵运，故称小谢以别之。

⑤ 散发弄扁舟：喻指绝世隐居。

[简析]

诗人李白在宣城与李云相遇，并同登谢朓楼，触目感怀，忧愤难平，遂借高楼畅饮成此绝唱。此诗题曰饯别，而并不直言离别，而是重笔抒发自己怀才不遇的愤懑。诗中蕴含了强烈的思想感情，慷慨豪迈而又傲岸不羁，有如奔腾的江河波澜迭起，艺术效果十分强烈。诗虽极写烦忧苦闷，却并不阴郁低沉，是李白的代表作之一。

走马川行奉送封大夫出师西征①

岑　参

君不见走马川，雪海边②，平沙莽莽黄入天。
轮台九月风夜吼③，一川碎石大如斗，随风满地石乱走。
匈奴草黄马正肥，金山西见烟尘飞④，汉家大将西出师。
将军金甲夜不脱，半夜军行戈相拨，风头如刀面如割。
马毛带雪汗气蒸，五花连钱旋作冰⑤，幕中草檄砚水凝⑥。
虏骑闻之应胆慑，料知短兵不敢接，车师西门伫献捷⑦。

［注释］

① 走马川：地名，在北庭川，今新疆古尔班通古特。行：古诗体裁之一。封大夫：指封常清，天宝十三年曾率军西征平定胡人叛乱，因做过御史大夫，故称。

② 雪海：泛指西北苦寒之地。

③ 轮台：在今新疆米泉县境。唐属北庭都护府管辖，封常清军府驻此，岑参亦常居此。

④ 金山：指阿勒泰山。

⑤ 五花连钱：指五花马身上斑驳如钱的花纹。

⑥ 草檄（xí）：起草讨伐敌军的文告。

⑦ 车师：古国名，唐时为北庭都护府治所北庭城，今新疆吐鲁番境内。伫（zhù）：站着等待。献捷：献俘报捷，即胜利归来。

[简析]

诗人在任安西北庭节度判官时，朋友封常清出兵去征播仙，他便写了这首诗送行。诗人抓住有边地特征的景物来状写环境的艰险，更加衬托出边防将士的英雄气概。岑参诗的特点是意奇语奇，尤其是边塞之作。这首诗就运用了比喻、夸张等艺术手法，写得绘声绘色、惊心动魄，而又热情奔放，气势昂扬。

轮台歌奉送封大夫出师西征

岑 参

轮台城头夜吹角，轮台城北旄头落[①]。
羽书昨夜过渠黎[②]，单于已在金山西。
戍楼西望烟尘黑[③]，汉军屯在轮台北。
上将拥旄西出征[④]，平明吹笛大军行。
四边伐鼓雪海涌[⑤]，三军大呼阴山动。
虏塞兵气连云屯[⑥]，战场白骨缠草根。
剑河风急云片阔[⑦]，沙口石冻马蹄脱。
亚相勤王甘苦辛[⑧]，誓将报主静边尘。
古来青史谁不见，今见功名胜古人。

[注释]

① 旄（máo）头：指旄头星，即昴星，二十八宿之一。古人认为昴星象征胡人，旄头落意指胡兵败亡。

② 羽书：即羽檄，军中的紧急文书，上插羽毛，以示紧急。渠黎：汉时西域国名，在今新疆尉犁县。

③ 戍楼：军队驻防的城楼。

④ 拥旄：也即持节。旄节是用金属或竹子做成，而以牦牛尾装饰在端部，是委任使臣出使、大将出征的凭信。

⑤ 伐鼓：击鼓。

⑥ 虏塞：指敌军营垒。

⑦ 剑河：唐时西域水名。《新唐书·回鹘传》说“青山之东有水曰剑河”，当在今新疆境内。

⑧ 亚相：指封常清。封常清曾任御史大夫，而汉制以御史大夫位列上卿，称亚相。

[简析]

岑参可谓当时写边塞诗的第一人。这首七言古诗与《走马川行》是同一时期、为同一事、赠同一人之作。但《走马川行》未写战斗，此诗则直写战阵之事，具体手法与前诗也有所不同。起首六句先写战前两军对垒的紧张状态，紧接四句写白昼出师接仗，然后写奇寒与牺牲，末四句照应题目，预祝凯旋，以颂扬作结。全诗一张一弛，抑扬顿挫，结构严谨；有描写，有烘托，有想象，有夸张，手法多样，情韵灵活，充满浪漫主义激情。

白雪歌送武判官归京[①]

岑 参

北风卷地白草折[②]，胡天八月即飞雪。
忽如一夜春风来，千树万树梨花开。
散入珠帘湿罗幕，狐裘不暖锦衾薄[③]。
将军角弓不得控[④]，都护铁衣冷犹着。
瀚海阑干百丈冰[⑤]，愁云惨淡万里凝。
中军置酒饮归客[⑥]，胡琴琵琶与羌笛。
纷纷暮雪下辕门，风掣红旗冻不翻[⑦]。
轮台东门送君去，去时雪满天山路。
山回路转不见君，雪上空留马行处。

[注释]

① 判官：唐时节度使、观察史下掌书记的官吏。

② 白草：西域牧草名，秋天变白色。

③ 衾（qīn）：被子。

④ 角弓：用兽角装饰的弓。不得控：拉不开，因为手冻僵了。

⑤ 瀚海：西北沙漠边陲，唐有瀚海军，即在北庭都护府。阑干：纵横交错的样子，这里形容冻冰。

⑥ 中军：古时分兵为中、左、右三军，中军为主帅所居。归客：指武判官。

⑦ 掣（chè）：牵动。此句意为，红旗冻硬，虽有风掣而不得翻动。

[简析]

这是天宝十三年（754）秋冬之际诗人在轮台写的一首送别诗。其时，岑参充任安西北庭节度使封常清的判官，武某或即其前任，或同事。为送他归京，岑参写下此诗。杜甫《渼陂行》说："岑参兄弟皆好奇。"读此诗处处不能忽略一个"奇"字。此诗开篇就奇突，未及白雪先传风声，笔未到而气已吞。进而以南方春景比北国冬景，以"春风"使梨花盛开，比拟"北风"使雪花纷飞，极为新颖贴切。使人几乎忘记奇寒而顿感春意盎然，心生喜悦与温暖，着想、造境俱称奇绝，可谓妙手回春。

韦讽录事宅观曹将军画马图[1]

杜　甫

国初已来画鞍马，神妙独数江都王。
将军得名三十载，人间又见真乘黄[2]。
曾貌先帝照夜白，龙池十日飞霹雳[3]。
内府殷红马脑盘[4]，婕妤传诏才人索。

盘赐将军拜舞归，轻纨细绮相追飞[5]。
贵戚权门得笔迹，始觉屏障生光辉。
昔日太宗拳毛騧，近时郭家狮子花。
今之新图有二马，复令识者久叹嗟。
此皆骑战一敌万，缟素漠漠开风沙[6]。
其余七匹亦殊绝，迥若寒空动烟雪。
霜蹄蹴踏长楸间[7]，马官厮养森成列。
可怜九马争神骏，顾视清高气深稳。
借问苦心爱者谁，后有韦讽前支遁[8]。
忆昔巡幸新丰宫，翠华拂天来向东。
腾骧磊落三万匹，皆与此图筋骨同。
自从献宝朝河宗，无复射蛟江水中[9]。
君不见金粟堆前松柏里，龙媒去尽鸟呼风[10]。

[注释]

① 韦讽录事：韦讽，杜甫的朋友，时任阆州（今四川阆中）录事，其宅在成都。曹将军：即曹霸，天宝间官左武卫将军，玄宗每命其画御马和功臣。安史之乱后，流落到四川。

② 乘黄：古代传说中的神马。

③ 霹雳：疾雷声。此句是说曹霸所画之马矫健如龙、活灵活现，霹雳一声就要飞出龙池了。

④ 马脑盘：玛瑙做的盘子。是说曹霸画照夜白得到玄宗赏识，因此命人取出内库珍宝玛瑙盘作为赏赐。

⑤ 轻纨细绮：指精致名贵的丝织品。意思是说，曹霸拿着玄宗赏赐的玛瑙盘拜舞而归，皇亲贵戚们又追着送他东西以求画。

⑥ 缟素：指白色的画绢。漠漠开风沙：是说画中的二马好像在大漠风沙中奔来，极其逼真。

⑦ 蹴（cù）：踢。长楸间：指大道上，古时常在大道两旁种植楸树，故称。

⑧ 支遁：字道林，东晋高僧。《世说新语·言语》："支道林尝养马数匹，或言'道人蓄马不韵'，之曰：'贫道重其神骏耳。'"

⑨ 此二句喻指玄宗已死，再不能巡游了。"献宝朝河宗"据《穆天子传》，"射蛟江水中"出自《汉书·武帝本纪》。

⑩ 金粟堆：玄宗的陵墓，在今陕西省蒲城县东。龙媒：《汉书·礼乐志》有"天马来，龙之媒"的说法，后称良马为龙媒。

［简析］

这首诗是代宗广德二年（764），杜甫在阆州录事参军韦讽宅，观看其收藏的曹霸所画"九马图"后所作的题画诗。彼时安史之乱已过，诗人经历了玄宗、肃宗、代宗三朝，自有人世沧桑之感。因而在诗中明以写马，暗以写人。赞九马图之妙，生今昔之感，字里行间流露着诗人对于先帝的怀念。诗人不落窠臼，先从曹霸为先帝画"照夜白"说来，详细铺陈曹霸由此受到玄宗恩宠，艺名大振的往事，为描写九马图做铺垫，尤其伏下末段诗意。这首诗在章法上错综绝妙，以奇妙高远开首，中间翻腾跌宕，又以突兀含蓄收尾。写骏马重在筋骨气概，极为传神；写情感则神游题外，极易产生今昔迥异之感，感人至深，性味隽永。清人浦起龙《读杜心解》说："身历兴衰，感时抚事，唯其胸中有泪，是以言中有物。"此言极是。

丹青引赠曹将军霸[①]

杜　甫

将军魏武之子孙，于今为庶为清门[②]。
英雄割据今已矣，文采风流今尚存。
学书初学卫夫人[③]，但恨无过王右军。
丹青不知老将至，富贵于我如浮云。
开元之中常引见[④]，承恩数上南薰殿。

凌烟功臣少颜色，将军下笔开生面。
良相头上进贤冠，猛将腰间大羽箭。
褒公鄂公毛发动[⑤]，英姿飒爽来酣战。
先帝天马玉花骢，画工如山貌不同。
是日牵来赤墀下，迥立阊阖生长风[⑥]。
诏谓将军拂绢素[⑦]，意匠惨淡经营中。
斯须九重真龙出[⑧]，一洗万古凡马空。
玉花却在御榻上，榻上庭前屹相向[⑨]。
至尊含笑催赐金，圉人太仆皆惆怅[⑩]。
弟子韩干早入室，亦能画马穷殊相。
干唯画肉不画骨，忍使骅骝气凋丧。
将军画善盖有神，必逢佳士亦写真。
即今飘泊干戈际，屡貌寻常行路人。
途穷反遭俗眼白，世上未有如公贫。
但看古来盛名下，终日坎壈缠其身[⑪]。

[注释]

① 丹青：中国古代绘画常用朱红色、青色，故称画为“丹青”。引：曲调的一种，亦为一种诗体。

② 为庶为清门：玄宗末年，曹霸因罪被贬为庶民，也就成为寒门。

③ 卫夫人：晋著名书法家，王羲之曾师从她学书法。

④ 常引见：经常由内臣引领去见皇帝。

⑤ 褒公鄂公：即褒国公、鄂国公，都是凌烟阁绘像褒扬的开国功臣。

⑥ 阊阖（chāng hé）：传说中的天门，这里指宫门。生长风：形容玉花骢精神抖擞的样子。

⑦ 拂绢素：即展开画卷。

⑧ 斯须：一会儿。

⑨ 这两句是说，画得逼真，挂着的画上的马就如同庭前立着的一模一样。屹相向：相对而立。

⑩ 圉（yǔ）人：养马人。太仆：管理皇帝车马的官。惆怅：这里表示惊讶赞叹之意。

⑪ 坎壈（lǎn）：贫困潦倒。

[简析]

这首诗还是写曹霸画马的，并直接送给画家，应与前诗并看，互为补充。诗着重写了画家的身世、经历，可以说是个人小传式的叙事诗。全诗以画家承皇帝恩宠命再绘凌烟阁功臣像和玉花骢马为中心，极状曹霸当时画名之盛，也更反衬出其晚景的凄凉（为路人画像谋生）。此时诗人也饱经沧桑，生活贫困，更能够与曹霸互相理解乃至产生共鸣。全诗写得错综多变，跌宕有致。

寄韩谏议注①

杜　甫

今我不乐思岳阳，身欲奋飞病在床。
美人娟娟隔秋水②，濯足洞庭望八荒。
鸿飞冥冥日月白③，青枫叶赤天雨霜。
玉京群帝集北斗，或骑麒麟翳凤凰④。
芙蓉旌旗烟雾落，影动倒景摇潇湘。
星宫之君醉琼浆，羽人稀少不在旁⑤。
似闻昨者赤松子⑥，恐是汉代韩张良。
昔随刘氏定长安，帷幄未改神惨伤⑦。
国家成败吾岂敢，色难腥腐餐枫香⑧。
周南留滞古所惜，南极老人应寿昌⑨。
美人胡为隔秋水，焉得置之贡玉堂⑩。

[注释]

① 谏议：官名，掌侍从规谏。注是韩谏议的名，韩注概为楚人，安史之乱时曾追随唐肃宗，参与运筹帷幄收复长安有功，后见政局混乱，便辞官隐居岳阳。

② 美人：《楚辞》常以美人比君子，这里指韩注。隔秋水：取《诗经》“所谓伊人，在水一方”之意。

③ 鸿飞冥冥：语出扬雄《法言·问明》，后用以比喻贤人远远避祸。

④ 翳（yì）：本意为遮掩，这里引申为跨坐之意。此二句以玉京喻朝廷，形容朝廷权贵近臣纷纷围绕在皇帝身边沽名钓誉。下两句还是对这种“玉京群帝云集”热闹非凡景象和声势的描摹。

⑤ 羽人：飞仙，这里指韩注这样的贤人已去位。

⑥ 赤松子：传说中的仙人。《史记·留侯世家》：“张良曰：吾以三寸舌为帝者师，封万户，位列侯，布衣之极，於良足矣。愿弃人间事，从赤松子游耳。乃学避谷引道轻身。”

⑦ 神惨伤：因肃宗死代宗立，政局混乱动荡，故云。

⑧ 吾岂敢：言韩注不忘忧国。“色难”句则是说韩注因厌恶浊世而思洁身隐退。

⑨ 周南留滞：指司马谈困居洛阳事，见《史记·太史公自序》。这里比喻韩注困居岳阳，得不到皇帝重用。

⑩ 贡玉堂：为朝廷所用。

[简析]

此诗是唐代宗大历二年（767）杜甫在夔州时写给韩注的。杜甫在诗中对韩注的遭遇表示惋惜，为韩注而呼吁，对当时的权臣排挤贤才表示愤懑，希望朝廷能重用韩注这样的人才，也希望韩注能再度出山为国效力。但他用游仙诗的方法来写，借仙家情景作比喻，朦胧缥缈，隐约含蓄。全诗两用“美人隔秋水”，不仅在结构上首尾呼应，摇曳生姿，而且回环咏叹，更显得情意深绵。

古柏行

杜　甫

孔明庙前有老柏，柯如青铜根如石①。
霜皮溜雨四十围②，黛色参天二千尺。
君臣已与时际会，树木犹为人爱惜③。
云来气接巫峡长，月出寒通雪山白④。
忆昨路绕锦亭东⑤，先主武侯同閟宫⑥。
崔嵬枝干郊原古，窈窕丹青户牖空⑦。
落落盘踞虽得地⑧，冥冥孤高多烈风。
扶持自是神明力，正直原因造化功⑨。
大厦如倾要梁栋，万牛回首丘山重⑩。
不露文章世已惊，未辞剪伐谁能送⑪。
苦心岂免容蝼蚁，香叶曾经宿鸾凤。
志士仁人莫怨嗟，古来材大难为用。

[注释]

① 柯：枝干。

② 霜皮溜雨：指树皮白而光滑。

③ 这两句是说刘备与诸葛亮君臣遇合，有德于民，人们还念他们，以致其庙前之树也得到爱护。

④ 这两句是形容古柏高大的气象，说它近接东面的巫峡，远通西面的雪山。

⑤ 锦亭：杜甫在成都草堂的亭子。

⑥ 閟（bì）宫：即祠庙。成都刘备庙与诸葛亮庙连在一起，故云“同閟宫”。

⑦ 郊原古：有古致。窈窕（yǎo tiǎo）：深邃貌。户牖（yǒu）空：指庙内空寂无人，牖是窗户。这两句是回想成都武侯祠的古柏。

⑧落落：独立挺拔的样子。

⑨原因：原是因为。

⑩万牛回首：意谓古柏重如丘山，万头牛也拉不动。

⑪送：就木说，是移送；就人说，是保送或推荐。此二句有杜甫自己的影子。古柏不知自炫，故曰不露文章。古柏本可作栋梁，故曰未辞剪伐。容蝼蚁：为蝼蚁所蛀蚀。

[简析]

这首诗大概作于大历元年（766）的夔州（今四川奉节），全诗采用比兴体，以古柏自咏怀抱。开篇以古柏起兴，赞其高大，进而缅怀礼赞刘备与诸葛亮的君臣际会。明以咏物，实则喻人。"云来"十句为第二段，由夔州古柏，联想到成都先主庙的古柏，最后再回到夔州古柏的正题。末段"大厦"几句，口中说物，意中说人，借夔州古柏的难运抒发"材大难用"的感慨。托物兴感，委婉含蓄，寄托遥深，极沉郁顿挫之致。

观公孙大娘弟子舞剑器行 并序

杜 甫

大历二年十月十九日，夔府别驾元持宅，见临颍李十二娘舞剑器，壮其蔚跂[①]，问其所师，曰："余公孙大娘弟子也。"开元五载，余尚童稚，记于郾城观公孙氏舞剑器浑脱，浏漓顿挫，独出冠时，自高头宜春、梨园二伎坊内人，洎外供奉[②]，晓是舞者，圣文神武皇帝初，公孙一人而已。玉貌锦衣，况余白首[③]，今兹弟子，亦匪盛颜。既辨其由来，知波澜莫二。抚事慷慨[④]，聊为《剑器行》。往者吴人张旭[⑤]，善草书书帖，数尝于郫县见公孙大娘舞西河剑器[⑥]，自此草书长进，豪荡感激，即公孙可知矣。

昔有佳人公孙氏，一舞剑器动四方。
观者如山色沮丧，天地为之久低昂。
㸌如羿射九日落，矫如群帝骖龙翔。
来如雷霆收震怒，罢如江海凝清光。
绛唇珠袖两寂寞，晚有弟子传芬芳。
临颍美人在白帝[7]，妙舞此曲神扬扬。
与余问答既有以，感时抚事增惋伤。
先帝侍女八千人，公孙剑器初第一。
五十年间似反掌，风尘澒洞昏王室[8]。
梨园子弟散如烟，女乐余姿映寒日。
金粟堆南木已拱，瞿塘石城草萧瑟[9]。
玳弦急管曲复终[10]，乐极哀来月东出。
老夫不知其所往，足茧荒山转愁疾[11]。

[注释]

① 蔚跂（qì）：这里形容舞姿矫健凌厉。剑器与浑脱都是唐代流行的健舞。

② 洎（jì）：及。外供奉：指不居宫内，随时奉诏入宫演奏的伎人。前宜春、梨园两教坊则是设于宫内的歌舞班子。

③ 这两句是说当年（余尚童稚）她服饰华美，容貌漂亮，如今我已是白首老翁。

④ 抚事：追念往事。

⑤ 张旭：唐代著名书法家，善草书，有“草圣”之称。

⑥ 郾县：在今河南安阳。西河剑器：剑器舞的一种。

⑦ 临颍（yǐng）美人：指李十二娘，她是河南临颍人。白帝：白帝城，在夔州。

⑧ 风尘澒（hòng）洞：犹言天昏地暗，喻指安史之乱为害之大。昏：使动用法。

⑨ 瞿塘石城：即白帝城，夔州近瞿塘峡，故称。

⑩ 玳弦：以玳瑁装饰的琴瑟。

⑪ 这两句是说自己不知所往，好似困行荒山，愁苦不堪。

[简析]

公孙大娘是玄宗开元年间著名的舞蹈家，善于剑舞，冠绝一时。代宗大历二年（767），诗人已经55岁，经历了安史之乱和大唐的由盛转衰。当在夔州看了公孙大娘弟子李十二娘“剑器”舞后，不免触景伤情，抚今追昔，想起50年前开元盛世的时候在郾城看公孙大娘舞剑器的盛况，更联想到“圣文神武皇帝”玄宗，不胜今昔兴衰之感。正所谓“抚事慷慨，激荡衷肠”。

石鱼湖[①]上醉歌 并序

元 结

漫叟以公田米酿酒[②]，因休暇则载酒于湖上，时取一醉。欢醉中，据湖岸引臂向鱼取酒[③]，使舫载之，遍饮坐者。意疑倚巴丘酌于君山之上[④]，诸子环洞庭而坐，酒舫泛泛然触波涛而往来者，乃作歌以长之[⑤]。

石鱼湖，似洞庭，夏水欲满君山青。
山为樽，水为沼[⑥]，酒徒历历坐洲岛。
长风连日作大浪，不能废人运酒舫。
我持长瓢坐巴丘，酌饮四座以散愁。

[注释]

① 石鱼湖：在今湖南道县东，因湖中有大石状如游鱼而得名。

② 漫叟：元结之自号。

③ 向鱼取酒：石鱼上有凹处，可以贮酒，故称。

④ 巴丘：即巴陵，洞庭湖岸边的山名，这里喻指石鱼湖边的

山。君山本在洞庭湖中，这里喻指水中的石鱼。

⑤ 长：放声歌唱。《礼记·乐记》："歌之为言也，长言之也。"注："长言之，引其声也。"

⑥ 沼：这里指酒池。

[简析]

元结在唐代宗时，曾任道州刺史，期间他写了好几首吟石鱼湖的诗，这是其一。此诗借歌咏石鱼湖风景，抒发诗人淡于仕途、意欲归隐的情怀。诗起首以洞庭湖来比石鱼湖，以君山来比石鱼；接着叙述与友人"向鱼取酒"的欢饮；最后说明即使遭遇风浪，也不能妨碍他们的欢饮，而这种欢饮却是为了"散愁"。该诗乘兴而发，率真自然，毫不拘束，体现了诗人胸襟之开阔和及时行乐的思绪。

山　石

韩　愈

山石荦确行径微[①]，黄昏到寺蝙蝠飞。
升堂坐阶新雨足，芭蕉叶大栀子肥。
僧言古壁佛画好，以火来照所见稀。
铺床拂席置羹饭，疏粝亦足饱我饥[②]。
夜深静卧百虫绝[③]，清月出岭光入扉。
天明独去无道路，出入高下穷烟霏。
山红涧碧纷烂漫，时见松枥皆十围。
当流赤足踏涧石，水声激激风生衣。
人生如此自可乐，岂必局促为人鞿[④]。
嗟哉吾党二三子，安得至老不更归[⑤]。

[注释]

① 荦确（luò què）：指山石险峻不平的样子。微：狭窄。

② 疏粝（lì）：糙米饭。这里是指简单的饭食。

③ 百虫绝：一切虫鸣声都没有了。

④ 鞿（jī）：缰绳在马口之称，引申为牵制、约束。

⑤ 不更归：不再回去，表示对官场的厌弃。

[简析]

韩愈在中国文学史和思想史上都具有重要的地位，文学上他是唐代古文运动的倡导者，有“百代文宗”之名；思想上实系上承孟子下启宋明理学的关键人物，苏轼称他“文起八代之衰，道济天下之溺”。韩诗力求险怪新奇，雄浑而重气势。

这首诗以开头的“山石”二字为题，却并不是歌咏山石，而是一篇诗体的山水游记。前人的记游诗一般都是截取重点侧面，因景抒情；韩愈则将游记散文的写法灌注于诗，按照行程顺序详记游踪，不仅没弄成流水账而且诗意盎然。用素描的手法有次序地写从“黄昏到寺”“夜深静卧”到“天明独去”的所见所闻和所思所感，每一幅画面，都有人有景有情，构成独特的意境。“人生如此自可乐，岂必局促为人鞿”是全文主旨。

八月十五夜赠张功曹[①]

韩　愈

纤云四卷天无河，清风吹空月舒波[②]。
沙平水息声影绝，一杯相属君当歌。
君歌声酸辞正苦，不能听终泪如雨。
洞庭连天九疑高[③]，蛟龙出没猩鼯号[④]。
十生九死到官所，幽居默默如藏逃。
下床畏蛇食畏药，海气湿蛰熏腥臊。
昨者州前捶大鼓，嗣皇继圣登夔皋[⑤]。
赦书一日行千里，罪从大辟皆除死[⑥]。

迁者追回流者还，涤瑕荡垢清朝班。
州家申名使家抑，坎轲只得移荆蛮。
判司卑官不堪说⑦，未免捶楚尘埃间⑧。
同时辈流多上道，天路幽险难追攀。
君歌且休听我歌，我歌今与君殊科。
一年明月今宵多，人生由命非由他。
有酒不饮奈明何。

[注释]

① 张功曹：即张署，功曹是官名。唐贞元十九年（803），韩愈与张署皆任监察御史，因进谏触怒德宗双双遭贬。贞元廿一年（805）正月，顺宗即位，八月宪宗即位，虽遇两次大赦皆遭阻抑，两人均未能调回京都，只改官江陵，一法曹参军，一功曹参军。

② 月舒波：月光四射。

③ 九疑：九疑山，在今湖南省宁远县。

④ 猩：猩猩。鼯（wú）：鼠类的一种。

⑤ 夔皋（kuí gāo）：舜时的两位贤臣。这里是说贤能得到进用。

⑥ 大辟：死刑。

⑦ 判司：唐时对州郡诸曹参军的总称。

⑧ 捶楚尘埃间：趴在地上受鞭打之刑。

[简析]

这篇七言古诗写于公元805年（永贞元年）的中秋，是韩愈和朋友张署在郴州得到二次遇赦改官的消息，于失望兼失落之际的吟咏之作。诗里写了张署的“君歌”和诗人的“我歌”，题为“赠张功曹”，却没有以“我歌”作为描写的重点，而是反客为主，把“君歌”作为主要内容，借张署之口，浇诗人胸中之块垒。诗以近散文化的笔法、古朴的语言直陈其事，主客一唱一和互诉衷情，虽有些许无奈，却也洒脱疏放，别具一格。

谒衡岳庙遂宿岳寺题门楼

韩　愈

五岳祭秩皆三公[①]，四方环镇嵩当中。
火维地荒足妖怪[②]，天假神柄专其雄。
喷云泄雾藏半腹[③]，虽有绝顶谁能穷。
我来正逢秋雨节，阴气晦昧无清风。
潜心默祷若有应，岂非正直能感通。
须臾静扫众峰出，仰见突兀撑青空。
紫盖连延接天柱，石廪腾掷堆祝融[④]。
森然魄动下马拜，松柏一径趋灵宫。
粉墙丹柱动光彩，鬼物图画填青红[⑤]。
升阶伛偻荐脯酒[⑥]，欲以菲薄明其衷。
庙令老人识神意[⑦]，睢盱侦伺能鞠躬[⑧]。
手持杯珓导我掷[⑨]，云此最吉余难同。
窜逐蛮荒幸不死，衣食才足甘长终。
侯王将相望久绝，神纵欲福难为功。
夜投佛寺上高阁，星月掩映云曈朦[⑩]。
猿鸣钟动不知曙，杲杲寒日生于东[⑪]。

[注释]

① 祭秩：祭礼的次第等级。三公：周以太师、太保、太傅为三公，后世用以称人臣的最高官位。

② 火维：指南方。古代以木、火、金、水、土分属东、南、西、北、中五方。

③ 半腹：半山腰。

④ 石廪、祝融：与前紫盖、天柱再加芙蓉是为衡山五座高峰，而尤以祝融为高。腾掷：腾跃起伏。

⑤ 青红：指神鬼图像的色彩，这句是写庙内的壁画。

⑥ 伛偻（yǔ lǚ）：弯腰，表示对神的恭敬。荐：进献。

⑦ 庙令：唐制，五岳庙各设庙令一人，专管祭祀。

⑧ 睢盱（suī xū）：凝视之意。张眼为睢，闭眼为盱。

⑨ 杯珓（jiào）：一种简单的占卜工具，形似蚌壳，两片。

⑩ 曈曚：隐约不明的样子。

⑪ 杲杲（gǎo）：光明的样子。

[简析]

此诗的创作时间与上一首“赠张功曹”前后脚。上一首作于郴州，这首是得到二次大赦改官江陵法曹参军赴任途中游衡山时所作。诗的开头六句，写衡山的形势和气象。“我来”八句写登山。“森然”以下十句，写谒庙，是全诗中心所在。以祭神问天，申诉悒郁情怀。最后四句写“宿寺”酣睡，表现旷达胸襟。全诗写景、叙事、抒情水乳交融，通诗一韵到底，读来铿锵和谐。

石鼓歌

韩　愈

张生手持石鼓文[①]，劝我试作石鼓歌。
少陵无人谪仙死[②]，才薄将奈石鼓何。
周纲陵迟四海沸[③]，宣王愤起挥天戈。
大开明堂受朝贺，诸侯剑佩鸣相磨。
蒐于岐阳骋雄俊[④]，万里禽兽皆遮罗。
镌功勒成告万世，凿石作鼓隳嵯峨[⑤]。
从臣才艺咸第一，拣选撰刻留山阿。
雨淋日炙野火燎，鬼物守护烦撝呵[⑥]。
公从何处得纸本，毫发尽备无差讹。
辞严义密读难晓，字体不类隶与蝌。

年深岂免有缺画，快剑斫断生蛟鼍[7]。
鸾翔凤翥众仙下，珊瑚碧树交枝柯。
金绳铁索锁钮壮，古鼎跃水龙腾梭。
陋儒编诗不收入，二雅褊迫无委蛇[8]。
孔子西行不到秦，掎摭星宿遗羲娥[9]。
嗟余好古生苦晚[10]，对此涕泪双滂沱。
忆昔初蒙博士征，其年始改称元和。
故人从军在右辅[11]，为我度量掘臼科[12]。
濯冠沐浴告祭酒，如此至宝存岂多。
毡包席裹可立致，十鼓只载数骆驼。
荐诸太庙比郜鼎[13]，光价岂止百倍过。
圣恩若许留太学，诸生讲解得切磋。
观经鸿都尚填咽，坐见举国来奔波[14]。
剜苔剔藓露节角[15]，安置妥帖平不颇[16]。
大厦深檐与盖覆，经历久远期无佗[17]。
中朝大官老于事，讵肯感激徒媕婀[18]。
牧童敲火牛砺角，谁复著手为摩挲。
日销月铄就埋没，六年西顾空吟哦。
羲之俗书趁姿媚，数纸尚可博白鹅。
继周八代争战罢，无人收拾理则那[19]。
方今太平日无事，柄任儒术崇丘轲。
安能以此上论列[20]，愿借辩口如悬河。
石鼓之歌止于此，呜呼吾意其蹉跎[21]。

[注释]

①石鼓文：是我国现存最早的石刻文字，因刻于十块鼓形大石上而得名。它以大篆书体记述游猎之事。

②少陵：指杜甫。谪仙：指李白。

③ 周纲陵迟：周朝的纲纪法度衰败废弛了。

④ 蒐（sōu）于岐阳：是说周宣王在一个春天里于岐山南面打猎。

⑤ 隳（huī）：毁坏。嵯峨（cuó é）：山势高峻的样子。这里指高山。这句是凿毁高山做石鼓的意思。

⑥ 撝（huī）呵：维护喝叱。以上十二句叙石鼓文之原委。

⑦ 蛟鼍（tuó）：蛟龙。这是极力形容古代文字形体气势生动有力。

⑧ 委蛇：雍容自得貌。这句是说《诗经》的《大雅》和《小雅》没有把石鼓文收进去，是由于当时采风编诗者的见识短浅。

⑨ 掎摭（jǐ zhí）：采取。羲：羲和，指太阳。娥：嫦娥，指月亮。

⑩ 生苦晚：苦于出生太晚。

⑪ 从军在右辅：指为凤翔节度使从事。汉时以京兆尹、左冯翊、右扶风为三辅，唐沿袭此称，右辅即右扶风。

⑫ 臼科：坑穴，指安放石鼓的地方。

⑬ 郜（gào）鼎：郜国所造的鼎。《左传·桓公二年》："四月，取郜大鼎于宋，戊申纳于太庙。"郜国在今山东省城武县。

⑭ 观经鸿都：汉灵帝光和元年（178）始置鸿都门，其内置学及藏书。又灵帝熹平四年（175），诏诸儒正定六经文字，并刻石碑，立于太学门外，即熹平石经。从此，每天前来观看和摹写的人很多，以致拥塞街道。填咽（yè）：阻塞，形容人多拥挤。这里上句说汉时观经盛况，下句说本朝即将出现的景象必有过之而无不及。

⑮ 露节角：指露出石鼓文字的笔画。

⑯ 颇：倾斜。

⑰ 期无佗（tuó）：希望石鼓没有任何的损坏。无佗，同"无他"。

⑱ 讵（jù）肯：岂肯。媕婀（ān ē）：依违阿曲，无主见。

⑲ 则那（nuò）：又奈何。

⑳ 上论列：议论其事而列举之，反映到朝廷皇帝那儿去。

㉑ 蹉跎：本指岁月虚度，这里作徒劳无功意。与前文的"六年西顾空吟哦"相照应。

[简析]

石鼓文是刻在十块鼓形石上的秦代刻石，内容记叙狩猎情状，书体为大篆，韩氏以为周宣王时所为，其物今藏北京故宫博物院。全诗从石鼓的起源到论述它的价值，曾建议运至太学保存却未被采纳，不禁感慨系之。写这首长诗的目的，仍然是在呼呈引起朝廷重视，希望在尊崇儒学的时代，能把石鼓移置太学。诗人为保护文物而大声疾呼，其情着实令人感动。这首诗章法整齐、辞严义密，音韵铿訇。

渔翁

柳宗元

渔翁夜傍西岩宿[①]，晓汲清湘燃楚竹[②]。
烟销日出不见人，欸乃一声山水绿[③]。
回看天际下中流，岩上无心云相逐。

[注释]

① 傍：靠。

② 清湘：指湘江。

③ 欸（ǎi）乃：摇橹的声音，一说舟子摇船时应橹的歌声。唐时湘中棹歌有《欸乃曲》（见元结《欸乃曲序》）。

[简析]

此诗作于柳宗元被贬永州司马期间。诗写一位独往独来的“渔翁”在青山绿水之间，自遣自歌自得其乐的生活状态，简直就是一幅飘逸的风情画，勾勒出悦耳怡情的神秘境界，也体现出诗人的心情意趣，引起读者心灵的共鸣和无限遐想。

长恨歌

白居易

汉皇重色思倾国[①]，御宇多年求不得。
杨家有女初长成，养在深闺人未识。
天生丽质难自弃，一朝选在君王侧。
回眸一笑百媚生，六宫粉黛无颜色。
春寒赐浴华清池，温泉水滑洗凝脂。
侍儿扶起娇无力，始是新承恩泽时。
云鬓花颜金步摇，芙蓉帐暖度春宵。
春宵苦短日高起，从此君王不早朝。
承欢侍宴无闲暇，春从春游夜专夜。
后宫佳丽三千人，三千宠爱在一身。
金屋妆成娇侍夜，玉楼宴罢醉和春。
姊妹弟兄皆列土[②]，可怜光采生门户。
遂令天下父母心，不重生男重生女。
骊宫高处入青云，仙乐风飘处处闻。
缓歌慢舞凝丝竹，尽日君王看不足。
渔阳鼙鼓动地来[③]，惊破霓裳羽衣曲。
九重城阙烟尘生，千乘万骑西南行。
翠华摇摇行复止[④]，西出都门百余里。
六军不发无奈何，宛转蛾眉马前死[⑤]。
花钿委地无人收，翠翘金雀玉搔头[⑥]。
君王掩面救不得，回看血泪相和流。
黄埃散漫风萧索，云栈萦纡登剑阁[⑦]。
峨嵋山下少人行，旌旗无光日色薄。
蜀江水碧蜀山青，圣主朝朝暮暮情。
行宫见月伤心色，夜雨闻铃肠断声。

天旋地转回龙驭[8]，至此踌躇不能去。
马嵬坡下泥土中，不见玉颜空死处。
君臣相顾尽沾衣，东望都门信马归。
归来池苑皆依旧，太液芙蓉未央柳。
芙蓉如面柳如眉，对此如何不泪垂。
春风桃李花开日，秋雨梧桐叶落时。
西宫南内多秋草，落叶满阶红不扫。
梨园弟子白发新，椒房阿监青娥老[9]。
夕殿萤飞思悄然[10]，孤灯挑尽未成眠。
迟迟钟鼓初长夜，耿耿星河欲曙天[11]。
鸳鸯瓦冷霜华重，翡翠衾寒谁与共。
悠悠生死别经年，魂魄不曾来入梦。
临邛道士鸿都客[12]，能以精诚致魂魄。
为感君王辗转思，遂教方士殷勤觅。
排空驭气奔如电，升天入地求之遍。
上穷碧落下黄泉，两处茫茫皆不见。
忽闻海上有仙山，山在虚无缥缈间。
楼阁玲珑五云起，其中绰约多仙子。
中有一人字太真，雪肤花貌参差是[13]。
金阙西厢叩玉扃，转教小玉报双成[14]。
闻道汉家天子使，九华帐里梦魂惊。
揽衣推枕起徘徊，珠箔银屏迤逦开[15]。
云髻半偏新睡觉，花冠不整下堂来。
风吹仙袂飘飖举，犹似霓裳羽衣舞。
玉容寂寞泪阑干，梨花一枝春带雨。
含情凝睇谢君王，一别音容两渺茫。
昭阳殿里恩爱绝，蓬莱宫中日月长。
回头下望人寰处，不见长安见尘雾。

唯将旧物表深情，钿合金钗寄将去[16]。
钗留一股合一扇，钗擘黄金合分钿[17]。
但教心似金钿坚，天上人间会相见。
临别殷勤重寄词，词中有誓两心知。
七月七日长生殿，夜半无人私语时。
在天愿作比翼鸟，在地愿为连理枝。
天长地久有时尽，此恨绵绵无绝期。

［注释］

① 汉皇：这里指唐玄宗李隆基。唐人常以汉武帝指唐玄宗，以汉武帝之宠李夫人喻玄宗之宠杨贵妃。

② 列土：裂土受封。列通“裂”。

③ 渔阳鼙鼓：指安史之乱事。渔阳：唐郡名，是范阳节度使所辖八郡之一，安禄山起兵于此。鼙鼓：骑马所用的战鼓。

④ 翠华：指皇帝车驾的旗帜。

⑤ 宛转蛾眉：代指杨贵妃。

⑥ 翠翘金雀玉搔头：三者皆为首饰。这里其实是和前句的花钿并说。

⑦ 云栈：直入云霄的栈道。萦纡：曲折迂回。

⑧ 回龙驭：指形势好转，玄宗回京。

⑨ 椒房：后妃所住的宫殿，以椒和泥涂饰，取其芳香温暖。阿监：宫中女官。

⑩ 思悄然：兴味索然。

⑪ 耿耿：明亮的样子。

⑫ 临邛：今四川邛崃县。鸿都：借指长安。意即蜀地的道士来到长安。

⑬ 参差是：仿佛是。

⑭ 小玉、双成：都是指代杨贵妃的侍女。这两句是说杨妃居住仙府深处，方士敲门，开门的人便叫小玉转告双成，这样层层通

报给杨妃。玉扃（jiōng）：即玉做的门。

⑮ 珠箔：珠帘。银屏：以银丝花纹镶嵌的屏风。迤逦（yǐ lǐ）：接连的样子。

⑯ 钿（diàn）合金钗：钿合有一盖一底，金钗有两股。意思是各留其一，另一则托使者带给玄宗皇帝，后两句即补充此意。

⑰ 擘（bò）：以手分开。

[简析]

这首诗作于唐宪宗元和元年（806），当时诗人 35 岁，任周至县尉。据说是与友人同游仙游寺时偶然谈及唐明皇与杨贵妃的这段故事，大家都很感慨，于是提议请白居易写一首长诗，请陈鸿写一篇传记。这首长篇叙事诗借历史人物和传说，创造了一个回旋宛转的动人故事，并通过所塑造的艺术形象，再现了现实生活的真实，感人至深，千百年来传诵不绝。诗中戏剧化和神话式的描写和浓郁的浪漫主义色彩，也是它具有超强艺术魅力的原因所在。

琵琶行 并序

白居易

元和十年，余左迁九江郡司马。明年秋，送客湓浦口[①]，闻舟中夜弹琵琶者。听其音，铮铮然有京都声，问其人，本长安倡女，尝学琵琶于穆、曹二善才。年长色衰，委身为贾人妇。遂命酒，使快弹数曲，曲罢悯然。自叙少小时欢乐事，今漂沦憔悴，转徙于江湖间。余出官二年，恬然自安，感斯人言，是夕始觉有迁谪意。因为长句，歌以赠之，凡六百一十二言，命曰《琵琶行》。

浔阳江头夜送客[②]，枫叶荻花秋瑟瑟。
主人下马客在船，举酒欲饮无管弦。

醉不成欢惨将别，别时茫茫江浸月。
忽闻水上琵琶声，主人忘归客不发。
寻声暗问弹者谁？琵琶声停欲语迟。
移船相近邀相见，添酒回灯重开宴。
千呼万唤始出来，犹抱琵琶半遮面。
转轴拨弦三两声，未成曲调先有情。
弦弦掩抑声声思，似诉平生不得志。
低眉信手续续弹，说尽心中无限事。
轻拢慢捻抹复挑，初为霓裳后六幺[③]。
大弦嘈嘈如急雨，小弦切切如私语。
嘈嘈切切错杂弹，大珠小珠落玉盘。
间关莺语花底滑[④]，幽咽泉流冰下难。
冰泉冷涩弦凝绝，凝绝不通声暂歇。
别有幽愁暗恨生，此时无声胜有声。
银瓶乍破水浆迸，铁骑突出刀枪鸣。
曲终收拨当心划[⑤]，四弦一声如裂帛。
东船西舫悄无言，唯见江心秋月白。
沉吟放拨插弦中，整顿衣裳起敛容。
自言本是京城女，家在虾蟆陵下住[⑥]。
十三学得琵琶成，名属教坊第一部。
曲罢常教善才服，妆成每被秋娘妒。
五陵年少争缠头[⑦]，一曲红绡不知数。
钿头银篦击节碎，血色罗裙翻酒污。
今年欢笑复明年，秋月春风等闲度。
弟走从军阿姨死，暮去朝来颜色故。
门前冷落车马稀，老大嫁作商人妇。
商人重利轻别离，前月浮梁买茶去[⑧]。
去来江口守空船，绕船明月江水寒。

夜深忽梦少年事，梦啼妆泪红阑干。
我闻琵琶已叹息，又闻此语重唧唧[9]。
同是天涯沦落人，相逢何必曾相识。
我从去年辞帝京，谪居卧病浔阳城。
浔阳地僻无音乐，终岁不闻丝竹声。
住近湓江地低湿，黄芦苦竹绕宅生。
其间旦暮闻何物？杜鹃啼血猿哀鸣。
春江花朝秋月夜，往往取酒还独倾。
岂无山歌与村笛？呕哑嘲哳难为听[10]。
今夜闻君琵琶语，如听仙乐耳暂明。
莫辞更坐弹一曲，为君翻作琵琶行。
感我此言良久立，却坐促弦弦转急[11]。
凄凄不似向前声，满座重闻皆掩泣。
座中泣下谁最多，江州司马青衫湿。

[注释]

① 湓（pén）浦口：湓水（今名龙开河，经九江市入长江）的出口处，又名湓口。湓水进入长江处。

② 浔阳江：九江市北的长江一段。

③ 拢、捻、抹、挑：都是弹琵琶的指法。霓裳：《霓裳羽衣曲》的简称。六么：本名《录要》，即乐工将曲的要点录出成谱，皆为当年京城流行的曲调。

④ 间关：鸟鸣声。滑：形容鸟声宛转流畅。

⑤ 当心划：弹奏琵琶结束时的动作，用拨片在四弦中心用力一划，四弦齐鸣。

⑥ 虾蟆陵：原名“下马陵”，在长安东南曲江附近，是当时著名游乐区。

⑦ 五陵：长安城北汉代的五座皇陵，是当时贵族豪门的聚居地。缠头：赏赠给歌舞妓的丝织品。

⑧ 浮梁：唐县名，是当时茶叶贸易中心。在今江西景德镇北。

⑨ 唧唧：叹息声。

⑩ 呕哑嘲哳：形容乐声杂乱刺耳。

⑪ 却坐：退回重新坐下。促弦：将弦拧紧。

[简析]

《琵琶行》作于唐宪宗元和十一年（816）秋天，也是白居易被贬江州的第二年。时年诗人45岁，任江州司马，江州当时被看成是“蛮瘴之地”。诗人由于直言敢谏连遭贬斥，抑郁悲凄之情本就难免，又巧遇同样由京城沦落至此的琵琶女，闻其演奏询其身世，不禁产生同是天涯沦落人的感慨。在这里，诗人把一个琵琶女视为自己的风尘知己，与她同病相怜，写人写己，哭人哭己，宦海的浮沉、世态的炎凉、生命的悲哀，这些本来积蓄胸中的沉痛感受，全部倾泻诗中，使作品具有不同寻常的感染力。《琵琶行》和《长恨歌》是白居易诗中的双璧。

韩　碑[①]

李商隐

元和天子神武姿，彼何人哉轩与羲[②]。
誓将上雪列圣耻[③]，坐法宫中朝四夷[④]。
淮西有贼五十载，封狼生貙貙生罴[⑤]。
不据山河据平地，长戈利矛日可麾。
帝得圣相相曰度[⑥]，贼斫不死神扶持。
腰悬相印作都统，阴风惨澹天王旗。
愬武古通作牙爪[⑦]，仪曹外郎载笔随[⑧]。
行军司马智且勇，十四万众犹虎貔。
入蔡缚贼献太庙，功无与让恩不訾[⑨]。
帝曰汝度功第一，汝从事愈宜为辞[⑩]。

愈拜稽首蹈且舞，金石刻画臣能为。
古者世称大手笔，此事不系于职司。
当仁自古有不让，言讫屡颔天子颐。
公退斋戒坐小阁，濡染大笔何淋漓。
点窜尧典舜典字，涂改清庙生民诗[11]。
文成破体书在纸[12]，清晨再拜铺丹墀。
表曰臣愈昧死上，咏神圣功书之碑。
碑高三丈字如斗，负以灵鳌蟠以螭。
句奇语重喻者少，谗之天子言其私。
长绳百尺拽碑倒，粗砂大石相磨治。
公之斯文若元气，先时已入人肝脾。
汤盘孔鼎有述作[13]，今无其器存其辞。
呜呼圣王及圣相，相与烜赫流淳熙[14]。
公之斯文不示后，曷与三五相攀追。
愿书万本诵万遍，口角流沫右手胝[15]。
传之七十有二代，以为封禅玉检明堂基[16]。

[注释]

① 韩碑：指韩愈所作《平淮西碑》。唐宪宗时宰相裴度力主削平范镇，元和十二年（817），他亲赴淮西前线指挥，韩愈为行军司马。淮西平定，宪宗命韩愈撰此碑。

② 轩、羲：轩辕、伏羲氏，代表三皇五帝。

③ 列圣：前几位皇帝。

④ 法宫：皇帝处理政事的官殿。

⑤ 封狼：大狼。貙（chū）、罴（pí）：皆为猛兽，喻指叛将。

⑥ 相曰度：宰相裴度。

⑦ 愬（sù）武古通：愬，李愬；武，韩公武；古，李道古；通，李文通。四人皆裴度手下大将。

⑧ 仪曹外郎：礼部员外郎李宗闵。

⑨ 不訾：即“不赀”，不可估量。

⑩ 从事愈：即裴度的从事（幕僚）韩愈。宜为辞：指撰《平淮西碑》。

⑪ 点窜、涂改：运用的意思。尧典、舜典：《尚书》中篇名。清庙、生民：《诗经》中篇名。

⑫ 破体：指文能改变旧体，另一说为行书的一种。

⑬ 汤盘：商汤浴盆，《史记正义》：“商汤沐浴之盘而刻铭为戒”。孔鼎：孔子先祖正考夫鼎。此以汤盘、孔鼎喻韩碑。

⑭ 淳熙：鲜明的光泽。

⑮ 胝（zhī）：因磨擦而生厚皮，俗称老茧。

⑯ 玉检：古代宣扬帝王功业的封禅祭祀仪式中《封禅书》的封套。

[简析]

李商隐是晚唐最著名的诗人，与杜牧齐名，合称“小李杜”。晚唐时候，唐诗在前辈的光芒照耀下有着大不如前的趋势，而李商隐却将唐诗推向又一个高峰。其诗构思新奇，风格秾丽，尤其是一些爱情诗写得缠绵悱恻、隐晦迷离。只是李商隐虽有诗名，但因处于牛李党争的夹缝之中，一生郁郁不得志。这首诗写的是一则历史，基本上是叙述性的。宪宗元和十二年（817），宰相裴度率兵平定淮西，但首先破蔡州生擒叛首吴元济的是大将李愬。宪宗命韩愈撰《平淮西碑》时，韩愈主要是突出了裴度的运筹帷幄，引起李愬不满。李妻（唐安公主之女）进宫诉说碑文不实，宪宗就命翰林学士段文昌重新撰文勒石，观点迥然不同。李商隐是完全赞同韩愈观点的，诗中强烈地表达对《韩碑》被磨去的愤慨，更热情地歌颂了这篇碑文。本诗虽为叙事体但笔力矫健，感情充沛。

乐府

燕歌行 并序

高 适

开元二十六年，客有从御史大夫张公出塞而还者，作《燕歌行》以示适。感征戍之事，因而和焉。

汉家烟尘在东北，汉将辞家破残贼①。
男儿本自重横行，天子非常赐颜色②。
摐金伐鼓下榆关③，旌旗逶迤碣石间。
校尉羽书飞瀚海，单于猎火照狼山④。
山川萧条极边土，胡骑凭陵杂风雨⑤。
战士军前半死生，美人帐下犹歌舞。
大漠穷秋塞草衰，孤城落日斗兵稀。
身当恩遇常轻敌，力尽关山未解围。
铁衣远戍辛勤久，玉箸应啼别离后⑥。
少妇城南欲断肠，征人蓟北空回首。
边风飘飘那可度，绝域苍茫更何有。
杀气三时作阵云⑦，寒声一夜传刁斗⑧。
相看白刃血纷纷，死节从来岂顾勋⑨。
君不见沙场征战苦，至今犹忆李将军⑩。

［注释］

① 汉家、汉将：这里指唐朝和唐将。开元十八年（730）五月，契丹及奚族叛唐，此后唐与契、奚之间战事不断。

② 非常赐颜色：破格赐予荣耀。

③ 摐金伐鼓：军中鸣金击鼓，摐即击。榆关：山海关。

④ 狼山：阴山山脉西段，在今内蒙古自治区中部。此处借瀚海、狼山泛指当时战场。

⑤ 凭陵：侵凌、冲击。

⑥ 玉箸：比喻思妇的泪水如注，像玉制的筷子。

⑦ 三时：指一天中的早、中、晚三时，也即整日杀气腾腾。

⑧ 刁斗：军中巡夜打更用的铜器。

⑨ 岂顾勋：哪里是为了个人的功勋。

⑩ 李将军：指西汉名将李广。李广号飞将军，镇守边疆，身先士卒又体恤将士，使匈奴数年不敢犯境。

[简析]

高适为唐代著名边塞诗人，与岑参并称“高岑”，少孤贫，爱交游，有游侠之风，早年曾游历长安，后到过蓟门、卢龙一带，寻求进身之路，都没有成功。其诗以七言歌行最富特色，大多写边塞生活，笔力雄健，气势奔放，洋溢着盛唐时期所特有的奋发进取、蓬勃向上的时代精神。

《燕歌行》是乐府《相和歌辞·平调曲》旧题，多为思妇怀念征夫之意。开元二十三年（735）幽州节度副使张守珪因与契丹作战有功大受封赏，遂恃功骄纵，不恤士卒，开元二十六年（738），其部将败于契丹，张却谎称大胜，并贿赂使者。高适从“客”处得悉实情，乃作此诗以“感征戍之事”。诗的主旨是感慨军中苦乐不均，将领荒淫腐败、骄傲冒进、不恤士卒，致使战争失败，广大战士遭受极大痛苦，付出巨大牺牲，苦与乐、悲壮惨烈与骄奢淫逸形成鲜明的对此。结句借古喻今，比一般因靖边而思名将的含义更为深刻。此诗当是高适所作边塞诗中最著名的一首。

古从军行

李　颀

白日登山望烽火，黄昏饮马傍交河[①]。
行人刁斗风沙暗，公主琵琶幽怨多[②]。
野云万里无城郭，雨雪纷纷连大漠。

胡雁哀鸣夜夜飞，胡儿眼泪双双落。
闻道玉门犹被遮[3]，应将性命逐轻车[4]。
年年战骨埋荒外，空见蒲桃入汉家[5]。

[注释]

① 交河：在今新疆吐鲁番西北，这里泛指边疆河流。

② 公主琵琶：汉朝公主远嫁乌孙国时所弹的琵琶曲调，多为幽怨之声。

③ 玉门：即玉门关，在今甘肃敦煌县。遮：拦阻。这里指皇帝不准休兵。

④ 轻车：汉时有轻车将军，此处指将领。这两句是说，玉门关还关闭着，不能后退，只能跟着将军前去拼命。

⑤ 蒲桃：即葡萄。汉武帝时，汉使从大宛采种栽于行宫之旁。这两句是说，将士一年年死战牺牲，只换得一些葡萄供宫廷享乐。

[简析]

这首诗通过对汉武帝穷兵黩武的抨击，以讽刺唐玄宗的长年开边用兵。全诗记叙从军之苦，充满非战思想。万千尸骨埋于荒野，仅换得葡萄归种中原，显然得不偿失，也足见皇帝之草菅人命。全诗情理浑成，句句蓄意，层层推进，最后画龙点睛，着落主题。回肠荡气，感人至深，也显示出诗人超强的讽刺笔力。

洛阳女儿行[1]

王　维

洛阳女儿对门居，才可容颜十五余[2]。
良人玉勒乘骢马，侍女金盘脍鲤鱼。
画阁朱楼尽相望，红桃绿柳垂檐向。
罗帏送上七香车，宝扇迎归九华帐[3]。

狂夫富贵在青春，意气骄奢剧季伦[④]。
自怜碧玉亲教舞[⑤]，不惜珊瑚持与人[⑥]。
春窗曙灭九微火[⑦]，九微片片飞花琐[⑧]。
戏罢曾无理曲时[⑨]，妆成只是熏香坐。
城中相识尽繁华，日夜经过赵李家[⑩]。
谁怜越女颜如玉[⑪]，贫贱江头自浣纱。

[注释]

① 洛阳女儿行：属新乐府辞，题取萧衍《河中之水歌》中“洛阳女儿名莫愁”的前四字。

② 才可：刚好。

③ 罗帏：丝织的帘幕。宝扇：古时贵人家出行用的遮蔽物。这两句写洛阳女儿出嫁时的排场。

④ 剧：超过。季伦：晋代豪富石崇，字季伦。

⑤ 碧玉：梁元帝《采莲曲》有“碧玉小家女，来嫁汝南王”句，这里借指侍女。

⑥ 珊瑚持与人：《世说新语·汰侈》载：石崇与贵戚王恺斗富，王恺以御赐的两尺高的珊瑚来夸示，石崇将其击碎，让人搬来三四尺高的珊瑚六七株来偿还。

⑦ 九微火：灯名，《汉武内传》记有“九光九微之灯”，十分华丽精美。

⑧ 花琐：指雕花的连环形窗格。

⑨ 理曲：弄曲，演奏乐曲。这里当指夫妻闺房同乐。

⑩ 赵李家：语本自阮籍《咏怀》中之“西游咸阳时，赵李相经过”。据说赵、李指代汉成帝二女宠赵飞燕、李平的亲属。这里是泛指。

⑪ 越女：指西施，这里当是洛阳女儿的自比。

[简析]

这首诗据说是王维十六岁时的作品。诗写当时贵族女子的生活状况，从容颜之娇美、住宅之富丽、饮食之珍奇写到夫婿之豪奢、交游之高贵，极尽铺排渲染，然而，在这看似娇贵、逸乐、体面的背景下，展示的却是洛阳女儿的空虚、寂寞与无奈。她们挽系不住丈夫的心，更缺乏独立自主的生活。诗含讽喻之意，但也透出怜惜之情。

老将行

王　维

少年十五二十时，步行夺得胡马骑①。
射杀山中白额虎，肯数邺下黄须儿②。
一身转战三千里，一剑曾当百万师。
汉兵奋迅如霹雳，虏骑奔腾畏蒺藜。
卫青不败由天幸，李广无功缘数奇③。
自从弃置便衰朽，世事蹉跎成白首。
昔时飞箭无全目④，今日垂杨生左肘⑤。
路旁时卖故侯瓜⑥，门前学种先生柳⑦。
苍茫古木连穷巷，寥落寒山对虚牖。
誓令疏勒出飞泉⑧，不似颍川空使酒⑨。
贺兰山下阵如云，羽檄交驰日夕闻。
节使三河募年少，诏书五道出将军。
试拂铁衣如雪色，聊持宝剑动星文。
愿得燕弓射大将，耻令越甲鸣吾君⑩。
莫嫌旧日云中守⑪，犹堪一战立功勋。

[注释]

①“步行”句：《史记李将军列传》载：汉名将李广，为匈奴骑兵所擒。广时已受伤，便即装死。后于途中见一胡儿骑着良马，便一跃而上，将胡儿推在地下，疾驰而归。

② 邺下黄须儿：指曹操第二子曹彰，须黄色，性刚猛，曾亲征乌丸，颇为曹操爱重，曾持彰须曰："黄须儿竟大奇也。"

③ 缘数奇：因为命运不济。

④ 无全目：指射艺之精，能使雀双目不全。

⑤ 垂杨生左肘：杨柳是柳的别称，或谓柳为瘤之借字，意谓肘上生瘤，再不能挽弓射箭了。

⑥ 故侯瓜：秦朝召平，封东陵侯，秦亡为平民，贫，种瓜长安城东，瓜味甘美。

⑦ 先生柳：晋陶渊明弃官归隐后，因门前有五株杨柳，遂自号"五柳先生"，并写有《五柳先生传》。

⑧ 疏勒出飞泉：《后汉书耿恭传》载：汉将耿恭与匈奴作战，据疏勒城，匈奴于城下绝其涧水，恭于城中穿井，至十五丈犹不得水，他仰叹道："闻昔贰师将军（李广利）拔佩刀刺山，飞泉涌出，今汉德神明，岂有穷哉。"旋向井祈祷，过了一会，果然得水。疏勒城，在今新疆疏勒县。

⑨ 颍川空使酒：西汉景帝时将军灌夫，颍川人，性刚直，好使酒骂座，后被田蚡诬陷灭族。

⑩"耻令"句：意谓以敌人甲兵惊动国君为可耻。《说苑立节》：越国甲兵入齐，雍门子狄认为这惊扰了国君，自己应当以身殉之，遂自刎死。鸣：这里是惊动的意思。

⑪ 云中守：指汉名将魏尚。

[简析]

《老将行》也属新乐府辞。这首诗叙述了一位从小英勇、屡立战功的老将经历。他一生东征西战，功勋卓著，结果却以"无功"被弃，遭受冷遇、生活清苦；然而他时时不忘忧国，当边地烽火再起，他又不计个人恩怨得失，请缨报国。其高尚品质和爱国精神着实令人钦敬，诗人对其命运也寄予无限同情。只是用典多了些，今人读来稍嫌晦涩。

桃源行

王　维

渔舟逐水爱山春，两岸桃花夹古津[1]。
坐看红树不知远[2]，行尽青溪忽值人[3]。
山口潜行始隈隩[4]，山开旷望旋平陆[5]。
遥看一处攒云树[6]，近入千家散花竹[7]。
樵客初传汉姓名，居人未改秦衣服。
居人共住武陵源[8]，还从物外起田园[9]。
月明松下房栊静[10]，日出云中鸡犬喧。
惊闻俗客争来集[11]，竞引还家问都邑[12]。
平明闾巷扫花开，薄暮渔樵乘水入[13]。
初因避地去人间，及至成仙遂不还。
峡里谁知有人事，世中遥望空云山。
不疑灵境难闻见，尘心未尽思乡县。
山洞无论隔山水，辞家终拟长游衍[14]。
自谓经过旧不迷，安知峰壑今来变。
当时只记入山深，青溪几度到云林。
春来遍是桃花水[15]，不辨仙源何处寻。

［注释］

① 古津：古渡口。这里指幽僻的溪流。

② 红树：此指桃花林。

③ 值人：碰上人。

④ 隈隩（wēi yù）：山水弯曲的地方。

⑤ 旷望：指视野开阔。旋：忽然。

⑥ 攒云树：云树相连。攒，聚集。

⑦ 散花竹：指花与竹林散布各处。

⑧ 武陵源：指桃花源，相传在今湖南桃源县，晋代属武陵郡（即今湖南常德）。

⑨ 物外：世外。

⑩ 房栊（lóng）：窗户。

⑪ 俗客：指误入桃花源的外人。

⑫ 问都邑：打听其故乡的消息。

⑬ 这两句写桃花源幽静的环境和安详的生活。

⑭ 这两句是说，误入桃花源的人离开后，尽管山水远隔，总还想着辞家再来这里恣意游乐。

⑮ 桃花水：即桃花汛，桃花开时河流涨溢。

[简析]

这是王维十九岁时写的一首七言乐府诗，诗以东晋陶渊明脍炙人口的叙事散文《桃花源记》为原本，取其大意，变文为诗，并且进行了艺术的再创造，开拓了诗的意境，具有独特的艺术价值，得以与散文《桃花源记》并世流传。王维的诗以抒写山水著称，此诗尤胜，他通过一幅幅形象生动的画面体现桃花源的意境，自然而无矫饰，将读者引入一个恬淡静雅的人间仙境，而且流连难去。

蜀道难

李　白

噫吁嚱[①]，危乎高哉！
蜀道之难，难于上青天！
蚕丛及鱼凫[②]，开国何茫然[③]！
尔来四万八千岁，不与秦塞通人烟。
西当太白有鸟道[④]，可以横绝峨嵋巅。
地崩山摧壮士死[⑤]，然后天梯石栈方钩连。
上有六龙回日之高标[⑥]，下有冲波逆折之回川[⑦]。

黄鹤之飞尚不得过，猿猱欲度愁攀援。
青泥何盘盘[8]，百步九折萦岩峦[9]。
扪参历井仰胁息[10]，以手抚膺坐长叹。
问君西游何时还？畏途巉岩不可攀[11]。

但见悲鸟号古木，雄飞雌从绕林间。
又闻子规啼夜月，愁空山。
蜀道之难，难于上青天，使人听此凋朱颜。
连峰去天不盈尺，枯松倒挂倚绝壁。
飞湍瀑流争喧豗，砯崖转石万壑雷[12]。
其险也若此，嗟尔远道之人胡为乎来哉。
剑阁峥嵘而崔嵬[13]，一夫当关，万夫莫开。
所守或匪亲，化为狼与豺[14]。
朝避猛虎，夕避长蛇，
磨牙吮血，杀人如麻。
锦城虽云乐[15]，不如早还家。
蜀道之难，难于上青天，侧身西望长咨嗟[16]。

[注释]

① 噫吁嚱（yī xū xī）：蜀地方言，表惊叹。

② 蚕丛、鱼凫：传说中蜀国的两位开国先王。

③ 茫然：渺远难知。

④ 太白：太白山，又名太乙山，在长安西（今陕西眉县、太白县一带）。鸟道：只有鸟能飞过的小路。

⑤ 地崩山摧壮士死：据《华阳国志·蜀志》载：秦国开发楚地时，秦惠王许嫁五个美女给蜀王，蜀王派五个力士到秦国迎接。回来经过梓潼，见一大蛇入穴中，五力士共拉蛇尾使出，结果把山拉倒了，力士及五女都被压死，山也分为五岭，这样秦蜀两地才开始普遍往来。

⑥ 六龙回日：相传羲和驾着六条龙拉的车子载着太阳，每日由东而西行驶。高标：指高山。此句意谓蜀中山极高，连六龙日车至此也得折回。

⑦ 回川：有漩涡的河流。

⑧ 青泥：即青泥岭，入蜀要道，悬崖万仞，山多云雨，行者屡逢泥淖，故称。在今陕西略阳县北。盘盘：形容盘旋曲折。

⑨ 萦岩峦：指曲折的山路在山峦中回绕。

⑩ 扪参历井：是说山路极高，可以摸到天上的星宿。参、井是二星宿名。古人把天上的星宿分别指配于地上的州国，叫作“分野”，参为蜀之分野，井为秦之分野。扪：用手摸。历：经过。胁息：屏住呼吸。

⑪ 巉（chán）岩：险峻的山岩。

⑫ 喧豗（huī）：水流轰响声。砯（pīng）：水撞石之声。这两句是说瀑布和急流汇成巨流，撞岩转石，在万山中发出雷鸣般巨响。

⑬ 剑阁：又名剑门关，在四川剑阁县北，是大小剑山之间的一条栈道，长约三十余里。峥嵘、崔嵬（wéi）：山峦险峻的样子。

⑭ 匪亲：不可靠的人。匪：同“非”。这句是说，如果守关的不是可靠的人，那就如同遇到豺狼一样。

⑮ 锦城：今四川成都。古时以产锦闻名，故称。

⑯ 咨嗟：叹息。

[简析]

《蜀道难》属乐府古题，内容都是写蜀道难行。但李白的这首无论从思想内容还是艺术性方面都是空前的，是绝对的名篇。此诗当作于天宝初年，据说李白刚从外地来到京师，大诗人贺知章去拜访他，李白把《蜀道难》拿给贺知章看，贺还没读完就不断赞叹，称李白为“谪仙”，这一来李白的名声就在京城传开了。这首诗袭用乐府旧题，意在送友人入蜀。全诗紧扣一个“难”字，瑰丽而又神奇，将历史、现实、神话交织在一起，纵横捭阖，写出奇险壮丽的景象，充满极浓厚的浪漫主义色彩，充分显示了诗人的浪漫气质和祖国山河的雄伟壮丽。此诗作气象宏伟，境界阔大，确非他人可及。

长相思 二首

李 白

其一

长相思，在长安。
络纬秋啼金井阑[①]，微霜凄凄簟色寒[②]。
孤灯不明思欲绝，卷帷望月空长叹。
美人如花隔云端，上有青冥之长天，
下有渌水之波澜。
天长地远魂飞苦，梦魂不到关山难。
长相思，摧心肝。

其二

日色欲尽花含烟，月明如素愁不眠[③]。
赵瑟初停凤凰柱[④]，蜀琴欲奏鸳鸯弦[⑤]。
此曲有意无人传，愿随春风寄燕然[⑥]，
忆君迢迢隔青天。
昔日横波目，今作流泪泉。
不信妾肠断，归来看取明镜前。

[注释]

① 络纬：虫名。又名莎鸡，俗称纺织娘。金井阑：精美华丽的井阑，“阑”通“栏”。

② 簟（diàn）：指竹席。

③ 素：洁白的绢，形容月色。

④ 赵瑟：相传古时赵国人善弹瑟，故称。凤凰柱：或是瑟柱上雕饰凤凰形状。

⑤ 蜀琴：据说蜀中桐木适宜做琴，所以一般好琴都称蜀琴。又说蜀琴与司马相如琴挑故事有关。

⑥ 燕然：山名，即杭爱山，在今蒙古国境内。这里指丈夫征戍之地。

[简析]

《长相思》属乐府“杂曲歌辞”，常以“长相思”三字开头和结尾。蘅塘退士将李白两首《长相思》辑为先后，看起来很像是一对男女，天各一方，各抒相思之苦。实则这两首诗风马牛不相及，不但所写时地迥异，格调也截然不同。第一首，大概作于李白第一次入京师长安期间。当时他奔走于权贵名流之门，希望“攀龙见明主”，却处处受挫，不得其门而入。也有人认为，这首诗是李白被排挤离开长安后回忆过往之作。诗中反复抒写的似乎只是男女相思，但“美人如花隔云端”又显有托兴意味，含蓄蕴藉。

第二首，写妇女对戍边远征丈夫的思念。比第一首，言语更加浅显易懂、音韵更加曲调化，在结构上也打破了以“长相思”一语发端的固定格式，而从景物中引出人物来。全诗运用夸张、排比、想象、暗喻等手法，塑造了一个感情热烈而又富有教养的思妇形象。

行路难

李　白

金樽清酒斗十千①，玉盘珍羞直万钱②。
停杯投箸不能食，拔剑四顾心茫然。

欲渡黄河冰塞川，将登太行雪满山。
闲来垂钓碧溪上[3]，忽复乘舟梦日边[4]。
行路难！行路难！多歧路，今安在？
长风破浪会有时[5]，直挂云帆济沧海。

[注释]

① 斗十千：形容酒好价高。

② 羞：通“馐”。直：通“值”。

③ 垂钓碧溪上：传说姜太公未遇周文王时，曾垂钓于渭水磻溪（今陕西宝鸡东南）。

④ 乘舟梦日边：传说伊尹遇商汤之前，曾梦见自己乘船经过日月之旁。

⑤ 长风破浪：据《宋书·宗悫（què）传》载：宗悫少年时，叔父宗炳问他的志向，他说：“愿乘长风破万里浪。”后人用“乘风破浪”比喻施展政治抱负。

[简析]

《行路难》是乐府“杂曲歌辞”调名，内容多写世路艰难和离别悲伤之意，多以“君不见”开头。天宝元年（742），李白奉诏入京，本想有所作为，不料只被视为御用文人，加上权臣贵戚的谗言攻击，终于天宝三年（744）被皇帝赐金放还，离开朝廷。离别之际写下《行路难》三首，这是第一首。诗中抒写他在政治道路上遭遇艰难时不可抑制的愤激情绪，但苦闷之余，仍盼望有一天能施展抱负，突出表现了诗人的倔强、自信和追求，表现出诗人对人生前途的乐观豪迈气概，充满了积极浪漫主义的情调。

将进酒

李　白

君不见黄河之水天上来，奔流到海不复回。

君不见高堂明镜悲白发，朝如青丝暮成雪。
人生得意须尽欢，莫使金樽空对月。
天生我材必有用，千金散尽还复来。
烹羊宰牛且为乐，会须一饮三百杯。
岑夫子，丹丘生①，
将进酒，杯莫停。
与君歌一曲，请君为我倾耳听。
钟鼓馔玉不足贵②，但愿长醉不愿醒。
古来圣贤皆寂寞，唯有饮者留其名。
陈王昔时宴平乐③，斗酒十千恣欢谑。
主人何为言少钱，径须沽取对君酌。
五花马，千金裘，
呼儿将出换美酒，与尔同销万古愁。

[注释]

① 岑夫子：指岑（cén）勋。丹丘生：元丹丘。二人均为李白的好友。

② 钟鼓：古时富贵人家宴会中常鸣钟击鼓作乐。馔（zhuàn）玉：形容食物如玉一样精美。馔，吃喝。

③ 陈王：即曹植，曹操第三子。

[简析]

《将进酒》属汉乐府《鼓吹曲·铙歌》旧题，本以欢宴饮酒放歌为内容。李白这首诗，表达了怀才不遇的感叹和渴望用世的复杂感情。情极悲愤狂放，既流露出人生几何当及时行乐的消极情绪，也洋溢着豪情逸兴。诗句长短不一，节奏快慢多变，语言奔放跌宕而又深沉浑厚，艺术效果绝佳，历来为世人传诵。

兵车行

杜　甫

车辚辚，马萧萧，行人弓箭各在腰。
爷娘妻子走相送，尘埃不见咸阳桥。
牵衣顿足拦道哭，哭声直上干云霄。
道旁过者问行人，行人但云点行频①。
或从十五北防河②，便至四十西营田③。
去时里正与裹头④，归来头白还戍边。
边庭流血成海水，武皇开边意未已。
君不闻汉家山东二百州⑤，千村万落生荆杞⑥。
纵有健妇把锄犁，禾生陇亩无东西⑦。
况复秦兵耐苦战⑧，被驱不异犬与鸡。
长者虽有问，役夫敢申恨？
且如今年冬，未休关西卒。
县官急索租，租税从何出？
信知生男恶，反是生女好。
生女犹得嫁比邻，生男埋没随百草。
君不见青海头，古来白骨无人收。
新鬼烦冤旧鬼哭，天阴雨湿声啾啾。

[注释]

① 点行频：频繁地点名征调壮丁。

② 防河：亦称“防秋”，即调集军队守御河西，以防吐蕃在秋季侵犯骚扰。因其地在长安以北，所以称“北防河”。

③ 西营田：古时实行屯田制，军队无战事即种田，有战事即作战。“西营田”也是防备吐蕃的。

④ 里正：唐制每百户为一里，设里正一人，管理农桑、赋税、

户籍等事。与裹头：古时人以皂罗三尺裹头作头巾。因应征者年纪尚小，故里正替他们裹头。

⑤ 山东：这里指华山以东。

⑥ 荆杞：荆棘与杞柳，都是野生灌木。意谓频繁征调，致使农村一片萧条。

⑦ 无东西：指禾苗长得不成行列，也即农业生产遭到破坏。

⑧ 秦兵：即关中之兵，最善勇战。

[简析]

歌行，古代诗歌的一种体裁，其音节、格律一般比较自由，形式采用五言、七言、杂言，富于变化。这首诗大约作于天宝中后期，当时唐王朝对西南的少数民族不断用兵，死伤严重。为补充兵力，杨国忠遣御史分道捕人，连枷送往军所，送行者哭声震野，这首诗所描述的即此情况。诗借征夫对老人的答话，倾诉了人民对战争的痛恨和战争所带来的痛苦。该诗具有深刻的思想内容和突出的艺术效果，是大诗人杜甫的名篇，为历代所推崇。

丽人行

杜　甫

三月三日天气新[①]，长安水边多丽人。
态浓意远淑且真，肌理细腻骨肉匀。
绣罗衣裳照暮春，蹙金孔雀银麒麟[②]。
头上何所有，翠微㔩叶垂鬓唇[③]。
背后何所见，珠压腰衱稳称身[④]。
就中云幕椒房亲[⑤]，赐名大国虢与秦。
紫驼之峰出翠釜[⑥]，水精之盘行素鳞[⑦]。
犀箸厌饫久未下[⑧]，鸾刀缕切空纷纶[⑨]。
黄门飞鞚不动尘[⑩]，御厨络绎送八珍。

箫鼓哀吟感鬼神，宾从杂遝实要津⑪。
后来鞍马何逡巡⑫，当轩下马入锦茵。
杨花雪落覆白苹⑬，青鸟飞去衔红巾⑭。
炙手可热势绝伦，慎莫近前丞相嗔⑮。

[注释]

① 三月三日：为上巳日，唐代长安士女多于此日到城南曲江游玩踏青。

② 这两句是说，用金银线镶绣着孔雀和麒麟的华丽衣裳与暮春的美景相映生辉。

③ 匐（è）叶：盧彩花叶，妇人的头饰。鬓唇：鬓边。

④ 珠压腰衱：裙带上缀珠，下垂而压住后襟，使之贴切合身。

⑤ 就中：其中。云幕：云状帷幕。椒房亲：皇后的亲戚，这里指杨贵妃的三位姐姐，皆有才貌，分别被封韩国夫人、虢（guó）国夫人、秦国夫人。

⑥ 紫驼之峰：即驼峰，其味鲜美，唐贵族食品中有“驼峰炙”。翠釜，翠色的锅子。

⑦ 水精：即水晶。行：传送。素鳞：指白色的鱼。

⑧ 犀箸：犀牛角作的筷子。厌饫（yù）：饱食生腻。

⑨ 鸾刀：带鸾铃的刀。缕切：细切。空纷纶：厨师们白白忙乱一番，贵人们吃不下。

⑩ 黄门：宦官。飞鞚，即飞马。

⑪ 宾从：宾客随从，此指杨氏的门下人。杂遝（tà）：杂乱众多貌。实要津：语义双关，一指游春时塞满交通要道，一指在朝中占据要职。

⑫ 后来鞍马：指丞相杨国忠，杨贵妃从兄。

⑬“杨花”句：古有杨花入水化为萍的说法，萍之大者为蘋。杨花和白蘋同源，杨花谐杨姓，影射杨国忠与虢国夫人兄妹苟且乱伦。

⑭ 青鸟：古代神话传说中为西王母传递信息的使者。后以青

鸟代指情人的信使。红巾：妇人所用的手帕。“飞去衔红巾”，指为杨氏兄妹传递消息。

⑮ 丞相：指杨国忠。嗔：恼怒。这两句点明丞相气焰熏天。

[简析]

本诗约作于天宝十二年（753）或次年。讽刺了杨家兄妹骄纵荒淫的生活，曲折地反映了君王的昏庸和时政的腐败。首十句描写上巳日曲江水边踏青的丽人如云，“就中”十句具体写虢、秦、韩三夫人奢侈的生活细节，“后来”六句，写杨国忠的炫赫骄恣，气焰熏天。全诗语极铺排，富丽华美中蕴含清刚之气。虽然通篇只是写“丽人”们的生活情形，却达到了“无一刺讥语，描摹处语语刺讥；无一慨叹声，点逗处声声慨叹”的艺术效果，可谓入木三分。

哀江头①

杜　甫

少陵野老吞声哭②，春日潜行曲江曲③。
江头宫殿锁千门，细柳新蒲为谁绿。
忆昔霓旌下南苑④，苑中万物生颜色。
昭阳殿里第一人⑤，同辇随君侍君侧。
辇前才人带弓箭，白马嚼啮黄金勒。
翻身向天仰射云，一箭正坠双飞翼。
明眸皓齿今何在，血污游魂归不得⑥。
清渭东流剑阁深⑦，去住彼此无消息。
人生有情泪沾臆，江水江花岂终极⑧。
黄昏胡骑尘满城⑨，欲往城南望城北。

[注释]

① 江：指曲江，长安的风景区，帝后的游乐地。

② 少陵野老：杜甫自称，因他曾在少陵附近居住过。吞声哭：哭时不敢出声。

③ 潜行：偷偷地走。曲江曲：曲江的弯曲偏僻处。

④ 霓旌（ní jīng）：云霓般的彩旗，指天子之旗。南苑：指曲江东南的芙蓉苑。

⑤ 昭阳殿里第一人：这里指杨贵妃。

⑥ 归不得：是说杨妃已缢死马嵬坡。

⑦ 清渭：清澈的渭水。马嵬坡在渭水之滨。下文的去住，系指死去的和活着的。

⑧ 岂终极：哪里有穷尽之时。

⑨ 胡骑：指安禄山的骑兵。

[简析]

本诗作于至德二年（756）春天。在这前一年诗人去灵武投奔肃宗的途中，被安禄山的叛兵俘虏带到了长安，后来逃出。第二年春天，诗人沿长安城东南的曲江行走，触景伤怀，感慨万千。诗由眼前写到回忆，又由回忆写到现实；以“哀”起写，哀极生乐，写唐玄宗、杨贵妃极度佚乐的生活，又乐极生悲，写人死国亡，把哀恸推向高潮。结构波折跌宕，纡曲有致，给人造成一种波澜起伏、纡曲难伸、愁肠百结的感觉，情意深长，凄切哀惘，含隐无穷。

哀王孙

杜　甫

长安城头头白乌①，夜飞延秋门上呼②。
又向人家啄大屋，屋底达官走避胡。
金鞭断折九马死③，骨肉不得同驰驱。
腰下宝玦青珊瑚④，可怜王孙泣路隅⑤。
问之不肯道姓名，但道困苦乞为奴。

已经百日窜荆棘，身上无有完肌肤。
高帝子孙尽隆准[⑥]，龙种自与常人殊。
豺狼在邑龙在野，王孙善保千金躯。
不敢长语临交衢[⑦]，且为王孙立斯须[⑧]。
昨夜东风吹血腥，东来橐驼满旧都[⑨]。
朔方健儿好身手[⑩]，昔何勇锐今何愚[⑪]。
窃闻天子已传位，圣德北服南单于。
花门剺面请雪耻[⑫]，慎勿出口他人狙[⑬]。
哀哉王孙慎勿疏，五陵佳气无时无[⑭]。

[注释]

① 头白乌：白头乌鸦，以为不祥之兆。

② 延秋门：唐宫苑西门，唐玄宗由此出宫奔蜀。

③ 金鞭断折：指唐玄宗以金鞭鞭马快跑而金鞭断折。九马：皇帝御马。

④ 宝玦：玉佩。

⑤ 隅：角落。

⑥ 高帝子孙：汉高祖刘邦的子孙。这里是以汉代唐。隆准：高鼻。

⑦ 临交衢：靠近大路边。

⑧ 斯须：一会儿。

⑨ 橐（tuó）驼：同骆驼。自安禄山陷两京，即以骆驼运两京御府珍宝于范阳。

⑩ 朔方健儿：指哥舒翰所率的朔方军。

⑪ 今何愚：天宝十五年（756），哥舒翰守潼关，被安禄山叛军打败。

⑫ 花门：花门山堡为回纥骑兵驻地，这里借指回纥。剺（lí）面：匈奴风俗在宣誓仪式上割面流血，以表诚意。这里指回纥坚决表示出兵助唐王朝平定安史之乱。

⑬ 出口：泄露消息。狙（jū）：伺察，窥伺。

⑭ 五陵：指玄宗以前五个皇帝的帝陵。佳气：兴旺之气。无时无：时时存在。

[简析]

本诗当作于唐天宝十五年（756），这一年六月九日安史叛军攻破潼关，长安震动。玄宗从杨国忠奔蜀之策，于十二日凌晨仓皇出逃，仅携贵妃姊妹、王子及近宦等极少数人，其余妃嫔、皇孙、公主皆不及逃走。七月，安禄山军队攻陷长安，先后杀戮霍国长公主及王妃、驸马等百余人。诗里所哀的王孙应是侥幸逃出来的。诗先追忆安史祸乱发生前的征兆，接着写玄宗委弃王孙匆促出奔，王孙流落的痛苦，最后密告王孙内外形势，叮咛王孙自珍等待河山光复。当时诗人还没有逃出长安，所写情景皆亲身感受，所以更加真切感人。

五言律诗

经鲁祭孔子而叹之

唐玄宗

夫子何为者，栖栖一代中[①]。
地犹鄹氏邑[②]，宅即鲁王宫。
叹凤嗟身否[③]，伤麟怨道穷[④]。
今看两楹奠[⑤]，当与梦时同。

[注释]

① 栖栖：忙碌不安的样子，形容孔子四方奔走，无处安身。

② 鄹（zōu）：同邹，春秋时鲁地，在今山东曲阜县东南。孔子父叔梁纥曾为鄹邑大夫。

③ 叹凤：《论语·子罕》："子曰：凤鸟不至，河不出图，吾已矣夫！"否：不顺。

④ 伤麟：《史记孔子世家》载：鲁国人捕获到一只麟，孔子流泪叹道："麟出而死，吾道穷也。"

⑤ 两楹（yíng）奠：《礼记·檀弓上》：孔子曰："余畴昔之夜，梦坐奠于两楹之间。"殷制，人死后，灵柩停于两楹之间，是很隆重的祭奠之礼。孔子梦此，故推断自己是殷周后人，且死后会受到人们的尊重。

[简析]

唐开元十三年（725），唐玄宗到泰山，行封禅大典，回京途中经过曲阜"幸孔子宅致祭"，因赋此诗，"感叹"孔子的际遇。诗只选择孔子栖遑不遇的一面，简单几句就概括了其生活的复杂坎坷，同时也赞颂了孔子"知其不可为而为之"的用世精神。唐玄宗多才多艺，通音乐、擅书法、工诗能文，而且一向崇尚经术、摒弃浮华，注意改革学风，对盛唐质朴文风的形成起了一定作用。

望月怀远

张九龄

海上生明月，天涯共此时。
情人怨遥夜，竟夕起相思。
灭烛怜光满[1]，披衣觉露滋。
不堪盈手赠[2]，还寝梦佳期。

[注释]

① 怜光满：爱惜满屋的月光。

② 盈手：双手捧满之意。

[简析]

这首诗是望月怀思的名篇，情景交融。诗人望见明月，勾起两地相思之苦，竟夕难眠，又觉得还是只有在梦境中才能相见，描绘出了深深的怀远之情。全诗意境幽静秀丽，情感真挚。层层深入不紊，语言明快铿锵，细细品味，余味无穷。“海上生明月，天涯共此时”也成为千古佳句，传诵不绝。

送杜少府之任蜀州

王　勃

城阙辅三秦[1]，风烟望五津[2]。
与君离别意，同是宦游人。
海内存知己，天涯若比邻。
无为在歧路，儿女共沾巾。

[注释]

① 三秦：今陕西地区，古为秦国，项羽在灭秦后，曾将秦地

分为雍、塞、瞿三国，称三秦。

② 五津：长江在蜀地的五大渡口，分别是白华津、万里津、江首津、涉头津、江南津。

[简析]

这是王勃的一首赠别名作，它和一般送别诗的伤感情调迥然不同，蕴含一种奋发有为的精神。诗中第五、六两句使友情升华到更高的境界，成为千古绝唱，有口皆碑。全诗开合顿挫，气脉流通，意境旷达，一洗古送别诗中的悲凉凄怆之气。在对仗上却和后来标准的五律有异，即首联对仗，颔联散行。这正表明初唐律诗还没有定型的特点。

在狱咏蝉　并序

骆宾王

余禁所禁垣西，是法厅事也[①]，有古槐数株焉。虽生意可知，同殷仲文之古树[②]，而听讼斯在，即周召伯之甘棠[③]。每至夕照低阴，秋蝉疏引，发声幽息，有切尝闻[④]。岂人心异于曩时[⑤]，将虫响悲于前听。嗟乎，声以动容，德以象贤。故洁其身也，禀君子达人之高行；蜕其皮也，有仙都羽化之灵姿。候时而来，顺阴阳之数；应节为变，审藏用之机。有目斯开，不以道昏而昧其视；有翼自薄，不以俗厚而易其真。吟乔树之微风，韵姿天纵；饮高秋之坠露，清畏人知[⑥]。仆失路艰虞[⑦]，遭时徽纆[⑧]。不哀伤而自怨，未摇落而先衰。闻蟪蛄之流声[⑨]，悟平反之已奏；见螳螂之抱影[⑩]，怯危机之未安。感而缀诗，贻诸知己。庶情沿物应[⑪]，哀弱羽之飘零；道寄人知，悯余声之寂寞。非谓文墨，取代幽忧云尔[⑫]。

西陆蝉声唱[⑬]，南冠客思深[⑭]。
不堪玄鬓影[⑮]，来对白头吟。

露重飞难进，风多响易沉。
无人信高洁，谁为表予心。

[注释]

① 法厅事：一作“法曹厅事”，法官审理罪犯的公堂。

② 殷仲文之古树：东晋殷仲文见大司马桓温府中老槐树，叹曰：“此树婆娑，无复生意。”后借以叹不得志。

③ 周召伯之甘棠：传说周代召伯巡行，听民间之讼而不烦劳百姓，就在甘棠下断案，后人相戒不要损伤这树。

④ 有切尝闻：比以前听到的更凄切。

⑤ 曩（nǎng）时：以前。

⑥ 清畏人知：形容品德高尚，清廉而恐人知道。

⑦ 仆：自称。失路：指仕途受挫。艰虞：艰难忧患。

⑧ 徽纆（mò）：绑犯人的绳索，此指被囚禁。

⑨ 蟪蛄：即寒蝉。

⑩ 螳螂抱影：据《说苑·正谏》，蝉居高饮露，螳螂委身以捕蝉。指仍然有人要陷害自己。

⑪ 庶：希望。情沿物应：情感与自然界事物相对应。

⑫ 这句是说，不是为了文辞之美，而是用它聊表幽忧而已。云尔：语末助词，犹“如此而已”。

⑬ 西陆：指秋天。《隋书·天文志》载“日循黄道东行，……行东陆谓之春，行南陆谓之夏，行西陆谓之秋，行北陆谓之冬。”

⑭ 南冠：楚国人的帽子，这里是囚犯的代称。《左传·成公九年》载楚人钟仪戴南冠被囚于晋军，故有此说。

⑮ 玄鬓：指蝉。古代妇女将鬓发梳为蝉翼状，称之蝉鬓。这里反以蝉鬓称蝉。

[简析]

骆宾王是初唐诗人，与王勃、杨炯、卢照邻合称“初唐四杰”，曾草拟过《讨武曌檄》，武则天读后都责怪宰相失此人才。这首诗是骆宾王身陷囹圄之作。唐高宗仪凤三年（678），屈居下僚十八年，刚升为侍御史的骆宾王因事下狱。从诗的尾联“无人信高洁，谁为表予心”来看，显然是受人诬陷。闻一多先生说，骆宾王“天生一副侠骨，专喜欢管闲事，打抱不平，杀人报仇、革命、帮痴心女子打负心汉”（《宫体诗的自赎》）。他敢抗上司、敢动刀笔，对方自然以种种因由加以报复，遂至下狱。由此骆宾王才在狱中写下这首诗，以蝉的高洁为自己力辩。

和晋陵陆丞早春游望[1]

杜审言

独有宦游人[2]，偏惊物候新[3]。
云霞出海曙，梅柳渡江春。
淑气催黄鸟[4]，晴光转绿苹。
忽闻歌古调[5]，归思欲沾巾。

[注释]

① 和（hè）：指用诗应答。晋陵：现江苏省常州市。

② 宦游人：离家作官的人。

③ 物候：指自然界的季节、气象变化。

④ 淑气：和暖的天气。

⑤ 古调：指陆丞相写的诗，即题目中的《早春游望》。

[简析]

杜审言是大诗人杜甫的祖父，唐高宗咸亨进士，官做得不大，但诗写得好，杜甫也引以为豪。此诗是唱和诗，原唱是晋陵陆丞作的《早春游望》。诗人因物感兴，即景生情，借此诗描写自己宦游他乡、春光满地不能归省的伤情。诗采用拟人手法，写江南早春，历历如画。构思缜密，字字锤炼，对仗工整，可看出唐近体诗的五律已经基本定型。

杂诗

沈佺期

闻道黄龙戍[①]，频年不解兵。
可怜闺里月，长在汉家营。
少妇今春意，良人昨夜情。
谁能将旗鼓，一为取龙城[②]。

[注释]

① 黄龙：地名，在今辽宁开源市西北。

② 龙城：古时匈奴祭天的地方，在今蒙古人民共和国境内，这里借指敌方要塞。

[简析]

沈佺期是初唐诗人，进士及第，曾因受贿入狱，还因谄附张易之被流放，人多薄其为人而肯定其诗地位。以上这首诗是一首反战诗，也是沈佺期的传世名作。诗人运用对比手法，表达了少妇渴望远征的丈夫早日回家团聚的心情，想象丰富，声调优美，感情充沛。特别是写闺中少妇和征人相互思念的两联“可怜闺里月，长在汉家营”，构思奇巧，以月为媒介写两地亲人共月相思之情。末句突出表达了征夫和思妇的心愿：希望有良将带兵，一举克敌，使家人早日团圆，过上和平宁静的生活。情调凄怆，但不消极；语浅意深，耐人寻味。

题大庾岭北驿[①]

宋之问

阳月南飞雁[②]，传闻至此回。

我行殊未已[3]，何日复归来。
江静潮初落，林昏瘴不开[4]。
明朝望乡处，应见陇头梅[5]。

［注释］

① 大庾（yǔ）岭：在今江西省大庾县南，为五岭之一。

② 阳月：阴历十月。

③ 殊未已：还没有停止。

④ 瘴（zhàng）：南方山林间湿热郁蒸之气。

⑤ 陇头梅：大庾岭上多梅，故又称梅岭。因该地气候湿暖，所以十月即开梅花。

［简析］

宋之问并非出身高门，但在多才多艺的父亲的引导下勤奋好学，少年便出名。他与沈佺期并称“沈宋”，二人是好友，也都是当时的宫廷文人。武周时期，不仅扈从武后朝会游豫，而且奉承武后近幸的媚臣外戚宴乐优游，自觉不自觉地陷入统治集团内部争权夺利的政治漩涡中。唐中宗年间的政治动荡及个人宠辱无常的经历，使宋之问感触良深，遂由朽烂陈腐的宫廷来到清新秀丽的水乡，开始涤净心灵，升华境界。

该诗是诗人在被贬岭南途经大庾岭时所作。首句就用鸿雁飞到这里也要折回，极状谪途的艰险和不如大雁还能转飞回去的痛苦心情；最后两句由写景转为抒情，暗祈能见到红梅采寄回乡，以安慰亲人，情真意切，柔婉动人。

次北固山下[1]

王　湾

客路青山下[2]，行舟绿水前。

潮平两岸阔，风正一帆悬。
海日生残夜，江春入旧年。
乡书何处达，归雁洛阳边。

[注释]

① 次：住宿，这里指船停泊。北固山：在今江苏省镇江市北，三面临江，形势险固，因以为名。

② 客路：旅途。

[简析]

诗人王湾是洛阳人，开元初年诗人。他一生中“尝往来吴楚间”，被江南清丽山水所倾倒，并受到当时吴中诗人清秀诗风的影响，写下了一些歌咏江南山水的作品，《次北固山下》就是其中最著名的一首。时值冬尽春来，诗人由楚入吴，在沿江东行途中泊舟于江苏镇江北固山下，面对江南景色，置身水路孤舟，感受时光流逝，油然而生别绪乡思，遂作此诗。其中“海日生残夜，江春入旧年”两句，得到当时宰相张说（yuè）的极度赞赏，并亲自书写悬挂于宰相政事堂上，作为文人学士学习的典范，其所表现的那种壮阔高朗的境象对盛唐诗坛产生了重要影响，也被后人视为盛唐气象的标志。

破山寺后禅院[①]

常　建

清晨入古寺，初日照高林。
曲径通幽处，禅房花木深。
山光悦鸟性，潭影空人心[②]。
万籁此俱寂，唯闻钟磬音。

[注释]

① 破山寺：即兴福寺，在今江苏省常熟市虞山北岭下。

② 空：使……空明，形容词用作动词。

[简析]

常建是开元年间与王昌龄同榜的进士，一生仕宦不得意，耿介自守，交游无显贵，曾与王昌龄有文字相酬。其诗长于五言，多写山林、寺观，意境清迥，语言洗炼自然，艺术上有独特造诣。这首诗写古寺清晨的宁静，寄托自己遁世情怀。意境尤其静净清幽，使人读后也受了禅心的感染。

寄左省杜拾遗[①]

岑　参

联步趋丹陛[②]，分曹限紫微[③]。
晓随天仗入[④]，暮惹御香归[⑤]。
白发悲花落，青云羡鸟飞。
圣朝无阙事[⑥]，自觉谏书稀。

[注释]

① 左省杜拾遗：即杜甫。左省即门下省，杜甫曾任左拾遗。

② 联步：同步，一起走。

③ 分曹：分班的意思，曹指官署。时岑参为右补阙，属中书省，在殿庑之右，称右省，也称紫徽省。

④ 天仗：皇家的仪仗。

⑤ 惹：沾染。

⑥ 阙：通“缺”，过失、不完美之意。补阙和拾遗都是谏官，因有后句的说法。

[简析]

唐肃宗至德二年（757），岑参由杜甫推荐而任右补阙，次年写此诗。诗是投赠友人杜甫的。先写谏议官的官场生活，然后自伤迟暮，无法尽力。笔法隐晦、曲折地抒发内心之忧愤，表面是歌颂圣明，实际上是说：看现在这个样子，我还有什么话好说呢。

赠孟浩然

李　白

吾爱孟夫子，风流天下闻。
红颜弃轩冕①，白首卧松云。
醉月频中圣②，迷花不事君③。
高山安可仰，徒此揖清芬④。

[注释]

① 红颜：青少年。

② 中（zhòng）圣："中圣人"的简称，即醉酒。曹魏时徐邈喜欢喝酒，称酒清者为圣人，酒浊者为贤人。这里的"中"是动词，同"中暑"之"中"。

③ 迷花：迷恋花草，指陶醉于自然美景。

④ 徒此揖清芬：只有在此向您清高的品格致敬了。

[简析]

孟浩然是一位飘逸的隐士。李白出蜀后，游江陵、潇湘、庐山、金陵、扬州、姑苏等地，然后又转回湖北寓居，此时他常往来于襄汉一带，与比他长十二岁的孟浩然结下了深厚友谊。一次，诗人专程去襄阳拜访孟浩然，不巧孟已外游，于是不无遗憾地写下这首诗，表达敬仰和遗憾之情。这首诗结构严谨，语言古朴自然，用典全无斧凿痕迹。

渡荆门送别

李　白

渡远荆门外[①]，来从楚国游。
山随平野尽，江入大荒流[②]。
月下飞天镜，云生结海楼[③]。
仍怜故乡水[④]，万里送行舟。

[注释]

① 荆门：山名，在湖北宜都西北长江南岸。形势险要，战国时楚国的门户。

② 大荒：广阔的原野。

③ 海楼：海市蜃楼，这里形容江上云霞美丽的景象。

④ 故乡水：指从四川流来的长江水。诗人从小生活在四川，故称。

[简析]

李白一生足迹几乎踏遍祖国的名山大川，写了不少歌颂祖国壮丽河山的名诗佳作。该诗作于开元十三年（725），一向生活在四川的李白这时二十五岁，要辞亲远游，去实现自己的理想抱负了。诗写得气势奔放，给人辽远开阔的感觉，虽有惜别的情思，却更多地表现出诗人愉快和乐观的心境，一个意气风发初入社会的青年形象历历如在眼前。

送友人

李　白

青山横北郭，白水绕东城。
此地一为别，孤蓬万里征[①]。

浮云游子意，落日故人情。
挥手自兹去，萧萧班马鸣[②]

[注释]

①一：助词，加强语气。孤蓬：蓬草遇风吹散，飞转无定，诗人常用来比喻游子。

②兹：此，现在。萧萧：马鸣声。班马：离群的马。

[简析]

在李白的送友诗中，除了绝句《赠汪伦》之外，以这首五言律诗最为有名。诗人以白描的手法勾勒出一幅长卷：青翠的山岭，清澈的流水，火红的落日，洁白的浮云；这些景象相互辉映，色彩斑斓，极具诗情画意。班马长鸣，诗人与友人策马辞行，情意绵绵，那两匹马仿佛懂得主人心情，也不愿脱离同伴，临别时禁不住萧萧长鸣，似有无限深情。李白化用古典诗句，著一“班”字，便翻出新意，烘托出缱绻情谊，可谓鬼斧神工。

听蜀僧濬弹琴

李　白

蜀僧抱绿绮[①]，西下峨嵋峰。
为我一挥手，如听万壑松。
客心洗流水[②]，余响入霜钟[③]。
不觉碧山暮，秋云暗几重。

[注释]

①绿绮：琴名，传说司马相如所用之名琴。

②客：诗人自称。这句是说，听了蜀僧濬美妙的琴声，心中好像流水洗过一样感到轻快。

③ 霜钟：《山海经·中山经》载：丰山有九钟，霜降则钟鸣。这句是说琴音与钟声交响，也兼寓有知音之意。

[简析]

这首诗是写诗人听一位从四川来的和尚弹琴。四川是诗人的故乡，而以弹奏《凤求凰》流传后世的司马相如也是四川人，所以诗一开始就联想到他那有名的绿绮琴，让读者也随诗人一同感受这份欣喜与激动，并完全沉浸在悠扬的意境中。诗人没有直接写弹奏的技巧，而是通过自身的感受，从侧面赞美琴声的高妙。赞美的同时还寓有知音的感慨和对故乡的眷恋。全诗一气呵成，势如行云流水，明快畅达。

夜泊牛渚怀古

李　白

牛渚西江夜[①]，青天无片云。
登舟望秋月，空忆谢将军[②]。
余亦能高咏，斯人不可闻。
明朝挂帆去，枫叶落纷纷。

[注释]

① 牛渚：山名，在今安徽当涂县西北。

② 谢将军：东晋谢尚，官镇西将军，镇守牛渚时，秋夜泛舟赏月，听到袁宏在船上吟哦自己的作品，音辞都很好，遂大加赞赏，邀其前来，谈到天明。袁从此名声大振，后官至东阳太守。

[简析]

这首诗当是诗人失意后在当涂之作，那时诗人对未来已经不抱希望，但自负才华而怨艾无人赏识的情绪仍溢满诗中。写景清新隽永而不粉饰，抒情豪爽豁达而不做作。这首诗是一首五律，却无对偶。有人认为李白才高，放逸不羁，兴之所至，随口讽诵，不顾及对偶。此说自有其理。

春　望

杜　甫

国破山河在[①]，城春草木深[②]。
感时花溅泪，恨别鸟惊心[③]。
烽火连三月，家书抵万金。
白头搔更短，浑欲不胜簪[④]。

[注释]

① 国：国都，即京城长安。

② 深：茂盛，茂密。

③ 此二句互文，意谓因感时恨别而对花落泪，听鸟惊心。

④ 这两句是说，白头发越抓越少，简直连簪子也插不上了。

[简析]

这首诗是杜甫"安史之乱"中困居长安时所作。此时，诗人正身陷安禄山叛军占领下的长安，国家残破，家人离散，眼前的春景更让人感触丛生。此诗可谓字字珠玑，全篇忧国、伤时、念家、悲己，显示了诗人一贯心系天下、忧国忧民的博大胸怀。这正是本诗沉郁悲壮、动慨千古的内在原因。

月　夜

杜　甫

今夜鄜州月[①]，闺中只独看。

遥怜小儿女，未解忆长安。
香雾云鬟湿，清辉玉臂寒[2]。
何时倚虚幌，双照泪痕干[3]。

[注释]

① 鄜（fū）州：今陕西省富县。当时杜甫的家属在鄜州的羌（qiāng）村，杜甫在长安。

② 这两句写诗人想象中妻子独自久立、望月怀人的形象。望月已久，雾深露重，故云鬟沾湿，玉臂生寒。

③ 虚幌：透明的窗帷。双照：与上面的“独看”对应，表示对未来团聚的期望。

[简析]

这首诗作于至德元年（756）。是年八月，杜甫携家眷逃难到鄜州后，自己投奔灵武的肃宗行在，却被安史叛军掳至长安。本来是诗人自己望月怀思，但他别出心裁，偏不直写自己，而是设想妻子望月怀念自己，又以儿女年幼“未解忆长安”之意，衬托妻之孤独凄然，进而盼望双照团圆。反映了乱离时代人民的痛苦之情，感人肺腑。

春宿左省[1]

杜　甫

花隐掖垣暮[2]，啾啾栖鸟过。
星临万户动，月傍九霄多。
不寝听金钥[3]，因风想玉珂[4]。
明朝有封事[5]，数问夜如何[6]。

[注释]

① 宿：指值夜。

② 掖垣（yè yuán）：禁墙，宫墙，这里指门下省之墙。门下省和中书省位于宫墙的两边，像人的两腋，故名。

③ 金钥；即金锁。指开宫门的锁钥声。

④ 玉珂：马笼头上的装饰品，马行则响，谓之鸣珂。

⑤ 封事：臣下上书奏事，为防泄漏，用黑色袋子密封，故称。

⑥ 夜如何：问夜多深了，生怕耽误早朝上封事的时间。

[简析]

至德二年（757）四月，杜甫从长安金光门逃出，冒险从小路来到唐肃宗在凤翔的行在，任左拾遗。同年秋天，长安收复，不久杜甫随皇帝还京。这首诗作于乾元元年（758）春天，记叙了诗人在左拾遗任上诚敬值宿，上朝前夜不安和焦盼的心情。结构严谨而又灵活，叙述详明而有变化。

至德二载甫自京金光门出间道归凤翔[1]

杜 甫

此道昔归顺[2]，西郊胡正繁[3]。
至今犹破胆，应有未招魂[4]。
近侍归京邑[5]，移官岂至尊[6]。
无才日衰老，驻马望千门[7]。

[注释]

① 诗名为“至德二载，甫自京金光门出，间道归凤翔。乾元初从左拾遗移华州掾（yuàn），与亲故别，因出此门，有悲往事”因太长故录在注中。

② 此道：指金光门。归顺：指投奔在凤翔的唐肃宗。

③ 胡：指安禄山的军队。

④ 未招魂：心有余悸，仍然魂不守舍。

⑤ 近侍：侍奉皇帝的官，这里指左拾遗之职。京邑：指华州，系畿县，距京城不远。

⑥ 这句诗的意思是，我由左拾遗贬为华州司功参军，难道是皇帝的本意吗？意指受人谗害。

⑦ 望千门：指回望宫殿。

[简析]

安史之乱中，诗人曾自金光门混出城，由小路投奔凤翔肃宗，任左拾遗，十月随肃宗返长安。次年，也即乾元元年（758），因上书为宰相房琯的战败辩护，被贬为华州司功参军，又出金光门。诗人抚今追昔，感慨万端，遂作此诗。然而诗中写道“移官岂至尊”，诗人不敢归怨于君，只得以“无才日衰老”自责。不忍去君，留恋故职，见得分明。后四句虽然写得含蓄，实际还是有埋怨肃宗之意。

月夜忆舍弟

杜　甫

戍鼓断人行[①]，边秋一雁声[②]。
露从今夜白[③]，月是故乡明。
有弟皆分散，无家问死生[④]。
寄书长不达[⑤]，况乃未休兵。

[注释]

① 断人行：指鼓声响起后，就开始宵禁。

② 边秋：边塞的秋天。

③ 露从今夜白：指白露节的夜晚。

④ 此两句是说，弟兄分散，家园无存，相互间都无从得知彼此的死生消息。

⑤ 长：一直，老是。

[简析]

这首诗是乾元二年（759）秋天，杜甫流寓秦州时所作，这时安史之乱尚未平定。杜甫有四个弟弟，颖、观、丰、占，这时只有杜占跟随着地，其余三个散居山东、河南。这首持抒发了诗人对诸弟及家乡的怀念。感叹由于战乱而造成的兄弟离散，无家可归的悲惨遭遇。杜甫的诗总能把个人困境与人民苦难结合在一起，把生活小题与国家大事相联系，让人从中深刻感受到时代的脉搏，这首诗即是如此。

天末怀李白

杜　甫

凉风起天末①，君子意如何②。
鸿雁几时到③，江湖秋水多④。
文章憎命达⑤，魑魅喜人过⑥。
应共冤魂语⑦，投诗赠汨罗。

[注释]

① 天末：天的尽头。当时杜甫在秦州，地处边塞，所以说天末。

② 君子：指李白。

③ 鸿雁：比喻书信。

④ 江湖秋水多：即前《梦李白》二首中“江湖多风波，舟楫恐失坠”之意，是对李白的关切之语。

⑤ 这句是说，老天总是妒忌有文才的人，文章好了命运就不好。

⑥ 魑魅（chī mèi）：传说中害人的山泽神怪，喜欢吞食过路的行人。这里比喻李白行程凶险。

⑦ 冤魂：指屈原。

[简析]

这一首和《梦李白二首》当是同一时期的作品，大概作于乾元二年（759）。诗人因凉风而念故友，望秋雁而怀思。料想流放夜郎的李白，此时应该途经汨罗了，因而以屈原喻之。其实，当时李白已遇赦泛舟洞庭了。诗中蕴含着对友人深切的怀念、关切与同情，感情真挚感人。杜甫的怀人诗，写得最多最好的，除怀妻、怀兄弟的以外，就数怀李白的了。

奉济驿重送严公四韵①

杜　甫

远送从此别，青山空复情。
几时杯重把，昨夜月同行。
列郡讴歌惜②，三朝出入荣③。
江村独归处④，寂寞养残生。

[注释]

① 奉济驿：在今四川绵阳。严公：即严武，曾两次任剑南节度使，对杜甫生活多方照顾。因诗人前已有两首送行诗，这里称“重送”。

② 列郡：指东西两川属邑。

③ 三朝：指玄宗、肃宗、代宗三朝。

④ 这句诗指送别后独自回到浣花溪边的草堂。

[简析]

这首诗是宝应元年（762）七月送严武奉召还朝时所作。严武两任剑南节度使，对时居成都的杜甫多有关照。当他奉召还京时，杜甫从成都直送到绵州才分手，依依惜别之情自不待言。诗既赞美严武，也发出自己“寂寞养残生”的叹息。语言质朴含情，章法谨严有节。

别房太尉墓[①]

杜　甫

他乡复行役[②]，驻马别孤坟。
近泪无干土[③]，低空有断云。
对棋陪谢傅[④]，把剑觅徐君[⑤]。
唯见林花落，莺啼送客闻。

[注释]

① 房太尉：房琯。

② 复行役：指一再奔走。

③ 这句诗意为眼泪流处，土都湿了。

④ 谢傅：指谢安。这里以谢安的镇定自若、儒雅风流来比喻房琯。

⑤ 这句诗典出《说苑》："吴季札聘晋，过徐，心知徐君爱其宝剑。及还，徐君已殁，遂解剑系其冢树而去。"这里喻指杜房的交谊之深。

[简析]

这是一首抒写感伤情怀的悼亡诗。房琯在唐玄宗幸蜀时拜相，乾元元年（758）为肃宗所贬。杜甫与房琯政见颇多相同，被视为房琯一派，曾为其上疏力谏，得罪肃宗，险遭杀害。宝应二年（763），房琯又进为刑部尚书，在路遇疾，卒于阆州。两年后，一再奔波的杜甫，途中看到故人坟墓，倍感凄凉，遂作此诗。前四句写坟前哀愤，后四句写临别留恋；雍容典雅，饱含深情。

旅夜书怀

杜　甫

细草微风岸，危樯独夜舟[①]。

星垂平野阔，月涌大江流。
名岂文章著[②]，官应老病休。
飘飘何所似，天地一沙鸥。

[注释]

① 危樯（qiáng）：高耸的桅杆。独夜舟：孤零零的一只船在江上过夜。

② 名岂：这句连下句，是用“反言以见意”的手法。杜甫确实是以文章而著名的，却偏说不是，可见另有抱负；休官明明是因论事见弃，却说是因为老病，是自解语。

[简析]

这首诗作于代宗永泰元年（765），诗人携家眷离开成都，乘舟东下渝州（今重庆）途中。诗的前半部分写“旅夜”的情景，寓情于景之中；后半部分写“书怀”，流露出诗人奔波劳苦、怀才不遇之情。杜甫怀有政治抱负，没想到宦途屡遭排挤，而只以文章得以扬名四海，全诗表现了诗人内心漂泊无依的伤感，字字血泪，声声哀叹，感人至深。

登岳阳楼

杜　甫

昔闻洞庭水，今上岳阳楼。
吴楚东南坼[①]，乾坤日夜浮[②]。
亲朋无一字[③]，老病有孤舟[④]。
戎马关山北，凭轩涕泗流。

[注释]

① 坼（chè）：分裂，这里引申为划分。这句是说，辽阔的吴

楚两地被洞庭湖一水分割。

② 乾坤：原指天地，此指日月。《水经注》卷三十八："湖水广圆五百余里，日月出没于其中。"极言湖面之广大。

③ 无一字：音讯全无。字：这里指书信。

④ 这句诗写的是杜甫生活的实况。杜甫时年五十七岁，身患多种疾病，却常乘舟漂泊。

[简析]

这首诗写于诗人逝世前一年，即唐代宗大历三年（768）春，杜甫由夔州出三峡，因兵乱漂流在江陵、公安等地。暮冬腊月，泊舟岳阳城下，登楼远眺，写下这首感怀之作。面对浩翰汪洋的洞庭湖，诗人不禁发出由衷的礼赞；而想到自己晚年漂泊无定，国家多灾多难，又不免感慨万千。于是，诗人挥笔写下这首情调悲壮，又含蕴着忧国忧民博大胸怀的千古名篇。

辋川闲居赠裴秀才迪[1]

王　维

寒山转苍翠，秋水日潺湲[2]。
倚杖柴门外，临风听暮蝉。
渡头余落日，墟里上孤烟[3]。
复值接舆醉[4]，狂歌五柳前[5]。

[注释]

① 辋川：水名，在今陕西省蓝田县南终南山下。山麓有宋之问的别墅，后归王维。王维在那里住了三十多年，直至晚年。

② 潺湲（chán yuán ）：水流声。这里指水流缓慢的样子，当作为"缓慢地流淌"解。

③ 墟里：村落。孤烟：直升的炊烟。

④ 值：遇到。接舆：春秋楚隐士，装狂遁世，不出去做官。这里代指裴迪。

⑤ 五柳：即五柳先生陶渊明。这是诗人自比。

[简析]

此诗是王维酬赠裴迪之作，其诗情景交融，不仅描写了辋川附近山水田园的优美景色，还刻画了诗人和裴迪两个隐士形象，风光人物，交替行文，相映成趣。表现了诗人隐居生活的闲适之乐和对友人的真切情谊。

山居秋暝①

王　维

空山新雨后，天气晚来秋。
明月松间照，清泉石上流。
竹喧归浣女，莲动下渔舟。
随意春芳歇②，王孙自可留③。

[注释]

① 暝：日落，天黑。

② 春芳：春天的芳华。歇：消歇，干枯。

③ 王孙：原指贵族子弟，后来也泛指隐居的人。《楚辞·招隐士》有“王孙兮归来，山中兮不可以久留”语。原是招隐士出山之意，这里是反用。

[简析]

这是一首写山水的名诗，诗将空山雨后的秋凉，松间明月的光照，石上清泉的音响以及浣女归来竹林中的喧笑，渔舟穿荷的莲动，和谐完美地融合在一起，给人一种丰富、新鲜的美好感受。像一幅清新秀丽的山水画，又像一支恬静优美的抒情乐曲，充分体现了王维“诗中有画”的创作特点和诗情画意中蕴含的高洁情怀。

归嵩山作

王　维

清川带长薄[①]，车马去闲闲[②]。
流水如有意，暮禽相与还。
荒城临古渡，落日满秋山。
迢递嵩高下[③]，归来且闭关。

[注释]

① 薄：草木交错曰薄。

② 闲闲：从容自得的样子。

③ 迢递（tiáo dì）：遥远的样子。嵩高：即嵩山。

[简析]

这首诗是描写诗人辞官归隐途中的景色和心情。首联写归隐出发时的情景；颔联写水写鸟，托物寄情；颈联写荒城古渡，落日秋山，寓情于景，反映诗人感情上的波折变化。诗人擅长写景，更善于写情，尤其是恬静的闲适之情。诗中“流水如有意，暮禽相与还”两句，就把这种境界写得淋漓尽致。

终南山[①]

王　维

太乙近天都[②]，连山到海隅。
白云回望合，青霭入看无。

分野中峰变[3]，阴晴众壑殊。
欲投人处宿，隔水问樵夫。

[注释]

① 终南山：在长安南五十里，秦岭主峰之一。古人又称秦岭山脉为终南山。秦岭绵延八百余里，是渭水和汉水的分水岭。

② 太乙：终南山的主峰，亦为终南山别名。

③ 分野：古以二十八星宿与地上的州国相对应而划分地理界域。这句指以太乙为标志，东西两边就分属不同星宿的分野了。

[简析]

开元二十九年（741），王维回到京城后，曾隐居终南山，该诗当作于这一时期。全诗描绘了终南山巍峨壮丽、白云青霭的万千气象，“隔水问樵夫”一句特别具有动感，是点睛之笔。

酬张少府[1]

王　维

晚年唯好静，万事不关心。
自顾无长策[2]，空知返旧林。
松风吹解带，山月照弹琴。
君问穷通理，渔歌入浦深。

[注释]

① 酬：回赠。

② 长策：高见。

[简析]

这首诗是一首酬人之作。少府，是县尉的别称，地位在县令之下。张少府当是诗人的友人。从诗的题目与诗的尾联可以看出，大概是张少府先有诗相赠，询问穷通之理，似有劝其重新出山继续为官之意，而王维则以此诗作答，表明了自己的心愿。

过香积寺①

王　维

不知香积寺，数里入云峰。
古木无人径，深山何处钟。
泉声咽危石，日色冷青松。
薄暮空潭曲，安禅制毒龙②。

[注释]

① 香积寺：故址在今陕西省长安县南。

② 安禅：佛家语，指身心安然入于禅定。毒龙：佛家比喻邪念妄想。见《涅磐经》："但我住处有一毒龙，其性暴急，恐相危害。"

[简析]

王维的诗，不只是"诗中有画"，而且往往"诗中有道"。尤其晚年沉湎于佛家的空寂心境中，诗中的"道"，即禅理、禅趣尤浓。这首诗意在写山寺，却无一字直写寺，而寺已在诗中，诗人完全透过寺外环境，来烘托、映衬山寺之幽胜和自己的禅寂心境。"泉声咽危石，日色冷青松"精妙绝伦，被历代誉为炼字的典范。

送梓州李使君①

王　维

万壑树参天，千山响杜鹃。
山中一夜雨，树杪百重泉②。

汉女输橦布[3]，巴人讼芋田[4]。

文翁翻教授[5]，不敢倚先贤。

[注释]

① 梓州：即今四川三台县，唐属剑南道。使君是古代对州郡长官的尊称。

② 树杪（miǎo）：树梢。

③ 汉女：川中妇女。橦（tóng）布：木棉织成的布，为梓州特产。

④ 芋田：蜀中产芋，当时为主粮之一。这句指巴人常为农田事发生讼案。

⑤ 文翁：庐江人，汉景帝末年为蜀郡太守，政尚宽宏，见蜀地僻陋，乃建造学官，诱育人才，使巴蜀日渐开化。翻：翻然改图之意。

[简析]

这是王维送友人李使君入蜀赴任时创作的一首投赠诗。诗人抓取特色，用夸张的手法描写了梓州的山林奇胜和风俗民情，以汉景帝时蜀郡太守文翁比拟李使君，寓意不能因为此地僻陋，人民难治，而改变文翁教化之策。全诗格调高远，开朗明快，没有一般送别诗的感伤气氛。

汉江临泛[1]

王　维

楚塞三湘接[2]，荆门九派通[3]。

江流天地外，山色有无中。

郡邑浮前浦[4]，波澜动远空。

襄阳好风日，留醉与山翁[5]。

[注释]

① 题名又作《汉江临眺》，但似以“临泛”更为恰当。汉水源出陕西，从襄阳城中流过，把襄阳与樊城一分为二（合称“襄樊”）。临泛江上，随着小舟在波澜中摇晃，感觉远处的天空都在摇动，非常恰当地扣题，写出“临泛”的独特观感。。

② 楚塞：襄阳一带为古楚国北境，故称。三湘：湘水的总称。湘水合沅水为沅湘，合潇水为潇湘，合蒸水为蒸湘。

③ 九派：今江西九江附近的一段长江，因此段有九条支流，故名。

④ 浦：水边。

⑤ 山翁：指晋人山简，竹林七贤之一山涛的幼子，西晋将领，曾镇守襄阳，有政绩，好酒，每饮必醉。

[简析]

开元二十六年（738），王维自河西塞外返回长安，开元二十八年（740），升为殿中侍御史，当年秋冬之际，“知南选”，赴岭南主持当地官吏选拔。他途经襄阳，泛舟汉江，遂写下这首诗。汉江是长江最大的支流，这首诗主要写汉江临泛的独特感受，咏叹汉水之浩渺。在景色描绘中营造了意境，充满了乐观情绪，给人以美的享受。“江流天地外，山色有无中”成为千古佳句。

终南别业[1]

王　维

中岁颇好道[2]，晚家南山陲。
兴来每独往，胜事空自知。
行到水穷处，坐看云起时。
偶然值林叟[3]，谈笑无还期。

[注释]

① 别业：别墅。

② 中岁：中年。道：这里指佛理。

③ 值：遇见。

[简析]

终南别业就是辋川别业，也就是王维的庄园。这首诗既是写景，也是写随遇而安的闲适恬淡之情。全诗围绕“好道”二字写诗人隐居终南超然物外的闲适情趣，“晚家南山陲”正为“好道”计。“行到水穷处，坐看云起时”更是化工之笔，诗味、理趣兼而有之。

临洞庭上张丞相[1]

孟浩然

八月湖水平，涵虚混太清[2]。
气蒸云梦泽[3]，波撼岳阳城。
欲济无舟楫[4]，端居耻圣明[5]。
坐观垂钓者，徒有羡鱼情。

[注释]

① 张丞相：指张九龄。

② 太清：指天空。这句是说澄清的湖水与天空混为一色。

③ 云梦泽：古时云、梦本为二泽，分别在湖北南部和湖南北部的长江沿岸一带低洼地区，后来大部分淤为平地。今洞庭湖即为古时云、梦二泽的一部分。

④ 济：渡水。

⑤ 这句诗是说，自己在圣明之世闲居，实在惭愧。

[简析]

诗名一作《望洞庭湖赠张丞相》，是一首“干禄”诗。所谓“干禄”，即是向达官贵人呈献诗文，以求引荐录用。孟浩然是山水诗人，却并非甘于隐逸之人。开元二十一年（733），张九龄为丞相，诗人西游长安，献此诗以求录用。诗的前半部分写洞庭湖的博大壮观，以象征清明政治。后半部分是求仕，用垂钓者比喻执政者，用羡鱼情比喻自己出仕的愿望，写得含而不露，不卑不亢。

与诸子登岘山[①]

孟浩然

人事有代谢，往来成古今。
江山留胜迹，我辈复登临。
水落鱼梁浅[②]，天寒梦泽深。
羊公碑尚在[③]，读罢泪沾襟。

[注释]

① 岘山（xiàn）：又名岘首山，在今湖北襄阳城南。

② 鱼梁：沙洲名，在襄阳鹿门山的沔水中。

③ 羊公碑：西晋名将羊祜镇守荆襄时，登山对同游者说：“自有宇宙，便有此山，由来贤者胜士登此远望如我与卿者多矣，皆湮灭无闻，使人伤悲。”后人建此碑以纪念他。

[简析]

这是一首触景伤情的感怀之作。诗人登上羊祜当年经常登临的岘山，看到羊公碑，结合自己不遇的身世命运，不禁也产生了羊祜当年的感叹，泪湿衣襟。此诗感情真挚，平淡中见深远。

宴梅道士山房[①]

孟浩然

林卧愁春尽，搴帷览物华[②]。
忽逢青鸟使[③]，邀入赤松家[④]。
金灶初开火[⑤]，仙桃正发花。
童颜若可驻，何惜醉流霞[⑥]。

[注释]

① 梅道士：孟浩然有《寻梅道士》《梅道士水亭》等诗，想来此人当是孟浩然隐居时的近邻。

② 搴帷（qiān wéi）：掀开帷幕。

③ 青鸟：神话中的鸟名，西王母使者。这里指梅道士派人来请诗人赴宴。

④ 赤松：即赤松子，古代传说中的仙人。

⑤ 金灶：指道家炼丹的炉灶。

⑥ 流霞：仙酒名。

[简析]

诗人闲居苦闷，正愁春天将要归去，忽然梅道士遣使邀他前去做客，遂满心欢喜。诗人以仙人来比喻道士的清逸，全诗都用了仙家的典故或道家的术语，类似一首游仙诗，也自然地流露出诗人的向道之意。

岁暮归南山

孟浩然

北阙休上书[①]，南山归敝庐[②]。
不才明主弃，多病故人疏。

白发催年老，青阳逼岁除[3]。
永怀愁不寐，松月夜窗虚[4]。

[注释]

① 北阙：指皇帝的宫殿。休上书：停止进奏章。

② 南山：终南山。敝庐：称自己破落的家园。

③ 青阳：指春天。“青阳”句意谓新春将到，逼得旧年除去。

④ 虚：空寂。

[简析]

相传，孟浩然曾被王维邀至内署，恰遇玄宗到来，玄宗索诗，孟浩然就读了这首《岁暮归南山》。玄宗听后生气地说：“卿不求仕，而朕未弃卿，奈何诬我？”（《唐摭言》卷十一）可见此诗尽管写得含蕴婉曲，玄宗还是听出了弦外之音，结果，孟浩然从此断送了仕途。

过故人庄[1]

孟浩然

故人具鸡黍[2]，邀我至田家。
绿树村边合[3]，青山郭外斜[4]。
开轩面场圃[5]，把酒话桑麻[6]。
待到重阳日，还来就菊花[7]。

[注释]

① 过：拜访，探访，看望。

② 具：准备，置办。

③ 合：环绕。

④ 斜（xiá）：迤逦远去，连绵不绝。

⑤ 场圃：农家的小院。菜园和打谷场。

⑥ 桑麻：指桑树和麻，这里泛指庄稼。

⑦ 就菊花：指欣赏菊花与饮酒。就：靠近、来。这里指欣赏的意思。菊花：既指菊花又指菊花酒。

[简析]

这首诗写诗人应邀到一位故友田庄做客的经过。在淳朴自然的田园风光中，举杯饮酒，闲话家常，恬淡温馨，仿佛一幅清新、朴实、美好的田园风景画。全诗描绘出典型的农家生活场景，充满浓厚的生活气息，将自然美、生活美、友情美融合在一起，于中也可以看出诗人内心世界的和谐。

秦中寄远上人[①]

孟浩然

一丘常欲卧[②]，三径苦无资[③]。
北土非吾愿[④]，东林怀我师[⑤]。
黄金燃桂尽[⑥]，壮志逐年衰。
日夕凉风至，闻蝉但益悲。

[注释]

① 上人：对僧人的敬称。

② 一丘：指隐居山林。语出《晋书·谢鲲传》。

③ 三径：王莽专权时，兖州刺史蒋诩辞官回乡，于院中辟三径，唯与隐者求仲、羊仲来往。后便指归隐后所住的田园

④ 北土：指秦中。

⑤ 东林：相传晋著名高僧慧远初居庐山西林寺，后因问道者多，刺史桓伊在山之东为其建东林寺。这里借指远上人所居之处。

⑥ 这句诗比喻处境窘困。《战国策·楚策》谓“楚国之食贵于

玉，薪贵于桂”。黄金喻食品，燃桂喻柴。

［简析］

这首诗是诗人在长安落第之后所写，向远上人报告客居逢秋的苦情，诉说欲隐无处，欲仕非愿，进退两难之苦，因此诗中充满了失意、悲哀与追求归隐的情绪。这首诗的特点在于直抒胸臆，这种不加润色的白描手法，抒发了诗人内心的悲苦，读来感觉明朗直爽。

宿桐庐江寄广陵旧游[1]

孟浩然

山暝听猿愁[2]，沧江急夜流[3]。
风鸣两岸叶，月照一孤舟。
建德非吾土[4]，维扬忆旧游。
还将两行泪，遥寄海西头[5]。

［注释］

① 桐庐江：即桐江，是钱塘江流经浙江桐庐的部分。广陵：即扬州，又称维扬。旧游：老朋友。

② 暝：指黄昏。

③ 沧江：沧同“苍”，因江色苍青，故称。这里指桐庐江。

④ 建德：今属浙江，居桐江上游。这里泛言桐庐、建德一带江域。

⑤ 海西头：指扬州。扬州近海，故曰海西头。隋炀帝《泛龙舟歌》：“借问扬州在何处，淮南江北海西头。”

［简析］

这首诗写诗人长安失遇后，漫游吴越，夜宿桐庐江，将去建德，又感叹建德无一亲故，遂至怀念维扬旧游遥寄相思。这首诗的前半部分写景，后半部分写情，由桐庐江夜景引发旅途的孤寂情怀，景切情深，情景交融，撩人情思。

留别王维

孟浩然

寂寂竟何待[①]，朝朝空自归。
欲寻芳草去[②]，惜与故人违[③]。
当路谁相假[④]，知音世所稀。
只应守寂寞，还掩故园扉。

[注释]

① 寂寂：落寞。

② 寻芳草：隐居山林之意。

③ 违：分离。

④ 当路：当权者。假：相助，提携。

[简析]

孟浩然因《岁暮归南山》一诗得罪了玄宗皇帝，因此仕途无望，打算回乡隐居，临行前给好友王维写下这首留别诗。想到这次来长安无功而返，不免心中惆怅，不免发出“寂寂竟何待，朝朝空自归”的叹息，以及无人提携引荐的哀怨。语言浅显，而意味深长。

早寒有怀

孟浩然

木落雁南渡，北风江上寒。
我家襄水曲[①]，遥隔楚云端。

乡泪客中尽，孤帆天际看。
迷津欲有问[2]，平海夕漫漫[3]。

[注释]

① 这句是说，孟浩然家在襄阳，襄阳正当襄水之曲处，故云。

② 迷津：典出《论语微子》：孔子周游列国时，命子路向长沮、桀溺问津，却被两人讥讽，认为入世不如隐居好。这里是慨叹自己彷徨失意。津：渡口。

③ 平海：指宽平如海的江面。漫漫：无边无际，这里形容时间“夕”。

[简析]

这是一首怀乡思归的抒情诗。孟浩然曾于唐玄宗开元年间几次漫游吴越，这首诗可能即作于此时。诗人因离乡日久，触景生情，眷念襄阳、襄水。思乡之情和写景之句浑然一体，深沉含蓄。最后两句透露了诗人仕途失意的悲慨，以及迷茫彷徨的心境。

秋日登吴公台上寺远眺[1]

刘长卿

古台摇落后[2]，秋入望乡心。
野寺来人少[3]，云峰隔水深。
夕阳依旧垒[4]，寒磬满空林[5]。
惆怅南朝事，长江独自今。

[注释]

① 吴公台：在今江苏省江都县，原为南朝沈庆之所筑的弩台，后陈将吴明彻重修，故称。

② 摇落：零落，凋残。

③ 野寺：位于偏地的寺庙。这里指吴公台上寺。

④ 旧垒：即指吴公台。

⑤ 磬（qìng）：清冷的磬声。

[简析]

刘长卿是中唐诗人，年轻时在嵩山读书，玄宗天宝年间登进士第，为官主要在肃宗、德宗朝。他生平坎坷，曾两次遭到贬谪，旅居各地期间多遇战乱，因此有一部分感伤身世之作，也反映了安史之乱以后中原一带荒凉凋敝的景象。这是一首吊古诗，登临前朝古迹，见其零落，不禁感慨万端。惆怅之余又想到：唯有滚滚的长江水日夜川流不息，淘尽历史的烟云。很有些"大江东去，浪淘尽，千古风流人物"的气韵。

送李中丞归汉阳别业

刘长卿

流落征南将[①]，曾驱十万师。
罢归无旧业[②]，老去恋明时[③]。
独立三边静[④]，轻生一剑知[⑤]。
茫茫江汉上，日暮欲何之。

[注释]

① 征南将：指李中丞。

② 旧业：在家乡的产业。

③ 明时：对当时朝代的美称。

④ 三边：指幽、并、凉三州边远诸郡，泛指边疆。

⑤ 轻生：不畏死亡。

[简析]

《送李中丞归汉阳别业》又题《送李中丞之襄州》，大致为安史之乱平息不久的诗作。诗人为主人公被斥退罢归的不幸遭遇所感，抒发惋惜不满与感慨之情。这首诗以深挚的情感颂扬了李将军的英雄气概、忠勇精神和所著功勋，对老将晚年罢归流落的遭遇表示了无限同情。结尾一联，寓情于景，以景衬情，含蓄地表现老将日暮途穷的境况，悲怆感人。

饯别王十一南游[①]

刘长卿

望君烟水阔，挥手泪沾巾。
飞鸟没何处，青山空向人。
长江一帆远，落日五湖春。
谁见汀洲上，相思愁白苹[②]。

[注释]

① 饯别：设宴送行。

②“落日”句及“谁见”两句：均出梁朝柳恽《江南曲》：“汀洲采白苹，落日江南春。洞庭有归客，潇湘逢故人。故人何不返，春花复应晚。不道新知乐，只言行路远。”白苹：一种水草，花白色，故名。

[简析]

这是一首描写离情别绪的诗。全诗虽无“别离”二字，只写离别风光，然而满腔离情，完全注入景中，达到情景交融的境地。其诗首尾相应，新颖而不落俗套。

寻南溪常道士

刘长卿

一路经行处，莓苔见屐痕[①]。

白云依静渚[2]，芳草闭闲门。
过雨看松色，随山到水源。
溪花与禅意，相对亦忘言。

[注释]

① 屐（jī）痕：指足迹。

② 渚（zhǔ）：水中的小洲。

[简析]

这首诗主要描写诗人寻隐者不遇，却别有所获，领悟到“禅意”的妙处。结构严密紧凑，层层扣紧主题。唐代宗大历（766—779）前后，是个感伤的时代，很多诗歌都着意表现感伤色彩，但更多的则是摆脱时代失意、政治苦闷、人世困惑，而追求宁静、冲远、淡泊。刘长卿此诗也反映了当时的“时代心声”。

新年作

刘长卿

乡心新岁切，天畔独潸然。
老至居人下，春归在客先[1]。
岭猿同旦暮，江柳共风烟。
已似长沙傅[2]，从今又几年。

[注释]

① 客：诗人自指。此句意谓，春已归而自己尚未回去。

② 长沙傅：指贾谊。西汉贾谊曾为大臣所忌，贬为长沙王太傅。这里借以自喻。

[简析]

刘长卿生性刚直，不愿依附权贵。肃宗至德年间，他被大官僚吴仲儒诬害，下苏州狱，后贬潘州（今广东茂名）南巴县尉，这首诗当作于此时。仕途失意，横遭贬谪，身处异乡，又逢新年，不免思念家乡，愤慨与伤感之情，油然而生。这首诗用典自喻，写景抒情简练而凝重，无限离愁跃然纸上。

送僧归日本

钱　起

上国随缘住[①]，来途若梦行[②]。
浮天沧海远[③]，去世法舟轻[④]。
水月通禅寂[⑤]，鱼龙听梵声。
唯怜一灯影[⑥]，万里眼中明。

[注释]

① 上国：这里指唐王朝。

② 来途：指从日本来中国。

③ 浮天：舟船浮于天际。形容海面宽广，天好像浮在海上。

④ 去世：离开尘世，这里指离开中国。法舟轻：意为佛法高明，乘船归国，将会一路顺利。

⑤ 水月：喻僧品格清美，同时也是写海上夜景。禅寂：佛教悟道时清寂凝定的心境。

⑥ 灯：双关，以舟灯喻禅灯。

[简析]

钱起是今浙江湖州人，天宝十年（751）赐进士第一人，曾任考功郎中，故世称钱考功，与韩翃、李端、卢纶等号称“大历（唐代宗年号）十才子”。又与郎士元齐名，并称“钱郎”。钱起当时诗名很盛，其诗多为赠别应酬之作，并以五言为主，自称“五言长城”。诗风清空闲雅、流丽纤秀，尤长于写景，是大历诗风的杰出代表。

这里诗人送一位日本僧人回国，（唐时与日本交往频繁，有许多日本人来中国学习或做官，唐人集中多有寄赠日本人的篇章）赞扬了僧人不畏艰险，勇敢实现自己理想的精神，因为是写赠僧人，所以用了许多佛家术语，是别具一格的送别诗。

谷口书斋寄杨补阙[1]

钱　起

泉壑带茅茨[2]，云霞生薜帷[3]。
竹怜新雨后[4]，山爱夕阳时。
闲鹭栖常早，秋花落更迟。
家童扫萝径[5]，昨与故人期。

[注释]

① 谷口：在今陕西泾（jīng）阳县西北，当泾水出山之处。补阙：官名，职司规谏。

② 泉壑（hè）：这里指山水。壑：山沟。茅茨（cí）：茅屋。

③ 薜帷（bì Wéi）：薜荔绕墙而生，有如帷幕。薜，即薜荔，常绿灌木。

④ 怜：爱。

⑤ 萝径：与“薜帷”照应，古时常萝与薜合称，曰薜萝。

[简析]

这是一首邀约诗，邀请友人杨补阙来书斋聚谈。诗极写书斋环境，幽静清新。此诗最大特点是将水、云、竹、山、鹭、花都人格化了，让这些景物融入了人的情感，读来更有质感，更加真切地感受到他们的美好存在。“竹怜新雨后，山爱夕阳时”是本诗最出彩的句子，历来被赞为写景妙句。

淮上喜会梁州故人[1]

韦应物

江汉曾为客[2]，相逢每醉还。
浮云一别后，流水十年间。
欢笑情如旧，萧疏鬓已斑。
何因不归去，淮上对秋山。

[注释]

① 淮上：淮水之上，在今江苏淮阴一带。梁州：唐州名，在今陕西南郑县东。

② 江汉：汉江，流经梁州。

[简析]

韦应物曾有自述诗曰："身为里中横，家藏亡命儿，朝提樗蒲局，暮窃东邻姬。"这当是他早年随侍玄宗做侍卫时的行状。后来竟洗心革面，发奋读书了，很有点像《除三害》里的周处。人生的种种都经历之后，渐归于朴素平淡，也更看重真挚的感情。这首诗写久别十年之后，忽然在淮上遇到梁州故人的情境和心情。诗题曰"喜会"，可是诗中写到互看斑白的鬓发，欢欣中亦充满感慨。

赋得暮雨送李曹[1]

韦应物

楚江微雨里，建业暮钟时。
漠漠帆来重[2]，冥冥鸟去迟[3]。
海门深不见[4]，浦树远含滋[5]。
相送情无限，沾襟比散丝[6]。

[注释]

① 赋得：古人聚会分题赋诗，分到的诗题称为“赋得”。

② 漠漠：水气迷茫的样子。

③ 冥冥：天色昏暗的样子。

④ 海门：长江入海处，在今江苏省海门市。

⑤ 浦树：江边的树木。滋：湿润的意思。

⑥ 散丝：指细雨，这里喻眼泪。

[简析]

这是一首送别诗，特点是在暮雨中送别。李曹，一作李胄，又作李渭，其人已无考，但从此诗看，想必与韦应物交谊颇深。诗作虽是送别，却重在写景，全诗紧扣“暮雨”和“送”字着墨，将别泪和雨丝联系起来，别具一格。全诗前后呼应，一脉贯通，浑然一体。

酬程近秋夜即事见赠

韩 翃

长簟迎风早[①]，空城澹月华[②]。
星河秋一雁，砧杵夜千家[③]。
节候看应晚，心期卧已赊[④]。
向来吟秀句[⑤]，不觉已鸣鸦。

[注释]

① 长簟（diàn）：长竹。

② 澹（dàn）：摇动的样子。

③ 砧杵（zhēn chǔ）：捣衣用具，秋夜捣衣以备寒冬。

④ 心期：指朋友间心心相映，热切思念。赊：迟。

⑤ 向来：这里指整个晚上。

[简析]

韩翃（hóng）是“大历十才子”之一，天宝十三载（754）中进士。他的诗笔法轻巧，写景别致，在当时传诵很广。这是一首酬答程近所赠的同题诗。诗的前六句紧扣“秋夜”，声色俱全，“星河秋一雁，砧杵夜千家”两句尤其自然秀逸，被誉为佳句。末两句称赞程诗之美，为了应和此诗，竟至苦吟一夜，通宵未眠，足见彼此心期之切。诗人透过秋夜景色的典型描绘，构造了一种幽远凄清的意境，诗味醇厚深长。

阙　题[①]

刘昚虚

道由白云尽[②]，春与青溪长。
时有落花至，远闻流水香。
闲门向山路[③]，深柳读书堂[④]。
幽映每白日[⑤]，清辉照衣裳。

[注释]

① 阙题：题原缺。

② 这句诗是指山路在白云尽处，也即在尘境之外。

③ 闲门：指门前清净，环境清幽，俗客不至的门。

④ 深柳：即茂密的柳树。

⑤ 幽映：指“深柳”在阳光映照下的浓荫。

[简析]

刘昚（shèn）虚是盛唐著名诗人之一，郑处晦《明皇杂录》把他和王昌龄、常建、李白、杜甫等人并列，说是“虽有文章盛名，皆流落不偶”。此诗原题已缺，从诗的语意看来，似乎是写友人在暮春山中隐居读书的生活。诗围绕“暮春”展开，白云春光，落花流水，柳色清辉，清新自然，幽静多趣。其所表现的情致甚为清远。

江乡故人偶集客舍

戴叔伦

天秋月又满，城阙夜千重。
还作江南会，翻疑梦里逢[1]。
风枝惊暗鹊，露草泣寒虫。
羁旅长堪醉[2]，相留畏晓钟[3]。

[注释]

① 翻：义同“反”。

② 羁（jī）旅：犹漂泊。

③ 晓钟：报晓的钟声。

[简析]

戴叔伦是唐代中期著名的诗人，出生在一个隐士家庭。他博闻强记，聪慧过人，后因家计窘迫，开始探寻仕途，成为出色的地方官吏。这首诗写故人在秋夜月满时，居然能偶集京城长安，感慨无限。因为相见不易，所以长夜欢聚；又因担心分手，所以最怕听闻报晓的钟声。款款写来，层次分明，写景有致，抒情深沉。

送李端

卢　纶

故关衰草遍[1]，离别正堪悲。
路出寒云外，人归暮雪时。
少孤为客早[2]，多难识君迟。
掩泣空相向，风尘何所期[3]。

[注释]

① 故关：故乡。衰草：冬草枯黄，故曰衰草。

② 为客：古人称离开家乡谋生或做官为作客。

③ 风尘：指世事纷乱。此句意为在这离乱的年代，不知后会何期。

[简析]

卢纶也是“大历十才子”之一，唐玄宗天宝末年进士，在代宗、德宗朝，诗名颇著，文宗尤爱其诗，其作品对当时文体、诗风影响较大。此诗是一首感人至深的送别诗。流离患难中相交的知心朋友，本来就相见恨晚，当此衰草遍地的季节又要分别，而且世事纷乱相会无期，怎叫人不伤心落泪。这首诗以“悲”字贯穿全篇，抒情多于写景，悲怆之情跃然纸上。

喜见外弟又言别[1]

李　益

十年离乱后[2]，长大一相逢。
问姓惊初见，称名忆旧容。
别来沧海事[3]，语罢暮天钟。
明日巴陵道[4]，秋山又几重？

[注释]

① 外弟：表弟。

② 乱：指安史之乱。

③ 沧海：比喻世事的巨大变化。

④ 巴陵：今湖南省岳阳市，即诗中外弟将去的地方。

[简析]

李益，唐“大历十才子”之一，自负才地，多所凌忽，为众不容，仕途自然也不顺遂。安史之乱、继以藩镇割据，诗人李益的少年，就是在此背景下度过的。离乱长达十年，亲戚都下落不明，当与童稚之交的表弟再相见已不相识了。这本身已够悲凉了，而相遇后马上又要分别，惊喜中又有离情，虽平铺直叙却十分真切感人。诗用凝炼的语言，白描的手法，生动的细节，典型的场景，层次分明地再现了社会动乱中人生聚散的一幕。

云阳馆与韩绅宿别[①]

司空曙

故人江海别，几度隔山川。
乍见翻疑梦[②]，相悲各问年。
孤灯寒照雨，深竹暗浮烟。
更有明朝恨，离杯惜共传[③]。

[注释]

① 云阳：今陕西泾阳县。馆：驿站馆舍。韩绅：一作“韩升卿”。韩愈的四叔名绅卿，与司空曙同时，曾任泾阳县令，可能即为此人。

② 翻疑：反而怀疑。

③ 离杯：饯别的酒。共传：传杯共饮。

[简析]

司空曙，“大历十才子”之一，在长安时常与卢纶、独孤及和钱起吟咏唱和。他的诗大部分属于酬赠之作，由于仕途蹭蹬，又长期迁谪，所以对遭遇不幸的友人常表现出深切的关心。本诗是一首惜别诗，描写诗人与好友韩绅乍见又别之情，不胜黯然。“故人江海别，几度隔山川”已成千古名句。

喜外弟卢纶见宿

司空曙

静夜四无邻，荒居旧业贫。
雨中黄叶树，灯下白头人。
以我独沉久，愧君相见频。
平生自有分，况是霍家亲[①]。

［注释］

① 霍家亲：一作“蔡家亲”，都指表亲。晋大将羊祜为蔡邕外孙，因功授爵却要求转送表兄弟蔡袭。西汉霍去病是卫青姐姐的儿子，卫霍两家也是表亲。

［简析］

司空曙和卢纶均名列“大历十才子”，又是表兄弟，关系十分亲密。诗人“磊落有奇才”，但因为“性耿介，不干权要”，所以落得宦途坎坷，家境清寒。这首诗前半部分即写静夜荒村，诗人陋室贫居的悲凉与凄苦；后半部分写表弟卢纶来访，孤苦的境遇中见到亲友，自然喜出望外。这一悲一喜，互相映衬，深刻地表现了主题。全诗悲喜交加，比喻贴切，意味深长。

贼平后送人北归[①]

司空曙

世乱同南去，时清独北还[②]。
他乡生白发，旧国见青山[③]。
晓月过残垒[④]，繁星宿故关。
寒禽与衰草，处处伴愁颜。

[注释]

① 贼平：指平定“安史之乱”。

② 时清：指时局已安定。

③ 旧国：指故乡。

④ 残垒：残余的军垒。

[简析]

这首诗写于平定“安史之乱”后不久，时局基本稳定，当初与诗人一同南逃的友人要北返故乡了，而诗人这次不是同行而是为其送行。想这漫长的岁月里，大家因战乱而流离失所，辗转他乡，人生已老，故乡也残破不堪，即便回去也是唯见青山。诗即写出了友人惜别的伤感，也表达了故国残破的悲痛。

蜀先主庙[①]

刘禹锡

天地英雄气，千秋尚凛然。
势分三足鼎，业复五铢钱[②]。
得相能开国，生儿不象贤[③]。
凄凉蜀故妓，来舞魏宫前[④]。

[注释]

① 蜀先主庙：在夔州（今重庆奉节县）白帝山上，诗人曾任夔州刺史（821—824），此诗当作于此时。

② 五铢钱：汉武帝时的货币，此代指刘汉帝业。王莽代汉时，曾废五铢钱，至光武帝时，又从马援奏重铸，天下称便。这里以光武帝恢复五铢钱，比喻刘备想复兴汉室。

③ 不象贤：此言刘备之子刘禅不肖，不能守业。

④“凄凉”两句是说，刘禅降魏后，东迁洛阳，被命为安乐县

公。魏太尉司马昭在宴会中专命蜀国的女乐表演歌舞，旁人皆为之感伤，独刘禅喜笑自若，乐不思蜀。

[简析]

刘禹锡是中唐诗人，诗文俱佳，与白居易、李白并称“刘白”，与柳宗元并称“刘柳”。他的家庭是一个世代以儒学相传的书香门第。政治上他主张革新，贞元末，与柳宗元、陈谏、韩晔等结交于王叔文，是王叔文派政治革新活动的中心人物之一。这首诗当是刘禹锡任夔州刺史时所作，谒蜀先主庙而发古今兴亡之感慨。虽是怀古，其着眼点还在于当世。大唐经过开元盛世，到刘禹锡所处的时代，已经日薄西山；积极革新的一派屡遭打击，不得施展。这不禁使诗人更加感慨万千。全诗措词精警凝炼，沉着超迈，垂戒无穷。

没蕃故人①

张　籍

前年戍月支②，城下没全师。
蕃汉断消息，死生长别离。
无人收废帐，归马识残旗。
欲祭疑君在，天涯哭此时。

[注释]

① 没：陷身。蕃（bō）：外邦。指吐蕃。

② 月支：古西域氏族名，又称月氏。

[简析]

张籍，中唐诗人，其乐府诗与王建齐名，并称“张王乐府”。除乐府歌行外，多作近体诗，是中唐时期新乐府运动的积极支持者和推动者。其诗作语言凝炼而平易自然，诗中广泛深刻地反映了各种社会矛盾，同情人民疾苦。这首诗是悼念为征战覆没于异域的故人。诗的前半部分从戍守写到全军覆没，消息全无，死生不明。后半部分想象战场的衰败，并怀着复杂的心情在天涯遥哭，巨大的悲恸在无望的希望中体现出来。语真而情苦，流露出非战的思想。

赋得古原草送别

白居易

离离原上草①，一岁一枯荣。
野火烧不尽，春风吹又生。
远芳侵古道②，晴翠接荒城。
又送王孙去③，萋萋满别情④。

[注释]

① 离离：纷披繁盛的样子。

② 远芳：伸展到远处的草。

③ 王孙：原指贵族子弟，这里指远行的游子。

④ 萋萋：形容草茂盛的样子。这两句借用《楚辞·招隐士》“王孙游兮不归，春草生兮萋萋”的典故。

[简析]

传说白居易十六岁时由江南到长安准备科举考试，拿着自己的诗文谒见当时的大名士顾况。顾看看他的姓名，开玩笑说：“长安米贵，居大不易啊！”及至读到这首《赋得古原草送别》，不由赞叹道：“有才如此，居亦何难！”白居易从此名声大振。本诗是一首千古传唱的咏物诗，唐人的咏物诗往往在最后一句才能见到诗人的本意。此诗通篇几乎都在写草，而诗题“送别”两字也明显说明这是一首送别之作，实是借草取喻，这从“萋萋满别情”的出典更容易理解。

旅宿

杜 牧

旅馆无良伴，凝情自悄然。

寒灯思旧事，断雁警愁眠①。

远梦归侵晓②，家书到隔年。

沧江好烟月，门系钓鱼船。

[注释]

① 断雁：孤雁。失群之雁。

② 侵晓：破晓。

[简析]

杜牧，宰相杜佑之孙，晚唐杰出诗人，尤以七言绝句著称。擅长文赋，其《阿房宫赋》为后世传诵。这是一首羁旅怀乡之作。诗人离家久远，客居旅馆，孤独中为乡愁所苦。全诗层层推进，写景抒情都有独到之处。写梦到归乡，也因路途遥远一梦即到破晓；写见到门前系着渔舟的钓叟，也大为艳羡。羁旅的思乡之情跃然纸上，着实令人感叹。

秋日赴阙题潼关驿楼①

许 浑

红叶晚萧萧②，长亭酒一瓢。

残云归太华③，疏雨过中条④。

树色随关迥，河声入海遥。

帝乡明日到，犹自梦渔樵。

[注释]

① 阙：宫阙，指长安城。

② 萧萧：形容风吹叶动的声音。

③ 太华：华山。在今陕西省华阴县。

④ 中条：山名，一名雷首山，在今山西永济县东南。

[简析]

许浑是唐大和六年（832）进士，润州丹阳（今江苏省丹阳县）人，润州的丁卯涧附近有许浑的别墅，他在那里自编诗歌“新旧五百篇”，因名《丁卯集》。他的诗歌风格清丽，尤长于律诗，颇为杜牧、韦庄所称重。这首诗是许浑第一次从故乡去长安，途经潼关夜宿驿楼时有感而作，再现了诗人在出仕为官和眷恋山林之间的矛盾心理。笔力遒劲，工整自然。

早　秋

许　浑

遥夜泛清瑟[①]，西风生翠萝[②]。
残萤栖玉露，早雁拂金河[③]。
高树晓还密，远山晴更多。
淮南一叶下[④]，自觉洞庭波[⑤]。

[注释]

① 遥夜：长夜。泛：指弹奏。

② 西风：秋风。

③ 金河：即银河。诗题“早秋”，所以此时南来之雁是早雁，活跃于夏季之萤也成为残萤。

④ 淮南一叶：典出《淮南子·说山训》：“以小明大，见一叶落，而知岁之将暮。”此句即化用此典。

⑤ 洞庭波：屈原《九歌·湘夫人》有“袅袅兮秋风，洞庭波兮木叶下。”此句化用此典。

[简析]

这是一首写早秋景色的咏物诗。诗人以清丽的笔触描绘了遥夜、清瑟、西风、翠萝、残萤、玉露、早雁、远山、落叶等初秋景色。诗从听觉及视觉的高低远近着笔，错落有致而且细腻。无论写景还是用典，都贴切自然，紧扣“早秋”这一主题。

蝉

李商隐

本以高难饱[①]，徒劳恨费声。
五更疏欲断[②]，一树碧无情。
薄宦梗犹泛[③]，故园芜已平[④]。
烦君最相警，我亦举家清。

[注释]

① 高难饱：古人以为蝉是栖息高树、餐风饮露的，故有此说。

② 疏欲断：是说蝉长夜悲鸣，到天将明时，已然鸣声稀疏无以为继。下句意思是说：尽管如此，碧树对它还是无动于衷。

③ 薄宦：官卑职微。梗犹泛：典出《战国策·齐策》：说的是一个泥偶与一个桃梗做的木偶在对话，桃偶说：“你不过是西岸的泥土，被做成人的模样，到八月，大雨来临，洪水泛滥的时候，你就残破了。”泥偶说：“我是西岸的泥土，即使破了，也就回归西岸的土地罢了。你呢，却是东国的桃梗，被削为人形，八月的大雨把你冲入河流，那么你就会漂离家乡，不知道一直漂流到哪里去了。”这里用桃梗漂泊流离来比拟自己的宦游生涯。

④ 芜已平：杂草丛生，已平膝没胫，覆盖了故园。

[简析]

这是一首哲理诗，借物喻人，诗中的蝉，实是诗人自己。诗人自许清高，不肯屈就，结果只落得生活困顿，这不就是“高难饱”吗？在这里，蝉已经完全人格化了，诗人分明是借其表达自己艰难的身世和处境，所以纪昀说开头两句是“意在笔先”。古人有云：“昔诗人篇什，为情而造文。”这首咏蝉诗，就是抓住蝉的特点，结合诗人的情思，“为情而造文”的。

风　雨

李商隐

凄凉宝剑篇①，羁泊欲穷年②。
黄叶仍风雨③，青楼自管弦④。
新知遭薄俗，旧好隔良缘⑤。
心断新丰酒⑥，销愁斗几千。

[注释]

① 宝剑篇：唐代名将郭震所作，借宝剑埋尘喻才士沦落不遇。郭震少有大志而且诗文出色，武则天闻其名，征见，令录旧文，遂献此得升擢。

② 羁（jī）泊：羁旅漂泊。穷年：终年。

③ 黄叶句：自喻飘零如风雨中的黄叶。仍：更兼。

④ 青楼：借指富家高楼。

⑤ 这两句诗，（清）冯浩注：“新知谓婚于王氏，旧好指令狐。遭薄俗者，世风浇薄，乃有朋党之分，而怒及我矣。”

⑥ 新丰酒：典出《旧唐书·马周传》，说他“西游长安，宿于新丰逆旅，主人唯供诸商贩，而不顾待周。遂命酒一斗八升，悠然独酌”。后得太宗赏识，授监察御史。这句引马周事，是自叹生不

逢时，不会再有马周那样的知遇之望了。

[简析]

这首诗大约作于诗人晚年羁泊异乡期间。这时，诗人已经长期沉沦漂泊、寄迹幕府，差不多到了人生的穷途。面对宝剑篇，想到自己空有才华，却漂泊羁旅郁郁不得志，不免心中苦闷，借酒消愁。全诗意境悲凉，首尾用典，自喻形象，自然贴切，意味深长。

落　花

李商隐

高阁客竟去，小园花乱飞。
参差连曲陌①，迢递送斜晖②。
肠断未忍扫，眼穿仍欲归③。
芳心向春尽④，所得是沾衣。

[注释]

① 参差（cēn cī）：指花影迷离、花瓣乱飞的样子。

② 迢递：遥远的样子。

③ 这句指望眼欲穿盼来了春天，但很快春天又要归去。

④ 芳心：指花，也指自己惜花之心。

[简析]

这是一首专咏落花的诗。当时（会昌六年，即846年），诗人正闲居永业，陷入牛李党争之中的他，境况不佳，心情郁闷，故全诗洋溢着伤春惜花之感。此诗读来委婉动人，既是叹花也是自叹，诗人在感叹青春已逝和身世飘零之余，也借以表达了自己素怀壮志，终不见用的凄婉与感慨。

凉 思

李商隐

客去波平槛[①]，蝉休露满枝。
永怀当此节[②]，倚立自移时。
北斗兼春远，南陵寓使迟[③]。
天涯占梦数，疑误有新知。

[注释]

① 槛（jiàn）：栏杆。

② 此节：指秋季。

③ 南陵：今安徽东南南陵县。寓使：指传书的使者。

[简析]

李商隐一生不得志，在朝只做过短短两任小官，其余时间都漂泊异乡，寄人幕下。这首诗大概写在又一次飘零途中。诗人客中倍感秋意的凄凉，独自倚立，感思伤情，怀想故人。甚至怀疑对方有了新结识的朋友而忘了自己这个旧交，而这种执着无疑更加重了悲慨与失落。此诗有别于李商隐一贯精工典丽的作风，不假雕饰，而且直抒胸臆，正适合于表现这种凄冷萧瑟的情怀。

北青萝[①]

李商隐

残阳西入崦[②]，茅屋访孤僧。
落叶人何在，寒云路几层。
独敲初夜磬，闲倚一枝藤。
世界微尘里，吾宁爱与憎[③]。

[注释]

① 青萝：山名。

② 崦：即“崦嵫”（yān zī），山名，在甘肃。古时常用来指太阳落山的地方。

③ 这两句的意思是大千世界俱是微生，我还谈什么爱和恨呢？宁：为什么？《法华经》有：“书写三千大千世界事，全在微生中。”

[简析]

这首诗描写诗人黄昏时访孤僧忽悟禅理之事。诗人围绕访僧悟禅的主题创造气氛，为我们描绘了一幅美丽清凉的图画，意致简远超然。纵观李商隐一生挣扎于宦海，这不过是他失意时的感慨。诗中用词也很精妙，时有照应，如“初夜”对“残阳”，“独敲”对“孤僧”。

送人东归

温庭筠

荒戍落黄叶[1]，浩然离故关[2]。
高风汉阳渡，初日郢门山[3]。
江上几人在，天涯孤棹还[4]。
何当重相见，樽酒慰离颜[5]。

[注释]

① 荒戍：荒废的军队防地。

② 浩然：豪迈坚定的样子。指远游之志甚坚。

③ 汉阳渡：湖北汉阳。郢门山：即荆门山。

④ 棹：这里指船。

⑤ 何当：何时。樽酒：犹杯酒。

[简析]

温庭筠诗词兼工，是花间词派的鼻祖。诗与李商隐齐名，并称“温李”，词与韦庄齐名，并称“温韦”。据说他年轻时就才思敏捷，晚唐考试律赋，八韵一篇，他叉手一吟便成一韵，八叉八韵即告完稿，时人亦称之“温八叉”“温八吟”。

本诗是一首送别诗。此诗大概写于唐宣宗大中十三年（859）诗人贬随县尉之后，至懿宗咸通三年（862）离开江陵之前这段时期，很可能作于江陵。诗虽是送行之作，但由于离人意气昂扬，就使得黄叶飘零、天涯孤棹等景色显得悲凉而不低沉，反而慷慨动人。诗的最后一句透露出依依惜别的情怀，却也少几分凄楚，而多几分雄壮。

灞上秋居

马　戴

灞原风雨定[①]，晚见雁行频。
落叶他乡树，寒灯独夜人。
空园白露滴，孤壁野僧邻。
寄卧郊扉久[②]，何年致此身[③]。

[注释]

① 灞原：即灞上，在今陕西省西安市东。

② 郊扉：犹郊居。

③ 致此身：即出仕做官，为国尽力。

[简析]

马戴是晚唐著名诗人，生活于中晚唐之交的动荡年代，曾隐居华山，并遨游边关，与贾岛、姚合为诗友。他擅五言律诗，内容多身世之叹。这首诗描写诗人客居灞上而感秋景萧森，内心十分孤独的心境。写景朴实无华，写情真切感人，前六句创造了浓烈的客愁气氛，结句抒发诗人怀才不遇、进身渺茫的感慨，但稍嫌直露。

楚江怀古[1]

马　戴

露气寒光集，微阳下楚丘[2]。
猿啼洞庭树，人在木兰舟[3]。
广泽生明月[4]，苍山夹乱流。
云中君不见[5]，竟夕自悲秋[6]。

[注释]

① 楚江：此指湘江。

② 微阳：微薄的阳光，这里指斜阳。楚丘：楚地的山丘。

③ 木兰舟：木兰树所制的舟船。《述异记》载："木兰洲在浔阳江中，多木兰树，七里洲中有鲁班刻木兰为舟。"木兰：小乔木。《楚辞》中多有"兰舟"之称。

④ 广泽：广阔的水面，这里指洞庭湖。

⑤ 云中君：云神。屈原《九歌》中有《云中君》一篇，为祭祀云神之作。

⑥ 竟夕：整夜。

[简析]

唐宣宗大中初年（847），诗人原本在山西太原幕府掌书记，因直言被贬为龙阳（今湖南汉寿）尉，从北方来到江南。徘徊在洞庭湖畔、湘江之滨，触景生情，感怀身世，写下《楚江怀古》五律三篇，这是第一首。诗人描写洞庭湖的风景，凭吊屈原，表达了自己怀才不遇、苦闷忧伤的心境。诗风清丽婉约、含蓄蕴籍，感情细腻而低徊。

书边事

张　乔

调角断清秋[①]，征人倚戍楼。
春风对青冢，白日落梁州[②]。
大漠无兵阻，穷边有客游。
蕃情似此水[③]，长愿向南流。

[注释]

① 调角：犹吹角。

② 梁州：当时指凉州，属边塞地区，在今甘肃境内。

③ 蕃情：外族的民心。

[简析]

张乔是晚唐诗人，懿宗咸通年间进士，与当时的许棠、郑谷、张宾等东南才子称“咸通十哲”，黄巢起义时，隐居九华山以终。其诗清雅巧思，多写山水自然。这首诗是描写诗人游历边塞时的见闻。唐朝自肃宗以后，河西、陇右一带长期被吐蕃占有，宣宗大中五年（851）沙州民众起义首领张议潮奉沙、瓜等十一州地图入朝，大中十一年（857），吐蕃将领尚延心又以河湟降唐，至此，西部边塞地区终又重现和平安定局面。此诗大致作于此时，所以与其他边塞诗迥异，开篇即写边塞的一片升平景象，末两句则抒写民族大团结的心愿。全诗意境高阔深远，韵味无穷。

除夜有怀

崔　涂

迢递三巴路[①]，羁危万里身[②]。
乱山残雪夜，孤烛异乡人。

渐与骨肉远，转于僮仆亲[3]。
那堪正飘泊，明日岁华新。

[注释]

① 三巴：巴郡、巴东、巴西。泛指今四川一带。

② 羁（jī）危：旅途生活困难。

③ 转于：反与。

[简析]

崔涂是晚唐进士，终生漂泊，漫游巴蜀、吴楚、河南、秦陇等地，所以其诗多以漂泊生活为题材，情调苍凉。这首诗写诗人身在异乡又值除夕，无法与骨肉亲人团圆，转与童仆共迎新年，虽为除夕增添些许快乐，但也更显不堪漂泊的孤独苦情。

孤　雁

崔　涂

几行归塞尽[1]，念尔独何之。
暮雨相呼失，寒塘欲下迟。
渚云低暗度[2]，关月冷相随。
未必逢矰缴[3]，孤飞自可疑。

[注释]

① 塞：指塞上。

② 渚：水中的小洲。

③ 矰缴（zēng zhuó）：指箭。矰是短箭，缴是系箭的丝绳。

[简析]

这首诗以孤雁自比，咏物抒怀。诗人惟妙惟肖地刻画了一只离群孤雁，潇潇暮雨中，它静静地在寒塘上空盘旋悲鸣，欲下又迟疑，唯恐遇险。全诗紧扣一个“孤”字，将神韵、意境凝聚在一起，表现了诗人自身孤凄忧虑的羁旅之情。

春宫怨

杜荀鹤

早被婵娟误[①]，欲妆临镜慵[②]。
承恩不在貌，教妾若为容[③]。
风暖鸟声碎，日高花影重。
年年越溪女[④]，相忆采芙蓉。

[注释]

① 婵娟：色态美好。

② 慵：懒。

③ 若为容：怎样梳洗打扮呢？

④ 越溪女：指西施浣纱时的女伴。

[简析]

杜荀鹤是晚唐诗人，出身寒微却才华横溢，屡试不第，然在诗坛却享有盛名。这首诗是代宫女抒怨的代言诗，传神地将“春”与“宫怨”密合无间地结合起来，不仅表达了宫女的怨与恨，也是诗人的自况，感叹无人赏识之意。关于此诗的作者，历来有争议，欧阳修和吴聿认为是周仆所作，而胡仔《苕溪渔隐丛话》却断言是杜荀鹤所写，并说：“故谚云：杜诗三百首，唯在一联中”，也即“风暖鸟声碎，日高花影重”这句历来为人传诵的名句。

章台夜思[①]

韦　庄

清瑟怨遥夜[②]，绕弦风雨哀。

孤灯闻楚角[3]，残月下章台。
芳草已云暮[4]，故人殊未来[5]。
乡书不可寄，秋雁又南回[6]。

[注释]

① 章台：此处或即指楚灵王行宫章华台，在今湖北省监利县西北，而非长安的章台。《左传·昭公七年》："楚子城（筑）章华之台。"诗人本长安人，作此诗时当在南方。

② 遥夜：长夜。

③ 楚角：楚地吹的号角。其声悲凉。

④ 已云暮：已到尾声。

⑤ 殊：还。

⑥ 这句诗是引用古时雁足寄书的传说。连上句是说，我写的家书，已无法寄回去了，因为气候转寒，秋雁南回，无雁可托。

[简析]

韦庄是唐初宰相韦见素的后人，在唐末诗坛上有重要地位。他前遭黄巢兵乱，后遇藩镇割据大混战，自称"平生志业匡尧舜"(《关河道中》)，因而忧时伤乱是他诗歌的重要题材，较为广阔地反映了唐末动荡的社会面貌。

这是一首秋夜思乡的诗篇。当时中原连年战乱，诗人正避乱江南，求官不易，流寓在湖北一带，感时伤怀，无限凄凉。诗人将思乡之情抒写得淋漓尽致，孤灯、楚角、残月、衰草，无不强烈地表现着秋夜乡思的凄苦。虽然情调低沉了些，但哀感动人，十分深刻。

寻陆鸿渐不遇[1]

皎　然

移家虽带郭[2]，野径入桑麻。

近种篱边菊，秋来未著花[3]。
扣门无犬吠，欲去问西家[4]。
报道山中去，归来每日斜。

[注释]

① 陆鸿渐：即陆羽，字鸿渐。隐居苕溪（今浙江湖州境内），著有《茶经》一书，被奉为“茶圣”“茶神”。

② 虽：一作“唯”。带郭：指乡间靠近城墙之地。

③ 著花：开花。

④ 西家：西邻。

[简析]

皎然是唐代文名最高的僧人，活动于大历、贞元年间，和韦应物以及较晚的刘禹锡、李端等均有交往。他在文学、佛学、茶学等诸多方面均有造诣，其诗以山水、宗教为主要题材，多赠答之作，风格闲雅。此外还写有论诗专著《诗式》，在古典诗论中有一定影响。

诗人和陆羽是好友，这首诗当是陆羽迁居后，皎然过访不遇所作。全诗似都不在陆羽身上着笔，而终能达到咏人的效果，为我们勾画出一位寄情山水、不以尘事为念的高人逸士形象，同时也表达了诗人自己对陆羽襟怀气度的赞美。

七言律诗

黄鹤楼[1]

崔　颢

昔人已乘黄鹤去[2]，此地空余黄鹤楼。
黄鹤一去不复返，白云千载空悠悠。
晴川历历汉阳树[3]，芳草萋萋鹦鹉洲[4]。
日暮乡关何处是，烟波江上使人愁。

[注释]

① 黄鹤楼：江南三大名楼之一，面江而立，始建于三国，唐时名声始盛，故址在湖北武昌县西南，后因兵连祸结，黄鹤楼屡建屡废，20 世纪 80 年代重修。

② 昔人：指王子安或费文祎，传说在此乘鹤登仙。

③ 晴川：指白日照耀下的汉江。

④ 萋萋：草盛貌。鹦鹉洲：黄鹤楼东北长江中的小洲。

[简析]

崔颢（hào）是盛唐诗人，与王昌龄、高适、孟浩然并提。他才思敏捷，长于写诗，曾经宦海沉浮，终不得志。在唐代，黄鹤楼、岳阳楼和滕王阁号称长江南岸三大名胜，文人墨客到此游览留下不少脍炙人口的诗篇。崔颢此诗意境开阔，运笔飘逸，不拘泥于黄鹤楼的位置、形制等外在特征，意得象先，神行语外，既自然宏丽，又饶有风骨，举世公认堪称绝唱。传说李白登黄鹤楼本欲赋诗，因见崔颢此作乃为之敛手，说："眼前有景道不得，崔颢题诗在上头。"后来李白对此耿耿于怀，相继写了《登金陵凤凰台》《鹦鹉洲》等诗，有跟崔颢一较高下之意。严羽《沧浪诗话》也评此诗说："唐人七言律诗，当以此为第一。"

行经华阴[①]

崔 颢

岧峣太华俯咸京[②]，天外三峰削不成[③]。
武帝祠前云欲散[④]，仙人掌上雨初晴[⑤]。
河山北枕秦关险[⑥]，驿路西连汉畤平[⑦]。
借问路旁名利客，何如此处学长生。

[注释]

① 华阴：今陕西省华阴县，在太华山之阴，故名。

② 岧峣（tiáo yáo）：山势高峻的样子。咸京：即咸阳。

③ 三峰：指华山的芙蓉、玉女、明星三峰。

④ 武帝祠：即汉武帝登华山顶后所建巨灵祠。

⑤ 仙人掌：相传华山为巨灵神所开，其手迹尚存华山东峰。

⑥ 秦关：指函谷关，地势险峻，是通往秦地的咽喉，故址在今河南省灵宝县。

⑦ 驿路：即大路。汉畤：汉代皇帝祭祀天地五帝之祠，位当华山之西，在今陕西凤翔县。

[简析]

崔颢写山水行旅、登临怀古诗，善于融神灵古迹与山河胜景于一炉，不但瑰丽神奇，也使得诗境更为雄浑壮阔而富有意蕴。在这首诗中，他再次运用了这一手法。他曾二次入都，都在天宝中，此次行经华阴，事实上与路上行客一样，也未尝不是去求名逐利，但是一见西岳的崇高形象和飘逸出尘的仙迹灵踪，也未免移性动情，感叹自己何苦奔波于坎坷仕途。但诗人不用直说，反向旁人劝喻，蕴藉而风流。

望蓟门[①]

祖 咏

燕台一去客心惊[②]，笳鼓喧喧汉将营[③]。
万里寒光生积雪，三边曙色动危旌[④]，
沙场烽火侵胡月，海畔云山拥蓟城[⑤]。
少小虽非投笔吏[⑥]，论功还欲请长缨[⑦]。

[注释]

① 蓟（jì）门：蓟门关。在今北京市西直门北，当时为边防要地。

② 燕台：战国时燕昭王所筑的台，也即幽州台。一去：一作“一望”。这里暗用典故，说燕自郭隗、乐毅等士去后，即被秦所灭，故客心暗惊。

③ 笳（jiā）鼓：军乐声。汉将营：用汉高祖刘邦攻杀燕王臧荼事。

④ 三边：古称幽、并、凉三州，其地皆在边疆，后泛指边地。危旌（jīng）：高扬的旗帜。

⑤ 海畔云山：因燕台东近渤海，故称。

⑥ 投笔吏：典出《后汉书·班超传》。班超家贫，年轻时为小吏给官府抄书以谋生，一天投笔叹道：“大丈夫当立功异域以取封侯，安能久事笔砚间。”后投笔从军，以功封定远侯。

⑦ 请长缨：典出《汉书·终军传》。汉时书生终军曾向汉武帝上书：“愿受长缨，必羁南越王而致之阙下。”后来把自愿投军叫做“请缨”。缨：绳。

[简析]

祖咏是开元十二年（724）进士，与王维友善。诗多状景咏物，宣扬隐逸生活，亦带有诗中有画的特点，且讲究对仗。他最著名的两首诗就是《终南望余雪》和这首《望蓟门》。这首诗是祖咏宦游范阳时所作。蓟门在唐时是防范契丹的前线重镇，眼前又是浓浓的军事氛围，因而祖咏一“望”便生出许多感慨和情思。全诗紧扣一个“望”字，写望中所见，抒望中所感，格调高昂，感奋人心。起句突兀，暗用典故，清人方东树说：“岂是时范阳已有萌芽耶？”怀疑这是对安禄山的叛乱有所预感。诗中“万里寒光生积雪，三边曙色动危旌”为有名的佳句。

九日登望仙台呈刘明府①

崔　曙

汉文皇帝有高台，此日登临曙色开。
三晋云山皆北向②，二陵风雨自东来③。
关门令尹谁能识④，河上仙翁去不回⑤。
且欲近寻彭泽宰⑥，陶然共醉菊花杯⑦。

[注释]

① 明府：汉代人对刺史的称呼，唐代人对县令也尊称明府。

② 三晋：战国时韩、魏、赵三家分晋，号三晋。今属山西、河南、河北地。

③ 二陵：指崤陵，在今河南洛宁县北，西北接陕县。崤陵又分南陵、北陵，南陵为夏后皋之墓，北陵为文王避风雨处。

④ 关门令尹：指尹喜。尹喜曾做函谷关关吏，老子西游过此，关令尹留老子著书，乃成五千言授之，也即后来的《道德经》。

⑤ 河上仙翁：即河上公，晋人葛洪把他写入《神仙传》中。

⑥ 彭泽宰：指陶渊明，曾任彭泽县令。

⑦ 菊花杯：陶渊明辞官后家贫，九九重阳节时无酒，至宅边菊丛中久坐，逢王弘送酒至，乃醉而后归。

[简析]

崔曙是开元二十三年（735）第一名进士，但只做过河南尉一类的小官，曾隐居河南嵩山。其诗多写景摹物，同时寄寓乡愁友思，辞气多悲。以《试明堂火珠》诗得名。本诗是一首投赠诗，内容仍属怀古。诗人重九登高，邀请友人刘明府来共度重阳举杯痛饮，本无稀奇，但诗人有机地契合眼前所见的风景来抒发感情，意在说明登高畅饮不必远求神仙，就近寻刘明府即可，对县令的揄扬含而不露，用陶渊明九月九日在宅边菊丛中逢王弘送酒来的典故，既切又工。全诗意境开阔，结构严谨。

送魏万之京[1]

李　颀

朝闻游子唱离歌[2]，昨夜微霜初渡河[3]。
鸿雁不堪愁里听，云山况是客中过。
关城曙色催寒近，御苑砧声向晚多[4]。
莫是长安行乐处，空令岁月易蹉跎[5]。

[注释]

① 魏万：又名颢，肃宗上元初进士。是李颀的后辈，李白之友。曾隐居王屋山，自号王屋山人。之：往；到……去。

② 游子：这里指魏万。离歌：离别的歌。

③ 初渡河：刚刚渡过黄河。魏万家住王屋山，在黄河北岸，去长安必须渡河。

④ 向晚多：愈接近傍晚愈多。砧声：捣衣声。

⑤ 是，因也。“是”一作“见”。蹉跎：此指虚度年华。这两句的意思是，勉励魏万及时努力，不要虚度年华。

[简析]

魏万是比李颀晚一辈的诗人，然而两人却是十分密切的“忘年交”。魏万曾求仙学道，隐居王屋山。他不但同李颀情谊甚厚，还同李白等诗人有交往，天宝年间曾南下吴越寻李白，行程三千余里，为李白所赏识，有《送王屋山人魏万还王屋》的长诗。李颀的这首诗，是为送魏万西赴长安而作。此时李颀已弃官归隐，家居颍阳而常到洛阳，此诗可能就写于洛阳。全诗叙事、写景、抒情交织并用，感情诚挚，语言凝炼，音节响亮，颇受后人赞赏。

登金陵凤凰台①

李　白

凤凰台上凤凰游，凤去台空江自流。
吴宫花草埋幽径②，晋代衣冠成古丘③。
三山半落青天外④，二水中分白鹭洲⑤。
总为浮云能蔽日⑥，长安不见使人愁。

[注释]

① 凤凰台：故址在今南京市凤凰山。相传南朝刘宋元嘉年间有凤凰飞集山上，故筑此台。

② 吴宫：三国时孙吴政权建都建业，也即金陵。

③ 晋代：指东晋，南渡后也建都于金陵。衣冠：指代当时的豪门大族。成古丘：意谓这些人物早已死去。

④ 三山：山名，在南京西南长江边上。因三峰并列，南北相连，故名。半落青天外：形容其远，看不大清楚。

⑤ 二水：一作“一水”。指秦淮河流经南京城内，西入长江，被横截其间的白鹭洲分为二支。白鹭洲：古代长江中沙洲，在南京市西门外，因多聚白鹭而得名。

⑥ 浮云蔽日：陆贾《新语·察征》：“邪臣之蔽贤，犹浮云之

障日月也。”李白这句本此。

[简析]

此诗是李白流放夜郎遇赦返回后所作，一说为天宝年间，被排挤离开长安南游金陵时所作。李白极少写律诗，而他的这首诗，却是唐代律诗中脍炙人口的杰作。全诗以登临凤凰台时的所见所感而起兴唱叹，把天荒地老的历史变迁与悠远飘忽的传说故事结合起来，虽是咏古，字里行间却隐寓着伤时的感慨，表现出深沉的历史感喟与清醒的现实思考。

送李少府贬峡中王少府贬长沙①

高　适

嗟君此别意何如，驻马衔杯问谪居②。
巫峡啼猿数行泪，衡阳归雁几封书。
青枫江上秋帆远③，白帝城边古木疏。
圣代即今多雨露④，暂时分手莫踌躇。

[注释]

① 少府：即县尉。李王二人事迹不详。陕中：今四川巴县西。

② 衔杯：喝送别酒。谪居：谪贬的地方，冒下四句。

③ 青枫江：在长沙。

④ 圣代：圣明时代，对当代的美称。雨露：喻指朝廷恩泽。

[简析]

这首诗是送两位被贬官的友人，寓有劝慰鼓励之意。诗人开篇即体现了殷切的感情，“意何如”“问谪居”反复致意。中间两联双双分写，一诗同赠两人注意到铢两悉称，而且情景交融，结合得巧妙自然，苍凉中饱含亲切的情味。结句则与首句照应，用宽慰语点出送别，不悲观，也不消极。

奉和中书贾至舍人《早朝大明宫》之作[①]

岑　参

鸡鸣紫陌曙光寒[②]，莺啭皇州春色阑[③]。
金阙晓钟开万户，玉阶仙仗拥千官[④]。
花迎剑佩星初落，柳拂旌旗露未干。
独有凤凰池上客[⑤]，阳春一曲和皆难[⑥]。

[注释]

① 贾至：字幼邻，洛阳人，天宝末随玄宗入蜀，肃宗即位，任中书舍人。乾元元年（758）赋诗《早朝大明宫》，杜甫、王维、岑参都有和诗。

② 紫陌：京都的道路。

③ 啭（zhuàn）：鸟婉转地叫。皇州：京城。阑：晚。

④ 仙仗：指皇帝的仪仗。

⑤ 凤凰池：也称凤池，指中书省。

⑥ 阳春一曲：美称贾至的《早朝大明宫》。

[简析]

唐肃宗至德二年（757）九月，朝廷收复长安，平定了安史之乱。十月丁卯，肃宗还京，入居大明宫。三年二月丁未大赦天下，改元乾元。此时，李唐政权方才转危为安，朝廷一切制度礼仪正在恢复。中书舍人贾至赋诗描写此时早朝的新气象，以示同僚。当时，岑参官为右补阙，属中书省，因做此诗奉和。内容只尽力铺陈早朝的庄严隆重而已，绚烂鲜明，早朝意宛然在目；末联点出酬和之意，推崇对方，表示谦卑，恰到好处。

和贾至舍人《早朝大明宫》之作

王　维

绛帻鸡人报晓筹①，尚衣方进翠云裘②。
九天阊阖开宫殿③，万国衣冠拜冕旒④。
日色才临仙掌动⑤，香烟欲傍衮龙浮⑥。
朝罢须裁五色诏⑦，佩声归到凤池头⑧。

[注释]

① 绛帻（jiàng zé）鸡人：头著红色头巾，传鸡唱报晓的卫士。

② 尚衣：官名，隋唐有尚衣局，掌管皇帝的服冕。

③ 九天：指宫禁。阊阖：指宫门。

④ 冕旒（miǎn liú）：这里指天子。旒，冠前后所垂的珠串。

⑤ 仙掌：即障扇，宫中的一种仪仗，用以障风蔽日。

⑥ 衮（gǔn）龙：皇帝龙袍上的龙。

⑦ 五色诏：用五色纸所写的诏书。

⑧ 凤池：即凤凰池，指中书省。

[简析]

这首诗与岑参所写同一主题，都是应和中书舍人贾至的，描写大明宫早朝的庄严华贵氛围与皇帝的威仪。这类诗纯属朝官应酬之作，用语堂皇，造句伟丽，格调和谐，但内容终嫌空泛。关于此诗的好评多是就艺术形式而言。

附：贾至的《早朝大明宫》原诗："银烛熏天紫陌长，禁城春色晓苍苍。千条弱柳垂青琐，百啭流莺绕建章。剑佩声随玉墀步，衣冠身惹御炉香。共沐恩波凤池里，朝朝染翰侍君王。"

奉和圣制从蓬莱向兴庆阁道中留春雨中春望之作应制[①]

王　维

渭水自萦秦塞曲[②]，黄山旧绕汉宫斜[③]。
銮舆迥出千门柳[④]，阁道回看上苑花[⑤]。
云里帝城双凤阙[⑥]，雨中春树万人家。
为乘阳气行时令，不是宸游玩物华[⑦]。

[注释]

① 圣制：天子所作。留春：即游春。应制：应天子之命作诗。

② 渭水：即渭河，黄河最大支流，在陕西中部。萦：环绕。秦塞：犹秦地，这里指长安城郊。

③ 黄山：黄麓山，在今陕西兴平县北。汉宫：也指唐宫，即题中的蓬莱、兴庆。

④ 銮舆：皇帝的乘舆。迥出：远出。千门：指宫中的重重门户。

⑤ 阁道：复道。《史记·秦始皇本纪》："先作前殿阿房，东西五百步，南北五十丈，上可以坐万人，下可以建五丈旗。周驰为阁道，自殿下直抵南山。"上苑：泛指皇家的园林。

⑥ 双凤阙：汉代建章宫有凤阙；唐含元殿左右，有栖凤、翔鸾二阙。阙：宫门前的望楼。

⑦ 这两句是说，皇帝本为乘此以顺应时令宣导万物，并非只为赏玩美景。这是对皇帝的恭维颂扬，是应制诗的一贯之风。阳气：指春气。宸游：指皇帝出游。宸：以北辰所居借指皇帝居处，后引申为帝王代称。

[简析]

这是王维任朝官时，对唐玄宗《春望》诗的应制之作。首联用对仗，写长安周围的山川形胜；中间两联扣题写玄宗游春及帝都的景色；末联以颂词作结。全诗气势阔大、高华雄丽，即便不免应制诗的揄扬恭维，也是应制诗中的上品，而且多少反映了兴盛时期大唐的气象。

积雨辋川庄作[①]

王　维

积雨空林烟火迟[②]，蒸藜炊黍饷东菑[③]。
漠漠水田飞白鹭，阴阴夏木啭黄鹂[④]。
山中习静观朝槿[⑤]，松下清斋折露葵[⑥]。
野老与人争席罢[⑦]，海鸥何事更相疑[⑧]。

[注释]

① 积雨：久雨。辋川庄：作者的辋川别墅。

② 空林：疏林。烟火迟：因久雨林野润湿，故烟火缓升。

③ 蒸藜炊黍：即蒸菜烧饭。藜：指蔬菜。黍：指饭食。饷：致送。菑（zī）：垦殖一年的田，这里泛指田亩。

④ 夏木：高大的树木，犹乔木。夏：大。

⑤ 朝槿：木槿花早开午谢，故称朝槿。意谓静观朝槿可以体悟人生。

⑥ 清斋：素食之意。露葵：经霜的葵菜。葵为古代重要蔬菜，有“百菜之主”称号。

⑦ 野老：作者自称。争席罢：指自己要隐退山林，与世无争。争席典出《庄子·寓言》：杨朱倨傲骄矜，自见庄子后学会了礼敬谦恭，人们也敢于和他争坐席了。

⑧ 海鸥：典出《列子·黄帝》，说海边有好鸥者，每天与海鸥亲近，后其父要他捉海鸥来玩，第二天海鸥再也不与他亲近了。此句意即：我已无好胜损人之心，海鸥为什么还怀疑我呢？

[简析]

这首诗描写山庄久雨后的夏景和隐退后的闲适生活。首联写田家生活：连雨时节，天阴地湿，农家早炊，饷田野食，怡然自乐。颔联写自然景色：广漠平畴，白鹭飞行，深山密林，黄鹂和唱，画意盎然。颈联写诗人独处空山松林，观木槿，食露葵，避尘世的幽居生活。末联连用两典，正反结合，抒写了诗人淡泊的心志。据传，与王维同时而略晚的李嘉佑有“水田飞白鹭，夏木啭黄鹂”句，因有疑王袭李诗者，然“漠漠”“阴阴”四字之添，乃摩诘为嘉佑点化，足见其妙。

赠郭给事①

王　维

洞门高阁霭余晖②，桃李阴阴柳絮飞③。
禁里疏钟官舍晚④，省中啼鸟吏人稀⑤。
晨摇玉佩趋金殿，夕奉天书拜琐闱⑥。
强欲从君无那老⑦，将因卧病解朝衣⑧。

[注释]

① 给事：给事中，官名，属门下省，官阶正五品上。

② 洞门：指重重相对的宫门。霭：云气密集。

③ 阴阴：幽暗的样子，形容桃李阴浓。

④ 禁里：即宫中。

⑤ 省中：指门下省，唐代的中央行政机构。

⑥ 拜琐闱：指下朝。琐闱：青琐门，即宫门。因宫门多刻连环文而涂以青色，故名。

⑦ 无那：无奈。

⑧ 解朝衣：脱去朝服，指辞官。

[简析]

王维的后半生，虽然过着半官半隐的生活，在官场上却是“昆仲宦游两都，凡诸王驸马豪右贵势之门，无不拂席迎之。”（《旧唐书·王维传》）因此，在他的诗作中，应酬题材的诗很多。这首酬和诗即是王维晚年之作。给事中是唐代门下省的要职，常在皇帝周围，掌宣达诏令。诗既颂扬了郭给事，同时也表达了王维想辞官归隐的思想。而此诗在写法上又有特别之处，最突出的是通过状物来达意，使颂扬之情完全寓于对景物的描绘中，从而达到避俗从雅的艺术效果。

蜀相[①]

杜甫

丞相祠堂何处寻[②]，锦官城外柏森森[③]。
映阶碧草自春色[④]，隔叶黄鹂空好音[⑤]。
三顾频烦天下计[⑥]，两朝开济老臣心[⑦]。
出师未捷身先死，长使英雄泪满襟。

[注释]

① 蜀相：即诸葛亮。

② 丞相祠堂：即诸葛武侯祠，在今成都，晋李雄初建。

③ 森森：树木茂盛繁密的样子。

④ 自春色：自呈春色。

⑤ 空好音：空作好音。

⑥ 频烦：频繁叨扰。频：频繁；烦：烦扰。

⑦ 开济：指诸葛亮辅佐刘备开创帝业，辅助刘禅济美守成。

[简析]

唐肃宗乾元二年（759）十二月，杜甫结束了为时四年寓居秦州、同谷（今甘肃成县）颠沛流离的生活，来到成都，在朋友的资助下定居浣花溪畔。第二年春天，他探访了诸葛武侯祠，感物思人写下此诗。此时，安史之乱还未完全平息，目睹国势艰危，生灵涂炭，而自身又请缨无路，报国无门，因此对开创基业、挽救时局的诸葛亮无限思慕。结联两句是全诗的点睛之笔，叹惜诸葛亮壮志未酬身先死的结局，感人肺腑，成为千古绝唱。

客　至[①]

杜　甫

舍南舍北皆春水[②]，但见群鸥日日来[③]。
花径不曾缘客扫，蓬门今始为君开。
盘飧市远无兼味[④]，樽酒家贫只旧醅[⑤]。
肯与邻翁相对饮[⑥]，隔篱呼取尽余杯[⑦]。

［注释］

① 客：指崔明府。杜甫在题后自注："喜崔明府相过。"明府：县令的美称。过：访问。

② 舍：指杜甫草堂。

③ 但见：只见。此句意为平时交游很少，只有鸥鸟不嫌弃能与之相亲。

④ 飧（sūn）：熟食，此处泛指菜肴。无兼味：只有一种菜味。

⑤ 樽（zūn）：古代的盛酒器具。醅（pēi）：没过滤的酒。上句说市远菜肴少，下句说家贫无好酒。

⑥ 肯：能否允许，这是向客人征询。

⑦ 呼取：叫，招呼。

［简析］

这首诗作于诗人入蜀之初，诗人在久经离乱，安居成都草堂后不久，崔明府来访，于是写下这首诗。篇首以“群鸥”引兴，篇尾以“邻翁”陪结。前两联写客至，有空谷足音之喜；后两联写待客，见村家真率之情。写景清丽疏淡，写情闲适恬淡，诗语亲切，如话家常。全诗洋溢着浓郁的生活气息和人情味，使人领略到绝弃虚伪矫饰的自然之乐。

野　望

杜　甫

西山白雪三城戍①，南浦清江万里桥②。
海内风尘诸弟隔，天涯涕泪一身遥。
唯将迟暮供多病③，未有涓埃答圣朝④。
跨马出郊时极目⑤，不堪人事日萧条。

[注释]

① 西山：在成都西，一名雪岭，为岷山主峰，终年积雪。三城：即松（今四川松潘县）、维（今四川理县西）、保（今四川理县新保关西北）三州，当时蜀西北的要害之地，吐蕃时相侵犯，故驻军守之。

② 南浦：成都南郊外水边地。清江：指锦江。万里桥：在成都城南，相传蜀汉费祎访问吴国，临行时曾对诸葛亮说：“万里之行，始于此桥。”故名。

③ 迟暮：指晚年，此时杜甫年五十。

④ 涓埃：涓为细流，埃为轻尘，以喻微末。

⑤ 时极目：时刻放眼，西望三城，东望河北。这句点题。

[简析]

这首诗作于上元二年（761）成都草堂。杜甫跨马出郊，极目远望，原本为了排遣郁闷心情，而爱国爱民的情怀，却驱迫他因望而生愁。近望吐蕃在川西猖獗，远望安史在河北作乱，国破家亡，天涯羁旅，加之暮年多病，报国无门，不禁产生无限感慨。全诗从“望”字着笔，结句点题并与首句呼应。语言淳朴而凝炼，感情真挚而深沉。

闻官军收河南河北

杜　甫

剑外忽传收蓟北[①]，初闻涕泪满衣裳。
却看妻子愁何在[②]，漫卷诗书喜欲狂[③]。
白日放歌须纵酒，青春作伴好还乡[④]。
即从巴峡穿巫峡，便下襄阳向洛阳[⑤]。

[注释]

① 剑外：剑门关以外，也作剑南，这里指四川。当时杜甫流落在四川。蓟北：河北北部地区。

② 愁何在：哪还有一点儿忧伤？

③ 漫卷：胡乱地卷起。是说杜甫已经迫不及待地去整理行装准备回家乡去了。

④ 青春：指明丽的春天。

⑤ 这两句写诗人想象中的还乡路线。巴峡：指四川东北部巴江之峡。当时杜甫寓居梓州，由水路转长江过巫峡必经巴江，故称巴峡。巫峡：长江三峡之一，在四川巫山县东，湖北巴东县西，因穿过巫山而得名。巴东三峡巫峡长，这里举巫峡以概括三峡。

[简析]

这是一首叙事抒情诗，清代学者浦起龙在《读杜心解》中称赞它是杜甫“生平第一首快诗”。唐代宗广德元年（763）正月，延续了七年多的“安史之乱”终于彻底平息，河南河北先后被官军收复。当时诗人正携妻儿寓居四川梓州，听到这个胜利的好消息不禁欣喜若狂，在极度兴奋中写下这首脍炙人口的七律。诗人一改过去沉郁顿挫、含蓄蕴藉的诗风，凸显出轻快活泼、爽朗奔放的特点，同时将喜极而泣的激动心情真切地展现出来，真挚感人。

登　高[1]

杜　甫

风急天高猿啸哀[2]，渚清沙白鸟飞回[3]。
无边落木萧萧下[4]，不尽长江滚滚来。
万里悲秋常作客，百年多病独登台[5]。
艰难苦恨繁霜鬓[6]，潦倒新停浊酒杯[7]。

[注释]

① 登高：旧时重阳节有登高之俗。

② 猿啸哀：巫峡多猿，鸣声极哀，风急时听来更哀。

③ 渚：水中小洲。回：回旋。

④ 落木：落叶。萧萧：风吹落叶的响声。

⑤ 百年：犹言一生。

⑥ 艰难：语义双关，即指自身，又指国家。

⑦ 新停浊酒杯：这时杜甫正因病停杯罢饮。

[简析]

这是一首重阳登高感怀诗，大历二年（767）秋诗人病卧夔州时所写。当时安史之乱已经结束四年了，但地方军阀又乘时而起，相互争夺地盘。杜甫本入严武幕府，可不久严武病逝，杜甫失去依靠，只好离开住了五六年的成都草堂，买舟南下来到夔州，并且一住三年。虽有当地都督的照顾，但杜甫的生活依然很困苦，尤其身体多病。这首诗就是五十六岁的杜甫在极端困窘的情况下写成的。

全诗通过登高所见秋江景色，倾诉长年漂泊、老病孤愁、忧时愤世的复杂感情，慷慨激越，动人心弦，是杜诗中最能表现大气盘旋、悲凉沉郁之作，被誉为“古今七言律诗之冠”。

登　楼

杜　甫

花近高楼伤客心，万方多难此登临①。
锦江春色来天地②，玉垒浮云变古今③。
北极朝廷终不改④，西山寇盗莫相侵⑤。
可怜后主还祠庙⑥，日暮聊为梁甫吟⑦。

[注释]

① 这两句是说，万方多难之时，登临高楼，花近高楼反伤客心。

② 锦江：即濯锦江，一名浣花溪，岷江的支流，流经成都城西。杜甫草堂临近锦江。

③ 玉垒：玉垒山，在今四川灌县西。

④ 此句是说，大唐虽几经叛乱，终究挺过来了。北极：即北极星，一名北辰。

⑤ 西山寇盗：指吐蕃。

⑥ 还祠庙：还有祠庙。后主祠在成都锦官门外，刘备先主祠的东边，西边为武侯祠。

⑦ 梁甫吟：乐府曲名。相传诸葛亮隐居时好为《梁甫吟》。此句与上句是诗人怀念诸葛亮，叹息时下的唐王朝没有诸葛亮这样的贤臣匡扶社稷。

[简析]

这首诗是唐代宗广德二年（764）春，杜甫在成都所写。当时诗人客居四川已是第五个年头。上一年正月，官军收复河南河北，安史之乱平定；十月便发生了吐蕃攻陷长安、立傀儡、改年号，代宗奔逃陕州的事；不久郭子仪收复京师。年底，吐蕃又破松、维、保等州（在今四川北部），继而再攻陷剑南、西山诸州。这时的朝廷可谓内外交困，内有宦官专政、藩镇割据，外有吐蕃侵扰。诗人此时登楼，虽然繁花触目，念及的却是“万方多难”，以乐景反衬哀情，艺术感染力更加强烈。

宿 府[①]

杜 甫

清秋幕府井梧寒[②]，独宿江城蜡炬残[③]。
永夜角声悲自语[④]，中庭月色好谁看。
风尘荏苒音书绝[⑤]，关塞萧条行路难。
已忍伶俜十年事[⑥]，强移栖息一枝安[⑦]。

［注释］

① 宿府：宿于幕府。古代军队出征，将领以幕帐为府署，称幕府，后用指地方长官或节度使的衙署。杜甫当时在严武幕府中。

② 井梧：井边所植梧桐。

③ 江城：这里指成都。

④ 这句意谓长夜中唯闻号角声像在自作悲语。永夜：长夜。

⑤ 风尘荏苒（rěn rǎn）：指战乱不息。

⑥ 伶俜（pīng）：流离失所。十年：指自天宝十四年安禄山乱起至今已十年。

⑦ 栖息一枝：语出《庄子·逍遥游》“鷦鹩巢于深林，不过一枝”句。喻自己之入严武幕府，不过是勉强以求暂时的安居。

［简析］

此诗作于广德二年（764）秋，当时诗人在严武幕府中任节度参谋，在成都的将军府工作，家在城外浣花溪畔，由于路远晚上不便归家，常独宿于幕府，抑郁、烦闷，伤时感事，便写下此诗。安史之乱以来，诗人在战乱中辗转漂泊，至今已苦捱强忍了十年，而今勉强被严武用为参谋，也不过和“鹪鹩”一样暂寻“一枝之安”罢了，与他“致君尧舜上，再使风俗淳”的理想相去甚远。此诗以景寓情，以情驭景，前六句即具体写出了诗人对风尘荏苒、关塞萧条的动乱时代的忧伤，最后两句则是为自己辗转流离而苦闷，将对国家动乱的忧虑和个人漂泊流离的愁闷自然地融为一体，更加深刻地刻画出诗人的心情与遭遇，不但拓展了内涵，也获得了更为广泛的共鸣。

阁　夜

杜　甫

岁暮阴阳催短景[①]，天涯霜雪霁寒宵[②]。
五更鼓角声悲壮[③]，三峡星河影动摇[④]。
野哭几家闻战伐[⑤]，夷歌数处起渔樵[⑥]。
卧龙跃马终黄土[⑦]，人事音书漫寂寥[⑧]。

[注释]

① 阴阳：指日月。短景：冬季日短，故称短景。

② 霁（jì）：雨过天晴曰霁，这里指雪停云散。

③ 鼓角：更鼓和号角。

④ 三峡：指瞿塘峡、巫峡、西陵峡。夔州之东即为瞿塘峡。星河：银河，这里泛指天上的群星。古时认为天上星辰位置动摇往往是有战事的征兆。这句是说，银河星辰倒映在三峡的长江中，随水波摇动不定，既写江中夜景也暗喻战乱未已。

⑤ 野哭：在野外哭泣。战伐：指此时蜀中崔旰之乱。

⑥ 夷歌：指四川境内少数民族的歌谣。起渔樵：起于渔樵。

⑦ 卧龙：指诸葛亮，号卧龙先生。跃马：指公孙述，西汉末

年乘乱据蜀，称白帝，左思《蜀都赋》有“公孙跃马而称帝”句。唐时，此二人在夔州都有祠庙。

⑧ 漫：听任。寂寥：稀少。这时杜甫的好友郑虔、苏源明、李白、严武等都已死去，而北方诸弟也音讯杳无。

[简析]

此诗是大历元年（766）杜甫寓于夔州西阁时所作。当时西南军阀混战，祸事频仍，诗人只身流落夔州，天涯岁暮，散乱未已，前途未卜，家国之悲萦绕心头，夜不能寐，因赋此诗。诗人围绕主题，从几个侧面抒写夜宿西阁的所见所闻所感，从寒宵雪霁写到五更鼓角，从天空星河写到江上洪波，从山川形胜写到战乱人事，从眼前现实写到千年往迹，天上地下、俯仰古今，气象极为雄阔，历来被称为老杜七律之典范。

咏怀古迹 五首

杜　甫

其一

支离东北风尘际，漂泊西南天地间[①]。
三峡楼台淹日月[②]，五溪衣服共云山[③]。
羯胡事主终无赖[④]，词客哀时且未还[⑤]。
庾信平生最萧瑟[⑥]，暮年诗赋动江关。

[注释]

① 支离：流离之意。东北：指长安等地。西南：指成都、夔州等地。此两句写诗人在安史之乱期间的漂泊经历。

② 淹日月：指漂泊年月之久。淹：久留。

③ 五溪：湖南、贵州两省交界处，五个溪族所居之地。夔州

一带有溪族杂居。共云山：指与五溪族人共处杂居。

④ 事主：侍奉皇帝。无赖：意谓狡诈，反复无常。

⑤ 词客：杜甫自谓，兼指庾信。南朝侯景降梁又反梁，庾信恰值侯景之乱，因此淹留北朝。杜甫因安史之乱而淹留西南。

⑥ 庾信：字子山，新野（今属河南）人。为梁元帝出使西魏，被迫羁留北朝近三十年，虽官至车骑大将军、开府仪同三司，但常怀乡关之思，曾作《哀江南赋》以寄其意。这里把安禄山之叛唐比作侯景之叛梁，把自己的乡国之思比作庾信之哀江南。

[简析]

《咏怀古迹五首》是杜甫七言律诗中具有特色的篇章，大历元年（766），诗人先后游历了夔州的武侯庙、白帝城的永安宫（刘备庙）、湖北秭归的宋玉宅、昭君村和江陵的庾信故居等古迹，由此不禁怀念古人，并生发出身世家国之感，遂写下这组怀古咏怀诗。

此诗是第一首。战乱中诗人流离失所，漂泊西南，情形颇类自己推崇的古人庾信，于是，借凭吊庾信抒发自己的情怀。从“支离”“漂泊”“淹日月”“且未还”写出自己的遭际和故国之思；结合“羯胡事主”来感慨时事，从痪信的身世联想到自己，并以庾信自比，自伤漂泊。全诗感情深沉，诚挚感人。

其二

摇落深知宋玉悲①，风流儒雅亦吾师。
怅望千秋一洒泪，萧条异代不同时②。
江山故宅空文藻③，云雨荒台岂梦思④。
最是楚宫俱泯灭，舟人指点到今疑⑤。

[注释]

① 宋玉：战国楚人，辞赋家。其作品首开悲秋主题，其所作《楚辞·九辩》首句云：“悲哉！秋之为气也，萧瑟兮草木摇落而变衰。”

② 这句意谓自己虽与宋玉异代相隔，萧条之感却是相同的。

③ 江山：这里指江陵、归州（今湖北秭归），两地都遗有宋玉故宅。

④ 云雨荒台：宋玉曾作《高唐赋》：昔先王尝游高唐（楚台观名），梦见一妇人，自称巫山之女，王因幸之，去而辞曰："妾在巫山之阳，高丘之岨，旦为行云，暮为行雨，朝朝暮暮，阳台之下。"阳台：山名，在四川巫山县。岂梦思：意谓宋玉作《高唐赋》，难道只是说梦，并无讽谏之意？

⑤ 这两句意谓最感慨的是，楚宫今已泯灭，虽然舟人经过时还和客人谈起这些风流故事，但已无法指点准确的旧址了。

[简析]

杜甫暮年出蜀，过巫峡，至江陵，来到宋玉故宅正值秋天，而宋玉的名篇《九辩》正是以悲秋发端。诗人触景生情遂生感慨，宋玉"贫士失职而志不平"的辞旨更加引发他的共鸣，遂兴起本诗。诗中的草木摇落、景物萧条、江山云雨、故宅荒台以及舟人指点的情景，隐约可见，其实只是虚写，是将古迹的特征溶于议论，进而化为情境表现出来的，不但富有独创性，也更加渲染了抒情气氛。体验深切，议论精警，耐人寻味，是这首诗突出的特点和成就。

其三

群山万壑赴荆门①，生长明妃尚有村②。
一去紫台连朔漠③，独留青冢向黄昏，
画图省识春风面④，环佩空归月夜魂⑤。
千载琵琶作胡语⑥，分明怨恨曲中论⑦。

[注释]

① 赴：奔赴。出三峡后，山势连绵而下，势如奔赴荆门。

② 明妃：即王昭君，汉元帝宫人，晋时为避司马昭名讳改成

明妃。尚有村：唐时还保留有昭君村的古迹。

③ 紫台：帝王之宫。朔漠：北方沙漠，指匈奴所居之地。

④ 这句意谓元帝对着图画岂能看清她的美丽容颜。

⑤ 环佩：指代昭君。

⑥ 琵琶：相传王昭君嫁到匈奴后，常手抱琵琶弹奏思想之曲，后人名为《昭君怨》。作胡语：琵琶本为西域胡人乐器，所奏为胡音。

⑦ 曲中论：怨恨从琵琶弹奏的乐曲中倾诉出来。

[简析]

这是杜甫离开夔州东下，途经荆州府归州东北四十里的昭君村时所作。昭君本是汉宫中第一美女，因不肯行贿画师未被元帝择选，后远嫁匈奴，终身不得还，常思故国。当时唐朝为结好回纥，也下嫁宁国公主，公主临别哭道："国家事重，死且无憾！"肃宗流泪而还。诗人借昭君之怨，寄托家国之感，虽惆怅却也悲壮。

其四

蜀主窥吴幸三峡[①]，崩年亦在永安宫[②]。
翠华想像空山里[③]，玉殿虚无野寺中[④]。
古庙杉松巢水鹤[⑤]，岁时伏腊走村翁[⑥]。
武侯祠屋常邻近[⑦]，一体君臣祭祀同[⑧]。

[注释]

① 窥吴：对吴国有企图。幸：旧称皇帝驾临。

② 崩：旧称皇帝死亡。永安宫：三国蜀汉章武二年（222），刘备率蜀军经三峡攻东吴，败于陆逊，退至鱼复（今重庆奉节）白帝城，改鱼复为永安，建永安宫居之，次年四月病死于此。

③ 翠华：皇帝仪仗中用翠鸟羽毛作装饰的旗帜。

④ 玉殿：此句下原注：殿今为卧龙寺，庙在宫东。按此，则唐时永安宫已变为荒凉的寺庙了。

⑤ 巢：名作动，筑巢。

⑥ 伏腊：古代两种祭祀的名称，伏在六月，腊在十二月。

⑦ 武侯祠屋：诸葛亮封武乡侯，其武侯祠与先主庙相邻很近。

⑧一体君臣：古时认为君是元首，臣是股肱，属于一体。刘备与诸葛亮君臣和谐，足堪此说。

[简析]

这首诗借咏永安宫，凭吊刘备与诸葛亮，赞颂他们“平日抱一体之诚，千秋享一体之报”亲密和谐的君臣关系，也流露出诗人对“君臣相得，共治天下”君臣关系的羡慕与憧憬。尽管如此，当面对虚无缥缈的玉殿和水鹤做窠的古庙，还是难免令人产生古今沧桑之感。全诗平淡自然，写景状物形象明朗，颔联有着浓烈的凭吊怀古意味，深沉而含蓄，发人深省。

其五

诸葛大名垂宇宙，宗臣遗像肃清高①。
三分割据纡筹策②，万古云霄一羽毛③。
伯仲之间见伊吕④，指挥若定失萧曹⑤。
运移汉祚终难复⑥，志决身歼军务劳⑦。

[注释]

① 宗臣：世所宗尚的重臣。肃清高：为其清高的节操而肃然起敬。

② 纡（yū）：曲折，这里是费劲心血的意思。

③ 一羽毛：意谓诸葛亮奇功伟业，独步青云。

④ 伯仲之间：意谓不相上下。伊吕：商代伊尹，周代吕尚，皆为辅佐贤主的开国名相。

⑤ 失萧曹：意谓萧曹有所不及。萧曹即萧何、曹参，辅佐汉高祖的一代名臣。

⑥ 汉祚：指汉朝的国统。

⑦ 志决身歼：意志坚决，以身殉职。歼：死。诸葛亮病死北伐军中，这句赞扬诸葛亮为恢复汉祚“鞠躬尽瘁，死而后已”。

[简析]

诗人进谒武侯祠，瞻仰武侯遗像，遥想诸葛亮的人格事业，感慨万千，写下此诗。诗人称赞诸葛亮的雄才大略，也叹惋他壮志难酬的无奈，同时也是感怀自身遭际不遇、壮志难酬的境遇，含蓄深沉，悲壮感人。

江州重别薛六柳八二员外[①]

刘长卿

生涯岂料承优诏[②]，世事空知学醉歌。
江上月明胡雁过[③]，淮南木落楚山多[④]。
寄身且喜沧洲近[⑤]，顾影无如白发何[⑥]。
今日龙钟人共老[⑦]，愧君犹遣慎风波[⑧]。

[注释]

① 江州：今江西九江，汉时为淮南国，属楚地。六、八：是排行。员外：即员外郎，是官名。

② 优诏：朝廷免罪优容之诏。

③ 胡雁：指北方飞来的雁阵。

④ 木落：树叶飘零。

⑤ 沧洲：水边，这里指海边。

⑥ 无如：无奈。

⑦ 龙钟：衰老的样子。

⑧ 这句是说，还要你们仍教我当心风波，真是惭愧。

[简析]

此诗是刘长卿第二次遭贬，被贬南巴（今属广东）在江州告别薛、柳二位朋友时所作。诗人生性耿直，总是得罪人，一生屡蒙冤屈、曾两度遭贬。诗一开始就用反语以示讽意，貌似温和，实极愤激。接下来明明是无可奈何白发生，却说“寄身且喜”，把凄凉伤心加以掩饰，委婉地抒发不满情绪。诗的最后两句写诗人对两位朋友关怀的感谢。“慎风波”三字，语意双关，既指旅途风波，又喻政治环境的险恶，含义深长。纵观全诗，诗人满腹牢骚，写景抒情笔调低沉。

长沙过贾谊宅

刘长卿

三年谪宦此栖迟[①]，万古唯留楚客悲[②]。
秋草独寻人去后，寒林空见日斜时[③]。
汉文有道恩犹薄[④]，湘水无情吊岂知[⑤]。
寂寂江山摇落处[⑥]，怜君何事到天涯[⑦]。

[注释]

① 谪宦：官吏被贬职流放。西汉贾谊曾被贬为长沙王太傅三年。

② 楚客：指贾谊，也包括自己和别的游人。长沙古属楚国境。

③ 这两句写作者“过贾谊宅”所见的荒凉景象。

④ 这句的意思是，汉文帝在历史上是有道明君，但他终不能重用贾谊，致使贾谊抑郁而死，时年仅三十三岁。

⑤ 这句的意思是贾谊往长沙，渡湘水时，曾作赋以吊屈原。

⑥ 摇落：秋景的荒凉，与上文的“秋草”“寒林”相照应。本自宋玉的《九辩》：“萧瑟兮草木摇落而变衰。”

⑦ 天涯：天边，相对京城长安而言，这里指长沙。

[简析]

这首诗应当作于诗人第二次遭贬路过长沙之时。时值秋冬之交，诗人在傍晚只身来到长沙贾谊的故居伤今怀古，感慨万千，写下此诗。贾谊是西汉文帝时著名的政论家，因被权贵中伤而贬为长沙王太傅；后来虽然被召回京城，但是得不到任用，最后抑郁而终。诗人联系自己与贾谊遭贬的类似遭遇，更有切身之感，于是把悲愁感兴、凭吊古人和感伤自身巧妙地结合在一起，含蓄蕴藉，哀楚动人。而此诗曲折处微露的讽世之意，也给人以警醒。

自夏口至鹦鹉洲夕望岳阳寄元中丞[①]

刘长卿

汀洲无浪复无烟[②]，楚客相思益渺然[③]。
汉口夕阳斜渡鸟[④]，洞庭秋水远连天。
孤城背岭寒吹角[⑤]，独树临江夜泊船。
贾谊上书忧汉室，长沙谪去古今怜。

[注释]

① 夏口：今湖北武昌。鹦鹉洲：在今武汉西南长江中，因东汉祢衡在此作《鹦鹉赋》而得名。

② 汀洲：水中可居之地，这里指鹦鹉洲。

③ 楚客：作者自称。相思：指思念元中丞的心绪。渺然：遥远的样子。

④ 汉口：汉水入长江处。

⑤ 孤城：指汉阳城，城后有山。

⑥ 寒吹角：秋夜吹角，角声悲凉，使“楚客”听来更生寒意。

[简析]

这首诗仍然是诗人遭贬途中抚景感怀之作。从诗题看，诗人这时船行于夏口至鹦鹉洲，尚未到长沙。诗意与前一首诗相同，借怜贾谊贬谪长沙，以伤自己的贬谪。全诗以写景为主，借秋江、夕阳、孤舟、独树、孤城、夜色，突出地表现旅途的孤独凄凉，不但处处切题，而且景中寓情、情景交融。最后即景生情，抒发被贬南巴的凄苦情怀。

赠阙下裴舍人[①]

钱　起

二月黄鹂飞上林[②]，春城紫禁晓阴阴[③]。
长乐钟声花外尽[④]，龙池柳色雨中深[⑤]。
阳和不散穷途恨[⑥]，霄汉常悬捧日心[⑦]。
献赋十年犹未遇[⑧]，羞将白发对华簪[⑨]。

[注释]

① 阙下：宫阙之下，这里指朝廷。舍人：中书舍人，专掌草诏传旨之职。

② 上林：上林苑，秦汉时皇家宫苑，在今陕西西安。这里指唐宫苑。

③ 紫禁：皇宫。

④ 长乐：长乐宫为汉宫殿名，此借指唐宫。

⑤ 龙池：在唐宫中，唐中宗时因称有云龙之祥，故称。

⑥ 阳和：指二月仲春之气，这里喻天子布施恩泽。

⑦ 霄汉：本指高空，这里喻朝廷。捧日心：指效忠皇帝之心。典出《三国志·魏志·程昱传》裴注：程昱年轻时曾梦见自己登上泰山，双手捧日；曹操得知，对他说："卿当终为吾腹心。"

⑧ 献赋十年：指多次应考进士。

⑨ 簪：簪缨之簪，达官贵人的冠饰，这里指裴舍人。

[简析]

这是一首投赠诗，系在诗人落第期间所作，以献给在朝姓裴的中书舍人。诗的前半部分写景，描述了皇宫苑囿殿阁的景色，借以烘托裴舍人的身份地位，受宠得幸，经常伴随皇帝左右。虽无一字写裴舍人，却句句恭维，不露痕迹。下半部分自伤不遇，既诉穷途之恨难禁，又表捧日之心未改，可是十年献赋，却不遇知音。弦外之音，是希望裴舍人给予援引，表意含蓄委婉。

寄李儋元锡[①]

韦应物

去年花里逢君别，今日花开又一年。
世事茫茫难自料，春愁黯黯独成眠[②]。
身多疾病思田里，邑有流亡愧俸钱[③]。
闻道欲来相问讯[④]，西楼望月几回圆[⑤]。

[注释]

① 李儋（dān）：武威（今属甘肃）人，曾任殿中侍御史。元锡：字君贶（kuàng），曾任淄王傅。二人都是作者的朋友。

② 黯黯：形容心情郁闷。

③ 这句意谓在自己管辖的地区内有百姓流亡，有拿了官俸而未尽到职责的惭愧之感。

④ 问讯：探望。

⑤ 西楼：当是诗人在滁州的住处。望月几回圆：即已经盼了好几个月了。

[简析]

这首诗大约写于唐德宗兴元元年（784）春天，彼时诗人已是暮年，正任滁州刺史，离开长安已经一年了。在此期间，长安发生了叛乱，诗人所管辖的滁州也有百姓流亡的现象，真可谓国乱民穷。耳闻目睹此情此景，诗人深为感慨，严重忧虑。全诗以淡笔写深情，从怀友起，又以怀友之意作结，将对时事的感怀融于对友人的思念中，用语婉转，深情感人。

同题仙游观[①]

韩　翃

仙台初见五城楼[②]，风物凄凄宿雨收[③]。
山色遥连秦树晚[④]，砧声近报汉宫秋[⑤]。
疏松影落空坛静[⑥]，细草香生小洞幽。
何用别寻方外去[⑦]，人间亦自有丹丘[⑧]。

[注释]

① 仙游观：初唐道士潘师正在嵩山逍遥谷所立的道观。

② 五城楼：《史记·封禅书》记方士曾言："黄帝时为五层十二楼，以候神人于执期，命曰迎年。"后人以"五城楼""十二楼"为仙人居处。这里借指仙游观。

③ 宿雨：经夜之雨。

④ 秦树：秦地的树。

⑤ 汉宫：指唐宫。唐诗中多以汉代唐。

⑥ 坛：祭神用的台子，多用土石筑成。

⑦ 方外：即世外仙居。

⑧ 丹丘：指神仙居处，昼夜长明。这里指仙游观。

[简析]

唐代皇帝特别推崇道教，形成民间也信奉道教的风尚。仙游观即唐高宗诏令敕建的，地近东都，游赏题作者颇多。此诗即是一首游览题咏之作，也是咏道诗歌中的名篇，诗人是中唐著名诗人、大历十才子之一的韩翃。诗人见到仙游观正是宿雨初收、风物凄清的时候。暮霭中，山色与秦地的树影遥遥相连，捣衣的砧声似在报告着汉宫进入了秋天，疏疏落落的青松投下纵横的树影，道坛上空寂宁静，细草生香，洞府幽深。全诗有远景，有近景，着力刻画了道观的清幽。最后引用《远游》之语，称赞此是神仙居处的丹丘妙地。据说，日本仙台市的命名，也与此诗有关。

春 思

皇甫冉

莺啼燕语报新年，马邑龙堆路几千[①]。
家住层城临汉苑[②]，心随明月到胡天[③]。
机中锦字论长恨[④]，楼上花枝笑独眠。
为问元戎窦车骑[⑤]，何时返旆勒燕然[⑥]？

[注释]

① 马邑：边城名，在今山西朔县西北，汉时曾与匈奴争夺此城。龙堆：即白龙堆，在今新疆。

② 层城：指长安。京城有内外两层，故称。汉苑：这里代指唐苑。

③ 胡天：指丈夫征戍之地，也即上文马邑、龙堆。

④ 机中锦字：指苏惠怀念丈夫的织锦回文诗。典出《晋书·窦滔传》：苻坚时，窦滔为秦州刺史，后谪流沙；其妻苏氏思之，织锦为回文旋图诗寄给他。

⑤ 元戎：犹言将军。汉时，窦宪为车骑将军，大破匈奴，登燕然山，刻石勒功而归。

⑥ 返旆（pèi）：犹班师。勒：刻。燕然：燕然山，即今蒙古人民共和国杭爱山。

[简析]

皇甫冉，字茂政，生于在唐玄宗年间，十岁便能作文写诗，被张九龄呼为小友。天宝十五年（756）考中进士第一（状元），历官无锡尉、左金吾兵曹、左拾遗、右补阙等职，代宗时奉使江表，病卒于丹阳。由于经历了大唐的由盛转衰，他的诗于清新飘逸中多带漂泊之感。这首诗大意是写一位征人的妻子，在明媚的春日里思念丈夫，期望早日结束战争，征夫能功成名遂，凯旋而归。此类诗富有真情实感，并具有积极而深刻的社会意义。

晚次鄂州[①]

卢　纶

云开远见汉阳城[②]，犹是孤帆一日程。
估客昼眠知浪静[③]，舟人夜语觉潮生[④]。
三湘愁鬓逢秋色[⑤]，万里归心对月明。
旧业已随征战尽[⑥]，更堪江上鼓鼙声[⑦]。

[注释]

① 晚次：指晚上到达。鄂州：唐时属江南道，在今湖北鄂州市。

② 汉阳城：今湖北汉阳，在汉水北岸，鄂州之西。

③ 估客：商人。

④ 这句是说，因为潮生，故而船家相呼，众声杂作。

⑤ 三湘：漓湘、潇湘、蒸湘的总称，在今湖南境内。

⑥ 旧业：旧时的田园庐舍。征战：指安史之乱。

⑦ 鼓鼙（pí）：军鼓。

[简析]

这是一首即景抒情诗，作于唐肃宗年间，安史之乱的前期。由于战乱，诗人家业尽毁，被迫漂泊异乡，由北南逃，途经鄂州准备去三湘一带，当晚次于鄂州，写下此诗。前两联即景，后两联抒情，字里行间流露出乱离的伤感，景切情真，十分感人。

登柳州城楼寄漳汀封连四州刺史[①]

柳宗元

城上高楼接大荒[②]，海天愁思正茫茫。
惊风乱飐芙蓉水[③]，密雨斜侵薜荔墙[④]。
岭树重遮千里目，江流曲似九回肠[⑤]。
共来百越文身地[⑥]，犹自音书滞一乡[⑦]。

[注释]

① 漳汀封连：分别指福建的漳州、汀州，广东的封州、连州。

② 大荒：旷野。

③ 乱飐：吹动。芙蓉水：指生长着荷花的水泽。

④ 薜荔：一种蔓生植物，也称木莲。

⑤ 九回肠：比喻愁绪萦绕心间。

⑥ 百越：即百粤，指当时五岭以南少数民族地区。文身地：古代南方少数民族有在身上刺花纹的风俗。

⑦ 这句是说，虽然我们都被贬到百越，但音信难通。

[简析]

公元805年，唐顺宗即位，改元永贞，重用王叔文、柳宗元等革新派人物，但遭到保守势力的反扑，很快“永贞革新”即告破产。王叔文、王伾被贬斥而死，革新派的主要成员柳宗元、刘禹锡等八人分别谪降为边州司马。这就是历史上所说的“二王八司马”事件。直到唐宪宗元和十年（815）年初，柳宗元与韩泰、韩晔、陈谏、刘禹锡等五人才奉诏进京。但当他们赶到长安时，朝廷又改变主意，竟把他们分别贬到更荒远的柳州、漳州、汀州、封州和连州为刺史。这首七律，就是柳宗元初到柳州时所写。这首抒情诗赋中有比，象中含兴，情景交融，对共同遭际的同志表现出真挚的情意。

西塞山怀古[1]

刘禹锡

王濬楼船下益州[2]，金陵王气黯然收[3]。
千寻铁锁沉江底[4]，一片降幡出石头[5]。
人世几回伤往事，山形依旧枕寒流[6]。
从今四海为家日[7]，故垒萧萧芦荻秋[8]。

[注释]

① 西塞山：在今湖北大冶，为长江中流要塞，三国时东吴曾在此驻防。

② 王濬（jùn）：晋益州（晋时郡治在今成都）刺史。晋武帝谋伐吴，派王濬造大船，出巴蜀，船上以木为城，起楼，每船可容两千余人。

③ 金陵王气：相传战国楚威王时，有人见此地有王气，埋金以镇之，故名金陵。即今南京市。

④ 千寻：形容长。寻是度量单位，八尺为一寻。铁锁沉江底：东吴为防晋国战船攻击，在江面上拉起铁索横绝江面，终被王濬用大火烧断。

⑤ 石头：石头城，即金陵。降幡：降旗。

⑥ 寒流：指长江。

⑦ 四海为家：即四海一家，天下统一。

⑧ 故垒：旧日的营垒、防御工事。

[简析]

西塞山是六朝有名的军事要塞，唐穆宗长庆四年（824）刘禹锡由夔州刺史调任和州刺史，沿江东下，途经西塞山，即景抒怀写下这首吊古抚今的诗，以抒发山河依旧、人事不同的感慨。诗人在剪裁上颇具功力，他从众多的历史事件中单选西晋灭吴一事。前四句虚实相间，胜败相形，洗炼、紧凑地描写出那种摧枯拉朽的气势，可谓巧于安排。接下来感叹山形依旧而人事全非，拓开了诗的主题。最后写从此四海一家，江山统一，旧日的营垒也湮没于野草中了。全诗寓意深广，言辞酣畅，情、史、景融合在一起，营造出一种苍凉的意境，给人以沉郁顿挫之感。

遣悲怀 三首

元　稹

其一

谢公最小偏怜女[①]，自嫁黔娄百事乖[②]。
顾我无衣搜荩箧[③]，泥他沽酒拔金钗[④]。
野蔬充膳甘长藿[⑤]，落叶添薪仰古槐[⑥]。
今日俸钱过十万[⑦]，与君营奠复营斋[⑧]。

［注释］

① 这句是说，东晋宰相谢安，最爱其侄女谢道韫。元稹之妻韦氏的父亲韦夏卿，官至太子少保，死后赠左仆射，也是宰相之位，元稹妻为其幼女，故以谢道韫比之。

② 黔娄：春秋时齐国贫士，其妻也颇贤明。作者幼孤贫，故以自喻。乖：不顺遂。

③ 顾我：看到我。荩箧（jìn qiè）：用荩草编的箱子。

④ 泥他：软语央求妻子韦氏。

⑤ 甘：吃得很香甜。藿（huò）：豆叶，也是粗劣的食物。

⑥ 添薪仰古槐：仰仗古槐的落叶充作柴火。

⑦ 俸钱：官吏的薪金。这时元稹已身居高位，薪俸充裕。

⑧ 营奠：备办祭品。营斋：请僧道为韦氏超度亡灵。

[简析]

元稹是中唐著名诗人，与白居易齐名，并为挚友，合称“元白”，曾一起倡导新乐府运动，唱和极多。元稹不但有诗名，在政治上也比较进步，贞元九年（793）以明经登第后，曾一度做到宰相。

这是一组悼亡诗，追悼早逝的原配韦氏（死时年仅27岁）。这第一首是追忆生前。先写爱妻甘于贫寒，再写如今富贵却不能共享，以致生出无限悲慨，营斋祭奠。至情至性，颇为感人。

其二

昔日戏言身后意，今朝都到眼前来。
衣裳已施行看尽[①]，针线犹存未忍开。
尚想旧情怜婢仆[②]，也曾因梦送钱财[③]。
诚知此恨人人有[④]，贫贱夫妻百事哀。

[注释]

① 施：施舍与人。行看尽：眼看不多了。

② 这句是说，想起与你的旧情，对你以前的侍女都格外怜惜。

③ 这句是说，自已积思成梦，常常在睡梦中见到妻子，梦醒后就去烧纸送钱。

④ 此恨：指夫妻间的死别。

[简析]

这第二首是描写诗人对逝去妻子的深切怀念，起笔自然，毫不做作。挑了在日常生活中引起哀思的几件事，一是睹物思人，再是每当看到妻子旧时的婢仆，也引起诗人的哀思，甚至对婢仆也平添一种哀怜之情。不仅如此，睡梦中诗人常常梦到妻子，由此足见诗人对爱妻的深挚感情，凄切感人。

其三

闲坐悲君亦自悲，百年多是几多时[①]。
邓攸无子寻知命[②]，潘岳悼亡犹费词[③]。
同穴窅冥何所望[④]，他生缘会更难期。
唯将终夜长开眼[⑤]，报答平生未展眉[⑥]。

[注释]

① 这句是作者自己的感叹，就算活到百年又有多少时间呢。

② 寻知命：然后才知道这是命中注定的。晋邓攸，字伯道，官河东太守，战乱中舍子保侄，后终无子，时人乃有“天道无知，使伯道无儿”之叹。韦氏曾生育五个儿女，仅存一女；元稹此时无子，五十岁时始由继室裴氏生一子。

③ 犹费辞：意谓浪费笔墨，多说无益。晋时潘岳为大文学家，妻死后作《悼亡》诗三首，为世传诵。

④ 窅（yǎo）冥：形容渺茫深远。这句意谓死后无知，即使同穴也枉然。

⑤ 长开眼：传说中鳏鱼眼睛终夜不闭，比喻愁思不眠，无妻之人即称鳏夫。

⑥ 未展眉：指韦氏生前常因生活贫困而愁苦。

[简析]

这第三首是“悼亡”诗的核心和灵魂。运用典故，抒发无子丧偶之悲；“犹费词”“何所望”“更难期”十足地表现了“无可奈何花落去”的悲苦心绪。最后只能以“终夜长开眼”来报答妻子跟自己共患难的深情厚意，又仿佛在对妻子表白自己的心迹：我将永远想念你！真是情真意切，催人泪下。

望月有感

白居易

自河南经乱，关内阻饥，兄弟离散，各在一处。因望月有感，聊书所怀，寄上浮梁大兄，于潜七兄，乌江十五兄，兼示符离及下邽弟妹[①]

时难年荒世业空[②]，弟兄羁旅各西东[③]。
田园寥落干戈后，骨肉流离道路中。
吊影分为千里雁，辞根散作九秋蓬。
共看明月应垂泪，一夜乡心五处同。

[注释]

① 河南：唐时河南道，辖今河南省大部及山东、江苏、安徽三省的部分地区。浮梁大兄：白居易的长兄幼文，贞元十四、五年间任饶州浮梁主簿。于潜七兄：白居易叔父季康的长子，时为于潜（今浙江临安县）县尉。乌江十五兄：白居易的从兄逸，时任乌江（今安徽和县）主簿。符离：在今安徽省宿州市。下邽（guī）：县名，治所在今陕西省渭南县。白氏祖居曾在此。

② 世业：世代传下的祖业。

③ 羁旅：犹漂泊。

[简析]

这首诗当作于唐德宗贞元十五年（799）秋至十四年夏这段时间。贞元十五年的春天，宣武节度使董晋死后部下叛乱，接着彰义军节度使吴少诚也叛乱。唐朝廷分遣十六道兵马去攻打，战事就发生在河南道内。当时南方漕运主要经过河南输送关内，由于“河南经乱”致使“关内阻饥”。诗人一家也漂泊流离，分作五处。全诗即写经乱之后，怀念诸位兄弟姊妹的。诗用平易的家常话语，倾诉自己身受的离乱之苦。最后以“五处共月，乡心一处”充分表现出浑朴真淳的情思。白居易这首诗不用典故，不事藻绘，语言浅白平实却又意蕴精深，情韵动人，是“用常得奇”的佳作。

锦　瑟

李商隐

锦瑟无端五十弦①，一弦一柱思华年②。
庄生晓梦迷蝴蝶③，望帝春心托杜鹃④。
沧海月明珠有泪⑤，蓝田日暖玉生烟⑥。
此情可待成追忆，只是当时已惘然。

[注释]

① 锦瑟：装饰华美的瑟。瑟是古代一种弦乐器。五十弦：《史记·封禅书》载：“太帝使素女鼓五十弦瑟，悲，帝禁不止，故破其瑟为二十五弦。”作者用五十弦寄托悲怨意。

② 柱：支弦的木柱，一根弦一根柱。华年：青春时光。

③ 庄生晓梦：典出《庄子·齐物论》：“不知周之梦蝴蝶欤，蝴蝶之梦为周欤?”这里以庄周梦蝶，不辨物我来传达一种如梦如幻的迷惘心境。

④ 望帝春心：蜀帝杜宇号望帝。典出《华阳国志》《蜀王本纪》，据说望帝死后化为杜鹃，暮春啼鸣直至口中流血，鸣声凄苦哀怨。此处用以表现华年已逝的哀婉之情。

⑤ 珠有泪：传说南海有鲛人，水居如鱼，泣泪成珠。

⑥ 蓝田：山名，在今陕西，产美玉。

[简析]

这首诗是李商隐的代表作，也是难解之作。历来诗有悼亡、咏物、自伤等说法。按诗意，此作当是诗人自伤之词。此时诗人年近五十，追思年华虚度，功业无成，不免有美人迟暮之感。瑟具弦五十，音节最为繁富，其繁音促节常令听者难以为怀。因此诗人以“锦瑟无端五十弦”起兴，正为制造气氛，以见往事之千重，情肠之九曲。旨在表现聆锦瑟之繁弦，思华年之往事；音繁而绪乱，怅惘以难言的复杂心绪。

无题

李商隐

昨夜星辰昨夜风，画楼西畔桂堂东①。
身无彩凤双飞翼，心有灵犀一点通②。
隔座送钩春酒暖③，分曹射覆蜡灯红④。
嗟余听鼓应官去⑤，走马兰台类转蓬⑥。

[注释]

① 画楼、桂堂：指富丽的屋舍。

② 灵犀：旧说犀牛有神异，角中有白纹如线，从角尖直通大脑。

③ 送钩：也称藏钩。古代腊日的一种游戏，分两队以较胜负，分别把钩互相传送后，藏于一人手中，令对方猜。

④ 分曹：分组。射覆：也是一种游戏，在覆器下放着东西令人猜。

⑤ 听鼓应官：唐时官府五更二点击鼓召集官员上班。

⑥ 兰台：即秘书省，掌管图书秘籍。当时李商隐任秘书省正字。这两句感叹自己官卑职微，天天“听鼓应官”的局促无聊。

[简析]

李商隐有一部分诗都标以“无题”，主题不一，常因其寓意深曲、辞藻华丽，使得中心思想很难捉摸，以致众说纷纭，莫衷一是。这首诗似是写参加盛大宴会的艳情，但末尾也流露出仕途坎坷，兰台凄凉的况味。此作艳丽而不猥亵，情真而不痴癫；尤其灯红酒绿与兰台转蓬的对比，更增无限伤感。

隋　宫

李商隐

紫泉宫殿锁烟霞[①]，欲取芜城作帝家[②]。
玉玺不缘归日角[③]，锦帆应是到天涯[④]。
于今腐草无萤火[⑤]，终古垂杨有暮鸦[⑥]。
地下若逢陈后主，岂宜重问后庭花[⑦]。

[注释]

① 紫泉：即紫渊，唐人避高祖李渊讳改紫泉。司马相如《上林赋》描写长安形胜上林苑有“丹水亘其南，紫渊径其北”。此用紫泉宫殿代指长安隋宫。

② 芜城：指隋时的江都，旧名广陵，即今江苏扬州市。刘宋时鲍照见该城荒芜，曾作《芜城赋》，因此得名。

③ 玉玺：皇帝的玉印。不缘：要不是因为。日角：旧说以额骨中央部分隆起如日（也指突入左边发际），附会为帝王之相。隋末，晋阳人唐俭劝李渊起兵，说他“日角龙庭”当做天子。这里以日角代指李渊。

④ 锦帆：指炀帝的龙舟，其帆皆锦制成。天涯：这里指天下。

⑤ 腐草无萤火：古人以为萤火虫是腐草变化出来的。

⑥ 这句说隋亡后，隋堤上只有杨柳依旧，暮鸦哀鸣。垂杨《开河记》说：“诏民间有柳一株赏一缣，百姓争献之。又令亲种，帝自种一株，群臣次第种栽毕，帝御笔写赐垂柳姓杨，曰杨柳也。”

⑦ 陈后主：隋朝末代皇帝陈叔宝，有名的亡国之君，荒淫奢侈，为隋所灭。他降隋后，与太子杨广很熟。据《隋遗录》载，炀

帝在江都时曾梦遇陈后主，并请其宠妃张丽华舞《玉树后庭花》。后主进酒问炀帝："龙舟之游乐乎？始谓陛下致治尧舜之上，今日复此逸游，曩时何见罪之深耶？"

[简析]

《隋宫》之题本二首，是诗人游江淮时，目睹南朝和隋宫故址，有感而作，此其一。诗写隋炀帝为了寻欢作乐，无休止地出外巡游，奢侈荒淫，劳民伤财，终于造成和陈后主一样的亡国命运。全诗采用比兴手法，写得灵活含蓄，色彩鲜明，音节铿锵。歌咏隋宫的同时，讽喻感慨隋炀帝的荒淫误国。尤其以杨广与昔日阶下囚陈叔宝梦中相遇的典故作结，更加耐人寻味。

无题 二首

李商隐

其一

来是空言去绝踪，月斜楼上五更钟。
梦为远别啼难唤，书被催成墨未浓。
蜡照半笼金翡翠[①]，麝熏微度绣芙蓉[②]。
刘郎已恨蓬山远[③]，更隔蓬山一万重[④]。

[注释]

① 半笼：半映，指翡烛光隐约。金翡翠：指绣有金翡翠花纹的被子。《长恨歌》有："翡翠衾寒谁与共。"

② 麝（shè）：本动物名，即香獐，其体内的分泌物可作香料。这里即指香气。度：透过。绣芙蓉：指绣花的帐子。

③ 刘郎：相传东汉时刘晨、阮肇一同入山采药，遇二女子邀至家，留半年乃还，子孙已七世。后也以此典喻"艳遇"。

④ 蓬山：蓬莱山，指仙境。

[简析]

这是一首艳情诗。李商隐的艳情诗，善于把生活的原料加以提炼升华，使其超脱低俗猥亵，进而凝为感情的琼浆玉液，然而，也因其寓意深曲、辞藻华丽而令人费解。这首诗似是写恋爱受阻的悲哀。诗中写相思炽烈却会合无缘，积思成梦，梦中都为分别而啼哭难唤，醒来又匆促寄书，通宵沉浸在痛苦中，真是情重人远，怅恨无限，楚楚动人。

其二

飒飒东风细雨来，芙蓉塘外有轻雷。
金蟾啮锁烧香入[1]，玉虎牵丝汲井回[2]。
贾氏窥帘韩掾少[3]，宓妃留枕魏王才[4]。
春心莫共花争发，一寸相思一寸灰。

[注释]

① 金蟾：旧注说“蟾善闭气，古人用以饰锁”。啮：咬。这句意谓虽有金蟾啮（niè）锁，香烟犹得进入。

② 玉虎：井上的辘轳。丝：井索。汲：引。这句意谓井水虽深，玉虎犹得牵丝汲之。

③ 贾氏窥帘：晋韩寿貌美，被贾充辟为掾，贾充的女儿从窗格中见韩寿，喜欢上他，私与之通，贾充得知后把女儿嫁给了他。韩掾：即韩寿。掾：僚属。少：年轻。

④ 宓（fú）妃留枕：典出《文选·洛神赋》。三国魏甄后本袁绍儿媳，袁绍失败，曹植很想娶她，却被曹操赐给曹丕，后甄后被郭后谗死。黄初中，曹植入朝，曹丕取出甄后玉镂金带枕，曹植见之泣下，曹丕遂把枕赐给他。植返回封地时在洛水边止宿，梦中与甄后相会，因感其事作《洛神赋》。宓妃：传说为伏羲之女，溺死

洛水便成洛神，这里代指甄后。魏王：这里指曹植。

[简析]

这首艳情诗是追忆前情的。诗以物为比，以事为喻，表白自己对爱情的追求。然而，现实终归是好梦难成，相思无益。所以，在诗的结尾归结出莫再相思，以免自讨苦吃的意念，创造出“一寸相思一寸灰”的奇语佳句，使诗歌具有一种动人心弦的悲剧美。自身失意的际遇，使诗人对青年男女失意的爱情有特别的体验，因此在诗歌创作中难免融入自己的感受。以上这二首在蓬山远隔、相思成灰的感慨中，或许就有他仕途遭折的感触。

筹笔驿[①]

李商隐

鱼鸟犹疑畏简书[②]，风云常为护储胥[③]。
徒令上将挥神笔[④]，终见降王走传车[⑤]。
管乐有才原不忝[⑥]，关张无命欲何如[⑦]。
他年锦里经祠庙[⑧]，梁父吟成恨有余[⑨]。

[注释]

① 筹笔驿：即今朝天驿，在四川广元与陕西阳平关之间。三国蜀汉诸葛亮出师伐魏，曾在此筹划军机，因此得名。

② 简书：古人将文字写在竹简上，故称简书。这里代指军令。

③ 储胥（xū）：指军用的篱栅。

④ 上将：犹主帅，这里指诸葛亮。

⑤ 降王：指后主刘禅。走传车：魏元帝景元四年（263），邓艾伐蜀，后主出降，全家东迁洛阳，出降时也经过筹笔驿。

⑥ 管：管仲，春秋时齐相，曾佐齐桓公成就霸业。乐：乐毅，战国时燕国名将，曾大败强齐。不忝：不愧。诸葛亮隐居南阳时，

每自比管仲、乐毅。

⑦ 关张：指关羽、张飞。东吴吕蒙攻荆州，关羽遇害；为报关羽之仇，刘备带张飞伐吴，张飞被部下所杀。

⑧ 他年：作往年解。锦里：在成都城南，有武侯祠。

⑨ 梁父吟：古乐府名，一名《梁甫吟》。诸葛亮躬耕南阳时好为此，这里同时借指自己往年在武侯祠写的咏史诗。

[简析]

这首诗是大中九年（855）冬诗人罢去梓州幕府随柳中郢还长安，途经筹笔驿时的凭吊之作。诗中盛赞诸葛亮的雄才大略，对刘禅懦弱昏庸、关张早死以致他北伐无成，赍志以殁深表惋惜。此诗与杜甫“出师未捷身先死，长使英雄泪满襟”（《蜀相》）的感慨如出一辙，也寄寓着诗人的身世之感。

无　题

李商隐

相见时难别亦难[①]，东风无力百花残。
春蚕到死丝方尽[②]，蜡炬成灰泪始干[③]。
晓镜但愁云鬓改[④]，夜吟应觉月光寒。
蓬山此去无多路[⑤]，青鸟殷勤为探看[⑥]。

[注释]

① 曹丕《燕歌行》有“别日何易会何难”，曹植《当来日大难》有“别易会难，各尽杯觞”。李商隐此句更进一层，因相会难，故离别也难。

② 南朝乐府《西曲歌·作蚕丝》有“春蚕不应老，昼夜常怀思。何惜微驱尽，缠绵自有时”句，此句化用其意。“丝”与“思”谐音相关。

③ 蜡炬：蜡烛。杜牧《赠别》有“蜡烛有心还惜别，替人垂泪到天明”句，此句化用其意。

④ 晓镜：清晨照镜。云鬓改：指头发由黑变白。

⑤ 蓬山：蓬莱山，指仙境。

⑥ 青鸟：西王母的神禽。《汉武故事》载：西王母见汉武帝时，先有青鸟临殿前报信。后人因以青鸟喻信使。这句是说，希望有信使为我传递消息。

[简析]

这是一首写两情至死不渝的爱情诗，历来也颇多认为或许有人事关系上的隐托。起句两个“难”字，点出了聚首不易、别离更难之情，感情绵邈，语言多姿，落笔非凡。颔联以春蚕绛腊作比，既缠绵沉痛，又坚贞不渝。接着颈联写晓妆对镜，抚鬓自伤，是写己；良夜苦吟，月光披寒，是想象对方。相劝自我珍重，却又苦情蜜意，体贴入微，可谓千回百转，神情燕婉。最终末联写绝望中仍然寄托希望，希望有人能为自己传递消息，意致婉曲，柳暗花明。春蚕两句，更是千秋绝唱。

春　雨

李商隐

帐卧新春白袷衣[①]，白门寥落意多违[②]。
红楼隔雨相望冷[③]，珠箔飘灯独自归[④]。
远路应悲春晼晚[⑤]，残宵犹得梦依稀。
玉珰缄札何由达[⑥]，万里云罗一雁飞[⑦]。

[注释]

① 白袷（jiá）衣：即白夹衣，唐人以白衫为闲居便服。

② 白门：据《南史》记载，建康宣阳门称作白门。这里借指

南京。

③ 红楼：指怀念之人所居之所。

④ 珠箔：珠帘。

⑤ 畹（wǎn）晚：日落黄昏之时。

⑥ 玉珰：玉制的耳珠。古时男女常以此作为定情信物。缄札：书信。何由达：怎么能够到达对方那里。

⑦ 云罗：如罗纹般的云彩。

[简析]

这首诗是借助迷蒙的春雨，抒发怅念远方恋人的情绪。开头就写出访对方不遇归来后的怅惘心绪，旧地重寻之凄怆，隔雨望楼寻访落空之迷茫，宛然如在读者眼前。继而怀想远去的恋人大概也会被春暮触动离愁，终而只有相思相梦，缄札寄情。一步紧逼一步，怅念之情恰似雨丝不绝如缕。诗的意境、感情、色调、气氛都是十分清晰明丽，优美动人。

无题 二首

李商隐

其一

凤尾香罗薄几重[①]，碧文圆顶夜深缝[②]。
扇裁月魄羞难掩[③]，车走雷声语未通[④]。
曾是寂寥金烬暗[⑤]，断无消息石榴红[⑥]。
斑骓只系垂杨岸[⑦]，何处西南待好风[⑧]。

[注释]

① 凤尾香罗：即凤纹罗，古代一种华贵的薄罗。

② 碧文圆顶：青碧花纹的罗帐圆顶。

③ 扇裁月魄：语出班婕妤《怨歌行》，把扇裁制成月圆形。这里即指团扇，古人常以遮面。

④ 车走雷声：语出司马相如《长门赋》，形容车响如雷声。这两句诗回忆当初相见时的情景，含羞中团扇遮羞，随即乘车而去，连话也没说，

⑤ 金烬暗：形容残烛余烬。意谓度过许多不眠之夜。

⑥ 石榴红：石榴花开时节。

⑦ 斑骓：青花马。《清商曲辞·神弦歌·明下童曲》有“陆郎乘班骓”句，此句化用其意。

⑧ 西南待好风：语出曹植《七哀诗》：“愿为西南风，长逝入君怀。”这两句意谓，情人的青花马就系在杨柳岸，却不知其人在何方等我像西南风一样吹去呢。

[简析]

这是一首感怀之作。诗的首联写主人公深夜缝制罗帐，表现她对往事的追忆和对会合的深情期待。颔联回忆邂逅的情状，表达她追思往事时，惋惜、怅惘的复杂心情。颈联写别后的相思寂廖苦闷，尾联写日夜思念的人，或许相隔非远，只是咫尺天涯，无缘会合罢了。诗中抒写的正是这种纯情和痴情，极富感染力。

其二

重帏深下莫愁堂[①]，卧后清宵细细长[②]。
神女生涯原是梦[③]，小姑居处本无郎。
风波不信菱枝弱，月露谁教桂叶香。
直道相思了无益[④]，未妨惆怅是清狂[⑤]。

[注释]

① 重帏：层层帷幕。莫愁：古乐府传说中的女子，这里指深闺未嫁的女子。

② 清宵：清冷的夜晚。细细长：意谓独卧深闺倍觉夜长。

③ 神女：即宋玉《神女赋》中的巫山神女，曾与楚王梦中欢会。

④ 直道：假定之辞，就算、即便。

⑤ 清狂：旧注谓不狂之狂，犹今所谓痴情。

[简析]

这首诗抒写女子爱情遭遇打击，明知相思无益，也愿为爱情愁苦终生的痴情。开头先写环境氛围的幽静以衬出长夜的孤寂；接着以“巫山神女”和“小姑独处”的典故，抒写自己曾经有过幻想和追求，但到头来只好梦一场，依然独居；再写风波无情打击，即使相思无益，也认定痴情无怨。全诗意境深远开阔，措辞婉转沉痛，感情细腻坚贞，是一首很好的爱情诗。

利州南渡[①]

温庭筠

澹然空水对斜晖[②]，曲岛苍茫接翠微[③]。
波上马嘶看棹去[④]，柳边人歇待船归。
数丛沙草群鸥散[⑤]，万顷江田一鹭飞。
谁解乘舟寻范蠡[⑥]，五湖烟水独忘机[⑦]。

[注释]

① 利州：唐属山南道，治今四川广元，嘉陵江绕城而过。

② 澹然：水波闪动的样子。空水：空阔的水面。

③ 翠微：指青翠的远山。

④ 波上：一作“坡上”。棹：桨，也指船。这句的意思是未渡的人，眼看着马鸣舟中，随波而去。

⑤ 这句的意思是船过草丛，惊散群鸥。

⑥ 范蠡：春秋时楚国人，曾助越灭吴，为上将军。后辞官乘舟而去，泛于五湖。

⑦ 五湖：指太湖及附近的湖泊。机：机心。

[简析]

这首诗写日暮渡口的景色，抒发诗人欲效仿范蠡泛舟五湖，忘却俗念，功成身退的归隐之情。诗的前三联写景，而且景中有画意，末联即景抒情，点出题意。层次清晰，色彩明朗，意境阔大。

苏武庙

温庭筠

苏武魂销汉使前①，古祠高树两茫然②。
云边雁断胡天月③，陇上羊归塞草烟。
回日楼台非甲帐④，去时冠剑是丁年⑤。
茂陵不见封侯印⑥，空向秋波哭逝川⑦。

[注释]

① 苏武：西汉人，字子卿。汉武帝天汉元年（前100）出使匈奴被扣留，始终不屈，乃流放北海（今贝加尔湖）牧羊达十九年之久，历尽艰苦，忠心不改。汉昭帝时，汉匈和亲，经汉使臣与匈奴交涉，乃得放归，至长安已是始元六年（前81）春了。后拜典属国，专掌少数民族事务。魂销：这里形容伤心已极。

② 古祠：即苏武苗。

③ 雁断：指苏武被扣匈奴期间与汉朝音讯断绝。当时，汉曾要求放苏武回国，匈奴诡言武已死；后汉使至，常惠教汉使向单于说：汉帝射雁，于雁足得苏武书，言其在某泽中，匈奴才承认苏武尚在。胡天：指匈奴。

④ 回日：苏武归汉之日。非甲帐：指汉武帝已死。

⑤ 丁年：壮年。汉制，男子二十至五十岁须服徭役，谓之丁年。

⑥ 茂陵：汉武帝陵墓，在今陕西兴平县。这里代指武帝。封侯印：汉宣帝时，给苏武赐爵关内侯，食邑三百户。

⑦ 哭逝川：痛哭时间像河水般流逝。这最后两句当是苏武归汉后对武帝的深情悼念。

[简析]

这是一首凭吊古人的诗，赞颂苏武高尚的民族气节。苏武在匈奴十九年如一日，既不怕苦也不怕死，真正做到了富贵不能淫、贫贱不能移、威武不能屈。诗中对苏武的赞颂没有直接议论，而是通过形象说话。中间两联对仗工整，“雁”“羊”贴切，“甲”“丁”巧妙。构思也有特色，首联突兀不平，领联含蓄深婉，颈联用逆挽法，末联推开以感慨作结，呼应篇首，更增强了艺术效果。

宫　词

薛　逢

十二楼中尽晓妆[①]，望仙楼上望君王[②]。
锁衔金兽连环冷[③]，水滴铜龙昼漏长[④]。
云髻罢梳还对镜[⑤]，罗衣欲换更添香。
遥窥正殿帘开处，袍袴宫人扫御床[⑥]。

[注释]

① 十二楼：《史记·封禅书》记载方士所云：“黄帝时为五城十二楼，以候神人于执期，命曰迎年。”指一清早宫人就在梳妆以待幸。后以“五城”“十二楼”指仙人所居，这里借指皇宫。

② 望仙楼：唐宫中楼名，武宗会昌元年（841）修建。此处非实指，意同“十二楼”。

③ 金兽连环：宫门上铜制的兽头形门环。

④ 铜龙：指铜壶滴漏，古时计时仪器，水从龙口滴下，观刻度以计时。

⑤ 罢梳：梳妆完毕。

⑥ 袍袴（kù）宫人：指穿袍套裤的宫女。短袍绣裤是当时宫女的装束。袴：同“裤”。御床：皇帝睡的龙床。

[简析]

这是一首宫怨诗。诗一落笔就写宫妃企望君王临幸，一大早就梳妆打扮，从早盼到晚，越发觉得白天时间漫长，简直度日如年。最后远远地窥见宫人打扫御床，说明皇上准备降幸正宫，希望破灭，猛然觉得自己反不及那些洒扫的宫女更容易接近皇上，心里更加悲凉。全诗对人物的心理状态刻画得极其细腻、逼真，生动地反映了宫妃们的空虚和苦闷。

贫 女

秦韬玉

蓬门未识绮罗香[①]，拟托良媒益自伤[②]。
谁爱风流高格调[③]，共怜时世俭梳妆[④]。
敢将十指夸针巧[⑤]，不把双眉斗画长[⑥]。
苦恨年年压金线，为他人作嫁衣裳。

[注释]

① 蓬门：茅屋的门，这里借指贫女。绮罗香：指富贵人家妇女的服饰。

② 拟：打算。益：更加。

③ 风流：谓贫女举止优美。高格调：高尚的品格作风。

④ 这句意谓共惜时世艰难而妆饰从俭。

⑤ 针巧：针线活好。

⑥ 斗：比。唐代妇女有画眉的风俗，这里说贫女不在梳妆上争胜。

[简析]

这首诗对贫女的处境、命运和难言之苦充满同情，对其不羡绮罗、轻姿色而俭梳妆、重劳动的高尚品格给予热情赞扬，形象鲜明，诗情哀怨。当然，诗中贫女形象的塑造，也可能正是诗人怀才不遇的自我写照。这首诗也因为语带双关，含蕴丰富，历来为人们所传诵，尤其引起沉埋下僚寒士的不平之鸣。末联更是成为一千多年来流行的成语。

独不见[①]

沈佺期

卢家少妇郁金堂[②]，海燕双栖玳瑁梁[③]。
九月寒砧催木叶[④]，十年征戍忆辽阳[⑤]。
白狼河北音书断[⑥]，丹凤城南秋夜长[⑦]。
谁为含愁独不见，更教明月照流黄[⑧]。

[注释]

① 独不见：意谓“相思而不见也”。

② 卢家少妇：代指长安少妇。此句借梁武帝《河中之水歌》诗意：“河中之水向东流，洛阳女儿名莫愁……十五嫁为卢家妇，十六生儿字阿侯。卢家兰室桂为梁，中有郁金苏合香。”

③ 玳瑁梁：以玳瑁装饰的屋梁，极言居处之华美。

④ 砧（zhēn）：捣衣石，古代捣衣多在秋晚。

⑤ 辽阳：古时为东北边防要地，今辽宁省境内大辽河以东之地。

⑥ 白狼河：即今辽宁境内的大凌河。

⑦ 丹凤城：指京城长安，唐代民居多在城南。

⑧ 流黄：杂色的绢，这里指流黄制的帷帐。

[简析]

这首拟古乐府之作是初唐诗人沈佺期的代表作之一。诗的内容主要是思妇对征人的怀念。诗人通过环境描写烘托思妇的哀怨，以双宿双飞的燕子反衬思妇的孤独；以寒砧催落叶、明月照流黄来烘托离愁别恨。此诗情景结合，意境鲜明，被历代诗评家认为是温丽高古的佳篇，对后来唐代律诗，尤其是边塞诗影响较大。

五言绝句

鹿 柴[①]

王 维

空山不见人，但闻人语响。

返影入深林[②]，复照青苔上。

[注释]

① 鹿柴（zhài）：辋川的地名，原义是鹿栖息的地方，也是王维辋川别墅的二十胜景之一。柴：篱落。

② 返影：夕阳返照。

[简析]

这首诗是王维五言绝句组诗《辋川集》二十首中的第五首，是王维官场失意后归隐山林后的作品。全诗通过对傍晚时分深林中景色的描写，为我们展现了大自然的和谐之景，使人放松，令人向往。前二句写幽静，因声传神；后二句写幽深，以光敷色。“但闻人语响”更是静中有动，看似信手拈来，不着痕迹，其实是匠心独运。

竹里馆[①]

王 维

独坐幽篁里[②]，弹琴复长啸[③]。

深林人不知[④]，明月来相照。

[注释]

① 竹里馆，辋川别墅的胜景之一，房屋周围有竹林，故名。

② 幽篁（huáng）：即幽深的竹林。幽是深的意思，篁是竹林。

③ 啸（xiào）：长声呼啸。魏晋名士称吹口哨为啸。嘬口发出

长而清脆的声音，类似于打口哨。

④ 深林：指“幽篁”。

[简析]

本诗是王维五言绝句组诗《辋川集》二十首中的第十七首，依然是写归隐后的闲适生活和情趣的诗。诗从“独坐”二字生发，诗人独坐在深林中弹琴、长啸，韵生幽篁，悠然自得，把明月视为知音，充分表现了隐居中的恬淡闲适之情。诗虽是写静境，然静中有动，以动衬静，全诗充满画意。

送别

王维

山中相送罢[①]，日暮掩柴扉[②]。
春草明年绿，王孙归不归[③]。

[注释]

① 山：王维辋川别墅所在的蓝田山。

② 掩：关闭。柴扉：柴门。

③ 王孙：贵族子孙，这里敬称送别的友人。语出《楚辞·招隐士》：“王孙游兮不归，春草生兮萋萋。”

[简析]

诗题一作《山中送别》，虽是送别诗，却未正面写离情。不写离亭饯别的依依不舍，却更进一层写冀望别后重聚，这是超出一般送别诗的所在。开头以“送罢”落笔，隐去送别情景，继而写别后回家寂寞之情更浓，于是想到春草明年还会再绿，可是离人回归却难有定期。离情别绪婉曲地透露出来，愈显情意之深。

相 思

王 维

红豆生南国[①]，春来发几枝。

愿君多采撷[②]，此物最相思。

[注释]

① 红豆：又名相思子，一种生在岭南地区的植物，结出的籽像豌豆而稍扁，呈鲜红色。

② 采撷（xié）：采摘。

[简析]

这是借咏物而寄相思的诗，一题为《江上赠李龟年》。起句因物起兴，语虽单纯，却富于想象；接着以设问寄语，意味深长地寄托情思；第三句暗示珍重友谊，表面似乎嘱人相思，背面却深寓自身相思之重；最后一语双关，既切中题意，又关合情思，妙笔生花，婉曲动人。全诗情调健美高雅，怀思饱满奔放，语言朴素无华，韵律和谐柔美。据说，天宝之乱后，唐宫乐师李龟年流落江南，一次在湘中采访使筵上唱这首诗，满座遥望玄宗所在的蜀中，泫然泪下，足见其感人之深。

杂 诗[①]

王 维

君自故乡来，应知故乡事。

来日绮窗前[②]，寒梅著花未[③]。

[注释]

① 杂诗：写随时产生的零星感想和琐事，不定题目的诗。

② 来日：来的那一天。绮（qi）窗：用绸帛装饰的窗户。

③ 著花未：开花没有？著（zhuó）花：开花。未：用于句末，相当于“否”，表疑问。

[简析]

这是一首抒写怀乡之情的诗，原诗有三首，这是第二首。诗一开头，诗人即以近似讲话般的语气，不加修饰地表现了一个久住异乡的人一见到故乡来人，便欲询问家乡情况的急切心情。那么，先问什么呢？诗人寓巧于朴，不写眷怀山川景物，风土人情，却写眷念窗前“寒梅著花未”，真是“于细微处见精神”。不但更加生活化，也使得诗味更加浓郁，同时扩展了读者的想象。

送崔九

裴　迪

归山深浅去，须尽丘壑美[①]。

莫学武陵人[②]，暂游桃源里。

[注释]

① 尽：极尽，含有饱赏之意。

② 武陵人：指陶潜《桃花源记》的武陵渔人。

[简析]

裴迪是盛唐著名的山水田园诗人之一，与大诗人王维、杜甫关系密切。曾官蜀州刺史及尚书省郎，晚年居辋川、终南山，故其诗多是与王维的唱和应酬之作。受王维影响，裴迪的诗大多为五绝，描写的也常是幽寂的景色，大抵和王维山水诗相近。

这首诗大约作于唐玄宗后期，当时由于唐玄宗怠政，又任用奸相李林甫以及后来的杨国忠，政治逐渐黑暗，下层知识分子无法入仕，像裴迪、崔兴宗这样的寒士没有出路，所以他们宁愿隐居山林。崔九曾与裴迪、王维同隐于终南山，大约此时不大愿意再隐居下去了，因此诗人劝他的朋友，既然在山水之间找到了真趣，找到了自己思想感情的寄托，就不要像陶渊明《桃花源记》里的武陵人一样，找到了桃花源却轻易再放弃了。

终南望余雪

祖　咏

终南阴岭秀[①]，积雪浮云端[②]。
林表明霁色[③]，城中增暮寒。

[注释]

①终南：即终南山。阴岭：背向太阳的山岭。终南山在长安之南，从城中南望，只见山阴。

②浮云端：指山的极高处。

③林表：林外。霁色：雨、雪后出现的晴明之光。

[简析]

《终南望余雪》是祖咏年轻时去长安应进士试的诗题。按唐制规定，应试诗为五言六韵十二句，但祖咏只写了四句便交卷，问他为何不写完，他说："意尽。"考官看了很赞赏，因此祖咏被录取了。（见《唐诗纪事》）该诗描写终南山残雪，通过山与阳光的向背表现了各处不同的景象，又联想到山头的积雪消融后，丛林明亮，毗邻山下的长安城也增添了寒意，精练含蓄，别有新意，堪称咏雪最佳作。

宿建德江[①]

孟浩然

移舟泊烟渚[②]，日暮客愁新。

野旷天低树[3]，江青月近人。

[注释]

① 建德江：在浙江省，新安江流经建德的一段。

② 烟渚：弥漫雾气的沙洲。

③ 天低树：天幕低垂，好像和树木相连。

[简析]

孟浩然一生大部分时间在家乡鹿门山隐居，四十多岁时曾往长安、洛阳谋取功名，并在吴、越、湘、闽等地漫游。晚年张九龄为荆州长史，聘他为幕僚。该诗作于开元十八年（730）漫游吴越之时。这首诗是旅夜抒情之作。前半写异乡泊舟，倍添乡愁；后半写景，而乡愁自见。诗中虽不见“愁”字，然野旷清江，“秋色”历历在目。全诗淡而有味，含而不露；自然流出，风韵天成，颇有特色。

春　晓[1]

孟浩然

春眠不觉晓[2]，处处闻啼鸟[3]。

夜来风雨声，花落知多少。

[注释]

① 春晓：春天的清晨。晓，指天刚亮的时候。

② 不觉晓：不知不觉，没有察觉到早晨的来到。

③ 闻啼鸟：听到小鸟的鸣叫声。

[简析]

这首诗是诗人隐居在鹿门山时所作，意境十分优美。诗人通过抓住春天的早晨刚刚醒来时的一瞬间，展开描写和联想，生动地表达出诗人对春天的热爱和怜惜之情。春眠夜短，气候和暖，如果不是因为鸟声的吵闹，还不知道醒来。联想到草木更加生机蓬勃，因而又感慨昨夜的风雨声，被打下的落花不知多少。意境深远，语言浅近，是千百年来幼儿都能背诵的一首好诗。

静夜思

李 白

床前明月光[1]，疑是地上霜。

举头望明月，低头思故乡。

[注释]

① 床：这个床不是我们现在睡觉用的床，在唐代有一种两边有小扶手的凳子被称之为“床”。一说指井台。

[简析]

这首诗写的是月夜思故乡的感受。明人胡应麟说：“太白诸绝句，信口而成，所谓无意于工而无不工者”（《诗薮·内编》）。这首《静夜思》可谓极好的说明。它不追求想象的新颖奇特，也摒弃了辞藻的精工华美；它以清新朴素的笔触，抒写了丰富深曲的内容。短短二十个字，创造了一种何等优美迷人、令人产生无限遐思的意境，使人百读不厌，耐人寻味，是公认的“妙绝古今”之作。

怨 情

李 白

美人卷珠帘，深坐颦蛾眉[1]。

但见泪痕湿[2]，不知心恨谁。

[注释]

① 深坐：久坐。颦（pín）：皱眉。蛾眉：形容美人的眉毛细长而弯。

② 但见：只见。

[简析]

这是写弃妇怨情的诗。若说它有所寄托，亦无不可。诗以简洁的语言，刻画了闺人幽怨的情态。着重于"怨"字落笔，"怨"而坐待，"怨"而皱眉，"怨"而落泪，"怨"而生恨，层层深化主题。至于怨谁，恨谁，诗人予以留白，读者凭想象便可进入诗的佳境。

八阵图

杜 甫

功盖三分国[①]，名成八阵图[②]。
江流石不转[③]，遗恨失吞吴[④]。

[注释]

① 这句说诸葛亮在确立魏、蜀、吴三分天下鼎足而立局势的过程中，功绩最为卓绝。

② 八阵图：三国时诸葛亮创设的一种阵法。相传诸葛孔明御敌时以乱石堆成石阵，按遁甲分成生、伤、休、杜、景、死、惊、开八门，变化万端，可挡十万精兵。

③ 石不转：是说排列八阵图的石子，虽然经过几百年的江水冲击，但原来的位置依然不变。

④ 失吞吴：是说蜀国伐吴失计，成为千秋遗恨。诸葛亮主张联吴伐魏，但刘备为报关羽之仇，不听劝谏贸然征吴，结果被陆逊火烧连营七百里，不但身死白帝城，蜀国从此也一蹶不振。

[简析]

这是诗人初到夔州时作的一首咏怀诸葛亮的诗，写于大历元年(766)。头一句总体概括和赞颂诸葛亮对于确立三分天下鼎足而立局面的卓绝功绩，继而集中、凝炼地赞颂诸葛亮卓越的军事才能。三、四句对刘备吞吴失计，破坏了诸葛亮联吴抗曹的根本策略，以致统一大业中途夭折，深表惋惜。末句照应开头，三句照应二句。这首怀古绝句，具有融议论入诗的特点，使得议论并不空洞抽象，而抒情色彩更加浓郁，把怀古和述怀融为一体，浑然不分，给人一种此恨绵绵、余意不尽的感觉。

登鹳雀楼[1]

王之涣

白日依山尽[2]，黄河入海流。
欲穷千里目[3]，更上一层楼。

[注释]

① 鹳雀楼：旧址在山西永济县，楼高三层，前对中条山，下临黄河。传说常有鹳雀在此停留，故有此名。

② 尽：消失。这句话是说太阳依傍山峦沉落。

③ 穷：尽，使达到极点。

[简析]

王之涣是盛唐著名的诗人，少时有侠气，好纵酒击剑。后折节读书，天宝间与王昌龄、崔国辅、郑昈相唱和，名动一时。其诗用词十分朴实，然造境极为深远，令人回味无穷。现存他的诗虽只有六首，但其中两首足称顶级绝句（《登鹳雀楼》《出塞》(又名《凉州词》)，诗中的“欲穷千里目，更上一层楼”和“黄河远上白云间，一片孤城万仞山”都是流传千古的佳句，也奠定了诗人在诗坛的地位。

鹳雀楼是唐代三大名楼之一，更是河中（今山西永济县）名胜，诗人通过登楼对自然景物的描写，抒发了宏远的抱负和博大的胸襟，也表现了宇宙的无限。后两句出语自然，千古传诵，被人们看作是追求理想和崇高境界的象征，也反映出了盛唐时期人们积极向上的进取精神。全诗气势奔放，意境开阔，语言通俗自然而富有哲理意味。

送灵澈[①]

刘长卿

苍苍竹林寺[②]，杳杳钟声晚[③]。
荷笠带斜阳[④]，青山独归远。

[注释]

① 灵澈：本姓汤，字澄源，会稽（今浙江绍兴县）人，后为云门寺僧，从严维学诗，与刘长卿、僧皎然友善，为时人所重。诗题一作“送灵澈上人”，上人是对僧人的尊称。

② 苍苍：深青色。竹林寺：一称“鹤林寺”，在今江苏省镇江市南黄鹤山上。

③ 杳（yǎo）杳：隐约、深远的样子。

④ 荷（hè）笠：背着斗笠。带斜阳：映照在夕阳中。

[简析]

灵澈上人是中唐一位著名诗僧，与刘长卿是一对忘年交。刘长卿自从上元二年（761）从贬谪的南巴（今广东茂名南）归来，一直旅居江浙，失意待官；灵澈此时也不大得意，云游江南，在润州（今江苏镇江）竹林寺歇宿。二人大约在唐代宗大历四、五年间（769—770）相遇于润州又别于润州，诗人为其送行，遂作此诗。

虽是送别诗，但诗人并未直写离情别绪，而是以景带情，景中含情；手法注重呼应，“远”应“杳杳”，“斜阳”应“晚”，回环映照，凝炼飘逸。

弹琴

刘长卿

泠泠七弦上[①]，静听松风寒[②]。
古调虽自爱，今人多不弹[③]。

[注释]

① 泠（líng）泠：本指水声，这里形容琴声的清越。七弦：古琴有七根弦。相传神农氏制琴为五弦，周文王加为七弦。

② 松风：琴曲名，指《风入松》曲。寒：凄清的意思。

③ 这两句是说，自己与世人好尚不同，深有怀才不遇之慨。

[简析]

琴是我国古代传统民族乐器，汉魏六朝南方清乐还尚用琴瑟，而到唐代，音乐发生变革，“燕乐”成为一代新声，乐器则以西域传入的琵琶为主。“琵琶起舞换新声”的同时，公众的欣赏趣味也变了。穆如松风的琴声虽美，却成为“古调”，时下受人欢迎的是能表达世俗欢快心声的新乐。这首诗即借咏古调的冷落，不为人所重视，来抒发自身怀才不遇、世少知音的感慨。

送上人[①]

刘长卿

孤云将野鹤[②]，岂向人间住。
莫买沃洲山[③]，时人已知处[④]。

[注释]

① 上人：对僧人的敬称，这里指灵澈。

② 孤云、野鹤：都用来比喻方外上人。将：与共。

③ 沃洲山：在今浙江新昌县东，道家第十二福地，上有支遁岭、放鹤峰、养马坡，相传为晋代名僧支遁放鹤、养马之地。

④ 时人：指世俗之人。

[简析]

这是一首送行诗，诗中的上人可能是指灵澈。诗意在说明沃洲是世人熟悉的名山，既然要超尘出世，就不必让人知道行踪。似隐含揶揄灵澈入山不深之意。

秋夜寄丘员外[1]

韦应物

怀君属秋夜[2]，散步咏凉天。
空山松子落，幽人应未眠[3]。

[注释]

① 丘员外：指丘丹，嘉兴人，曾任仓部、祠部员外郎，故称。当时隐居临平山学道，与韦应物交谊深，常有唱和。

② 属（zhǔ）：适逢。

③ 幽人：隐居之人，指丘丹。隐士常以松子为食，因而秋天见松子脱落即想起对方。

[简析]

这首诗当作于德宗贞元间韦应物在苏州刺史任上。诗人与丘丹在苏州时过往甚密，丘丹临平山学道时，诗人写此诗以寄怀。诗的前两句写自己因秋夜怀念丘丹而不寐，并且徘徊沉吟的情景；后两句想象丘丹也正因秋兴动而不能成眠。此诗着墨虽淡，却清幽如画，且韵味无穷；语浅情深，言简意长。

听　筝[1]

李　端

鸣筝金粟柱[2]，素手玉房前[3]。
欲得周郎顾[4]，时时误拂弦。

[注释]

① 筝：拨弦乐器，形状像瑟，古为十二弦，后十三弦。

② 金粟柱：桂木做的柱，古也称桂为金粟，这里当是指弦轴之细而精美。柱是筝上系弦的圆木，可以拧动。

③ 素手：指弹筝女子洁白的手。玉房：筝上之枕叫房，枕为玉制，故称。

④ 周郎顾：周郎即三国吴周瑜，他精通音律，别人奏乐有错误，他一定要回过头去过问，故有“曲有误，周郎顾”之说。

[简析]

李端是“大历十才子”之一，在“十才子”中年辈较轻，但诗才卓越，是“才子中的才子”。他少居庐山，师诗僧皎然。曾任秘书省校书郎、杭州司马；晚年辞官隐居湖南衡山，自号衡岳幽人。其诗多为应酬之作，多表现消极避世思想，也有一些写闺情的诗，风格清婉。这首《听筝》即是他的名篇。诗写一女子邀宠取怜的曲折心事，为了让所爱的人多看自己一眼，便故意将弦拨错，弹筝女生动的形象跃然纸上。

新嫁娘

王　建

三日入厨下[1]，洗手作羹汤。

未谙姑食性[②]，先遣小姑尝[③]。

[注释]

① 三日：古代风俗，新媳妇婚后三日须下厨房做饭菜。

② 谙：熟悉。姑食性：婆婆的口味。

③ 遣：让。小姑：即小姑子，丈夫的妹妹。

[简析]

王建是大历进士，擅长乐府诗，与张籍齐名且交厚，世称“张王”。由于其门第衰微，一生沉沦下僚，又曾从军塞上，因而更了解人民疾苦，写出不少优秀的乐府诗。他的乐府诗生活气息浓厚，思想深刻，多方面反映了当时的社会现实，对新乐府运动有一定影响。

这首《新嫁娘》把封建社会新嫁娘的心理状态刻画得十分到位，当生活的细节，经诗人再现于艺术中，顿觉隽永有味，新嫁娘曲意承欢，机警聪敏的神情、性格宛然如见。当然，也有人认为此诗是为新入仕途者而作，情理上似也说得通。

玉台体[①]

权德舆

昨夜裙带解，今朝蟢子飞[②]。
铅华不可弃[③]，莫是藁砧归[④]。

[注释]

① 玉台体：南朝陈徐陵曾选古代的艳诗和言情诗编为《玉台新咏》，内容多写艳情。本诗即本此仿作。

② 蟢子：长脚蜘蛛，也作喜子，这里便是谐音借意。

③ 铅华：指粉。

④ 莫是：莫不是。藁砧（gǎo zhēn）：古称丈夫的隐语。

[简析]

权德舆是中唐台阁体的重要作家，不仅文章有名，而且仕宦显达。其文弘博雅正，温润周详，公卿侯王、硕儒名士之碑铭、集纪，多出其手，时人奉为宗匠。唐德宗贞元、宪宗元和年间执掌文柄，名重一时，刘禹锡、柳宗元等皆投文门下，求其品题。《唐才子传》称他“能赋诗，工古调，乐府极佳”。

这是一首描写妇女盼望丈夫回还的诗。开头以“裙带解”“蟢子飞”即征兆喜事的习俗进入题意，第三句以梳妆打扮，点出内心的喜悦，结句和盘托出主题。感情真挚，朴素含蓄，语俗而不伤雅，情乐又不淫靡。

江　雪

柳宗元

千山鸟飞绝，万径人踪灭①。
孤舟蓑笠翁②，独钓寒江雪。

[注释]

① 径：小路。人踪：人的脚印。

② 蓑笠翁：穿着蓑衣戴着斗笠的渔翁。蓑衣和斗笠是防雨的衣服和帽子。

[简析]

柳宗元的山水诗，大多描写比较幽僻清冷的境界，借以抒发自己遭受迫害被贬的抑郁悲愤之情。这首诗大约作于诗人谪居永州之时。粗看起来就像是一幅峻洁清冷的山水画：洁净、寒凉的画面上，只一位老人寒江独钓，一种遗世独立、峻洁孤高的人生境界立即凸显出来。表达了诗人永贞革新失败后，虽处境孤独，但仍傲岸不屈的性格。本诗妙在自然，创造了一种不寻常的艺术境界。不但妇孺皆能吟诵，历代诗人也交口称赞其韵足味永，千古丹青还争相以此为题变诗为画。

行宫[①]

元稹

寥落古行宫[②]，宫花寂寞红。
白头宫女在，闲坐说玄宗[③]。

[注释]

① 行宫：帝王外出巡行所住的离宫，诗题一作《古行宫》。这所行宫当指东都洛阳的上阳宫。

② 寥落：寂寞冷落。

③ 玄宗：即唐明皇李隆基。在位期间开创了唐朝的全盛局面"开元盛世"，在他任上也发生了致使大唐由盛转衰的安史之乱。

[简析]

元稹的这首《行宫》是一首抒发盛衰之感的诗，可与白居易《上阳白发人》参互并观。这里的白头宫女也即"上阳白发人"，她们在花容月貌之年被玄宗"潜配"到上阳宫，一住就是四十年，如今玄宗早已死去，她们也成了白发宫人。此诗短小精悍，婉曲蕴藉，概括力极强，而且意境深邃，诗味隽永，给人充分的想象空间，历史沧桑之感尽在不言中。沈德潜云："说玄宗，不说玄宗长短，佳绝。只四句已抵一篇《长恨歌》矣。"

问刘十九[①]

白居易

绿蚁新醅酒[②]，红泥小火炉。

晚来天欲雪[3]，能饮一杯无？

[注释]

① 刘十九：白居易留存的诗作中，刘十九出现的次数并不多，仅两首提及。倒是刘二十八、二十八使君的有不少。刘二十八就是刘禹锡，刘十九乃其堂兄刘禹铜，系洛阳一富商，与白居易常有应酬。

② 绿蚁：指新酿的没有过滤的米酒上漂浮着的绿色泡沫。醅(pēi)：酿造。

③ 雪：下雪，这里作动词用。

[简析]

刘十九是诗人在江州时的朋友，这首诗是白居易晚年隐居洛阳时“晚来天欲雪”，思念旧人时所作。全诗寥寥二十字，没有深远寄托，没有过多的修辞，字里行间却洋溢着一种明快的温暖，所谓语浅情深，言短味长。诗人善于在生活中发现诗情，并从生活中提炼诗意，用诗歌去反映情味，这便是这首诗读来令人动情之所在。还有诗中对于色彩的处理，很有意境。在风雪黑夜的无边背景下，小屋内的“绿”酒“红”炉和谐明快，格外醒目，也格外温暖。最为巧妙的是结尾问句的运用。“能饮一杯无”，言语轻轻，却又饱含深情。用这样的口语入诗收尾，既增加了全诗的韵味，又给读者留下了无尽的想象空间。

何满子[1]

张　祜

故国三千里[2]，深宫二十年。
一声何满子，双泪落君前[3]。

[注释]

① 何满子：曲名。

② 故国：指故乡。

③ 君：即皇帝，这里指唐武宗。

[简析]

张祜是中唐诗人，出身望族，家世显赫，被人称作张公子，初寓姑苏，后至长安，终隐淮南。祜性情狷介，不肯趋炎附势，终生没有蹭身仕途，但他的诗作流传下来的不少。这首诗又题作《宫词》，深刻地揭示了宫人的悲苦。首句说宫女千里别家，接着说她幽闭深宫时间之长；后两句说入宫二十年尚未得到皇帝宠爱，当在皇帝面前唱起《何满子》时伤心得不禁流泪。短短二十个字，却是一唱三叹，让人感慨系之。而且，诗中每一句都嵌着一个“数”字，句与句基本对偶，也是一个特色。

登乐游原[①]

李商隐

向晚意不适[②]，驱车登古原[③]。
夕阳无限好，只是近黄昏。

[注释]

① 乐游原：在长安城南，是唐代长安城内地势最高地。汉宣帝立乐游庙，又名乐游苑、乐游原，登上它可望长安城。

② 向晚：近晚，傍晚。意不适：心情不舒畅。

③ 古原：即乐游原。从汉宣帝神爵三年春建乐游苑到这时已经九百年了，故称古原。

[简析]

乐游原在长安东南，地处京城最高处，是当时著名的游览胜地，每当三月三日和九月九日，长安士女来此游览者颇多。诗一开头就点明了“登乐游原”的时间和因由，后两句触景生情，既是赞美又是感叹，感叹美人迟暮，功业无成。“夕阳”两句更是千百年来世人传诵的名句，这种升华之语给人一种哲学的启迪。

寻隐者不遇[①]

贾　岛

松下问童子，言师采药去[②]。
只在此山中，云深不知处[③]。

[注释]

① 隐者：古代指不肯做官而隐居在山野之间的人。

② 言：回答说。

③ 处：此指行踪。

[简析]

贾岛是晚唐诗人，早年做过和尚，其诗以五律见长，注重字句锤炼，刻意求工。与孟郊齐名，有“郊寒岛瘦”之称。贾岛和孟郊长年生活在穷苦潦倒之中，虽然都曾得到过韩愈的奖掖与资助，却未能摆脱困顿，所以在他们的诗中，像“泪”“恨”“死”“愁”“苦”这样的字眼随处可见。加之他们作诗又总爱搜肠刮肚、苦思冥想地遣词造句，所以被称为“苦吟诗人”。不同的是，孟郊乃“五古”大家，贾岛为“五律”领袖。

这首诗写走访一位隐士朋友而不得遇，再现了与其童子对话的场面。谋篇构思煞费苦心，几番问答只凝结为二十个字，不但交代了情节，而且凸显了隐士的高洁，其人虽未出场，形象已经清晰地展现出来。诗人用明白如话的诗句，表达“含糊其辞”的意象，含蓄深沉，余韵悠长。

渡汉江

宋之问

岭外音书绝[①]，经冬复历春[②]。
近乡情更怯，不敢问来人[③]。

[注释]

① 岭外：五岭以南地区，包括今广东、广西一带。

② 历：经过。一作“立”。

③ 来人：从家乡来的人。

[简析]

宋之问的家乡一说在汾州（今山西汾阳附近），一说在弘农（今河南灵宝西南）。武则天去世后，唐中宗再登帝位，清理旧党，宋之问因张易之事被贬岭南，于神龙二年（706）逃回，匿居洛阳。此作是久离家乡，返归途中所写的抒情诗。诗意即在写思乡情切，但却正意反说。写愈近家乡，愈不敢问及家乡消息，担心听到坏消息。语极浅近，意颇深邃；描摹心理，熨贴入微；不事造作，自然至美。

也有人说此诗是晚唐诗人李频所作，其人幼读诗书，博览强记，领悟颇多，是唐宣宗大中八年（854）进士，曾任建州（今福建建瓯）刺史。或许是因为他也曾居岭南，故有此误会。历代评李诗“清新警拔”“清逸精深”，更有人（清代建安人郑修楼）将他与李白并举，赞曰：“千载嫡仙携手笑，李家天上两诗人。”

春　怨

金昌绪

打起黄莺儿，莫教枝上啼。
啼时惊妾梦，不得到辽西[①]。

[注释]

① 辽西：即辽河以西，即今辽宁西部，是丈夫从军之地。

[简析]

金昌绪生平不详，只知道是余杭（今浙江杭州）人，大中以前在世。《全唐诗》也仅录存他的一首诗，即此闺怨诗。诗写少妇怀念远戍辽西的丈夫，醒时不能与之相见，但设想梦中可以到辽西和他团聚。构思新颖，描摹入微，思妇的深情表现得曲折、细腻而奇妙。

哥舒歌

西鄙人

北斗七星高①，哥舒夜带刀②。
至今窥牧马，不敢过临洮③。

[注释]

① 北斗七星：古人常以此喻指人君或威望很高的人物，这里喻指哥舒翰在安西威望崇高。

② 哥舒：即哥舒翰，是唐玄宗的大将，突厥族哥舒部的后裔，曾大败吐蕃，使之不敢西进。夜带刀：指枕戈待旦，严守边防。

③ 临洮（táo）：今甘肃泯县，秦筑长城西起于此。

[简析]

西鄙人即西部边民。因为哥舒翰再造了西北边境和平的局面，所以赢得人民的爱戴，这首诗就是西域边境人民歌颂哥舒翰的民歌。诗以北斗起兴，喻哥舒翰的功绩和威望；以胡人“至今”“不敢”南下牧马，表现哥舒翰强大的威慑力，尤其一个“夜”字，不仅把首二句联系起来，而且更传神地塑造了英雄的形象。全诗热情奔放，明快爽朗，质朴豪迈，既有民歌的自然流畅，又不失五言诗的典雅逸秀。

乐府

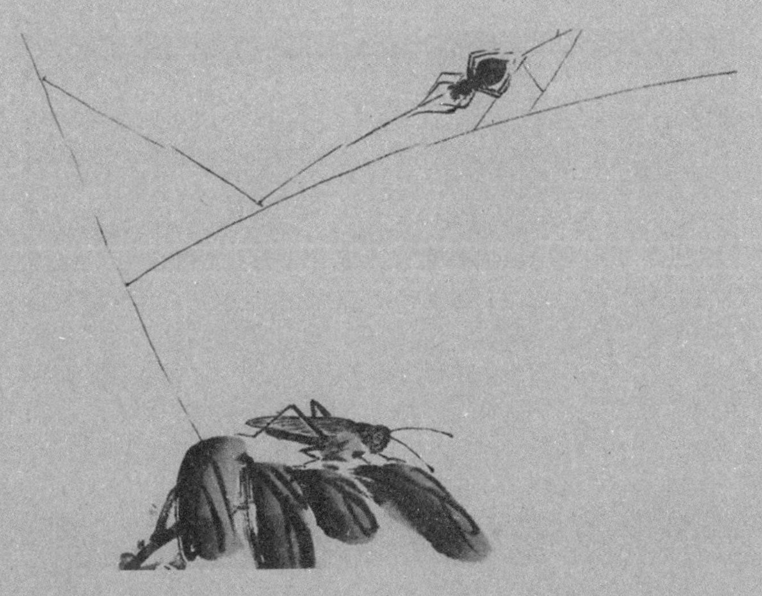

长干行二首[①]

崔　颢

其一

君家何处住，妾住在横塘[②]。
停船暂借问，或恐是同乡。

其二

家临九江水[③]，来去九江侧。
同是长干人[④]，生小不相识[⑤]。

[注释]

① 长干行：《长干行》属乐府《杂曲歌辞》，源自长干里一带的民歌，多写儿女之情。

② 横塘：在今南京市西南，宋张敦颐《六朝事迹·江河门》："吴大帝时，自江口沿淮筑堤，谓之横塘。"与长干里相近。

③ 九江：长江水系的九条河，有多种说法，这里泛指长江下游一带。

④ 长干：古金陵里巷名，其地有山冈，江东称山陇之间为"干"。隋唐时，长江下游商业经济发展，有说长干之俗，以舟为家，以贩为事。

⑤ 生小：从小。

[简析]

有人说崔颢素善情诗，这两首《长干行》便是以水为家，"同是长干人，生小不相识"的一对青年男女的问答。诗人用朴素自然的语言描摹二人口吻、情态，惟妙惟肖。妙在有意无意、无意有意，天真无邪，真是天籁之音。另说，长干之俗，以舟为家，以贩为事；此商妇独居，求亲他舟之估客，听到乡音倍感亲切，所以问所居，以同乡为幸。无论如何，诗人捕捉住一个生活场景，用白描手法抒写朴素的情感，生动含蓄而富有生活趣味。

玉阶怨[1]

李　白

玉阶生白露[2]，夜久侵罗袜[3]。
却下水精帘[4]，玲珑望秋月[5]。

[注释]

① 玉阶怨：属乐府《相和歌辞·楚调曲》，内容多写“宫怨”的。

② 玉阶：玉石砌的台阶。生白露：说明宫女在玉阶伫立望幸时间之久。

③ 侵罗袜：露水打湿了丝织的袜子。

④ 却：还。下：放下。水精帘：即水晶所制的帘子。

⑤ 玲珑：这里形容月色澄澈明亮。这句的意思是，虽下帘仍望月而待，以至不能成眠。

[简析]

这首诗写幽居宫女的生活遭遇和苦闷心情。它的艺术特色在于不从正面写“怨”，而把“怨”从望幸的动作、神态中体现出来，让人感到漫天愁思飘然而至，有幽邃深远之美。“却下”二字，以虚字传神，最为诗家秘传。此处一转折，似断实连；好像要一笔荡开，推却愁怨，实际上则是直入幽微，更深一层。

塞下曲[①] 四首

卢 纶

其一

鹫翎金仆姑[②]，燕尾绣蝥弧[③]。
独立扬新令[④]，千营共一呼。

[注释]

① 塞下曲：唐新乐府辞，属《横吹曲》，源出《出塞》《入塞》去。

② 鹫（jiù）：大鹰。翎：羽毛。金仆姑：箭名。

③ 燕尾：旗子飘带末尾制成燕尾形状。蝥弧（máo hú）：旗名。

④ 扬新令：扬起令箭（令旗），发号施令。

[简析]

卢纶曾任幕府中的元帅判官，对行伍生活有体验，描写此类生活的诗比较充实，风格雄劲。此诗一题《和张仆射塞下曲》，是组诗，共六首，这里选前四首。分别写发号施令、射猎破敌、奏凯庆功等军营生活。语多赞美之意。本诗为第一首，歌咏边塞景物，描写将军发号施令时的壮观场面。前两句只从将军身上惹人注目的佩箭、旗帜落笔，一位威武而又精明干练的将领形象即跃然纸上。后两句择选"扬新令"一幕特写，号令一声千营响应，声震四野，军威豪壮。

其二

林暗草惊风[①]，将军夜引弓[②]。
平明寻白羽[③]，没在石棱中[④]。

[注释]

① 此句写猛虎即将出林的征状。

② 引弓：拉弓射箭。

③ 白羽：指箭。因箭上装有鸟羽，故称。

④ 没：射入。这后两句都是用李广事。《史记·李将军列传》："广出猎，见草中石，以为虎而射之，中石没镞，视之，石也。"

[简析]

第二首用汉李广事，描写将军夜里巡逻射虎的景况。简洁明了的语言不但交代了事情的经过，而且渲染了气氛，很好地衬托出将军的矫健威猛。

其三

月黑雁飞高，单于夜遁逃[①]。
欲将轻骑逐，大雪满弓刀。

[注释]

① 单于（chán yú）：匈奴首领的称谓。遁：与"逃"同意。

[简析]

第三首写将军雪夜准备率兵追敌的壮举，气概豪迈。敌军是在"月黑雁飞高"的情景下溃逃的，将军是在"大雪满弓刀"的情景下准备追击的。诗虽没有写冒雪追敌的过程，也没有直接写激烈战斗的场面，但留给读者广阔的想象空间，营造了诗歌意蕴悠长的氛围。卢纶虽为中唐诗人，其边塞诗却依旧是盛唐气象，雄壮豪放，字里行间充溢着英雄气概，读后令人振奋。

其四

野幕敞琼筵[①]，羌戎贺劳旋[②]。

醉和金甲舞，雷鼓动山川[3]。

[注释]

① 野幕：野外的帐篷。敞：开。琼筵：盛宴。

② 羌戎：皆我国古代西部的少数民族，这里指边地降服的部族。贺劳：庆贺慰劳。旋：回，归。

③ 雷鼓：即“擂鼓”。

[简析]

第四首描写慰劳安抚归降羌戎等少数民族回来后，设宴劳军的欢乐场面。能够使边地少数民族部落归心圣朝，重造边境和平的局面，体现了边关将士的功绩，也是朝廷所冀望的。这首诗通过描写庆功宴舞的融洽热烈气氛，表现了边地安宁祥和的景象。

江南曲[1]

李　益

嫁得瞿塘贾[2]，朝朝误妾期。
早知潮有信[3]，嫁与弄潮儿[4]。

[注释]

① 江南曲：属乐府《相和歌辞·相和曲》。

② 瞿塘：长江三峡之一，在今重庆奉节县东。贾：商人。

③ 潮有信：潮水涨落有一定的时间，故称。

④ 弄潮儿：这里指篙师、舵工等与江河打交道的人。

[简析]

这是一首闺怨诗。在唐代，以闺怨为题材的诗主要有两大内容：一是思征夫词；一是怨商人语。这是有其社会背景的：一方面唐代疆域辽阔，边境多事，要征调大批将士长期戍守边疆；另一方面，唐代商业已很发达，于是也有很多男子成为商贾，长途贩运。作为这两类人的妻子不免要独守空闺，孤单寂寞。于是，这一社会问题就反映到文学作品中来，抒写她们怨情的诗也就大量出现。此诗即写女子对商夫久别不归的怨情。怨发得奇（不如嫁弄潮儿），也足见怨之深。

七言绝句

回乡偶书

贺知章

少小离家老大回，乡音无改鬓毛衰[①]。
儿童相见不相识，笑问客从何处来[②]。

[注释]

① 鬓毛：额角边靠近耳朵的头发。衰（cuī）：减少，疏落。

② 笑问：一作“借问”，一作“却问”。

[简析]

贺知章是武则天证圣元年（695）的进士，越州会稽永兴（今萧山）人，少时即以诗文知名。他生性旷达豪放，善谈笑，好饮酒，风流潇洒，为时人所倾慕，与李白、李适之、汝阳王（李）进、崔宗之、苏晋、张旭、焦遂号为“酒中八仙”。天宝三年（744），贺知章告老还乡，离开京师时，玄宗曾赐诗，皇太子及文武百官为其饯行。这时他已八十六岁，距他离乡已有五十多个年头了。《回乡偶书》本两首，这是其一，都是他回到故乡会稽后所作。本诗以白描的手法，将极平常的内容，绘声绘色地表现出来，引起读者的共鸣，油然而生“人生易老，世事沧桑”的感慨。

桃花溪[①]

张　旭

隐隐飞桥隔野烟[②]，石矶西畔问渔船[③]。
桃花尽日随流水[④]，洞在清溪何处边[⑤]。

[注释]

① 桃花溪：在今湖南省桃源县西南。

② 飞桥：高桥。

③ 石矶：水边突出的岩石或石滩。

④ 尽日：整天，整日。

⑤ 洞：指《桃花源记》中武陵渔人找到的那种洞口。

[简析]

张旭是唐代著名的书法家，尤以草书著称于世，被称为“草圣”。其人颇有个性，洒脱不羁，卓尔不群，也是“饮中八仙”之一，常醉中作书，呼叫狂走，甚至以头发蘸墨书写，故又有“张颠”的雅称。他的诗以写景见长。这首《桃花源》暗用陶渊明《桃花源记》之意境，借一溪一桥，一矶一船，描绘出诗人心中的桃花溪。与其说末两句是诗人对桃花源提出质疑，毋宁说是借虚无缥缈更添诗情画意。

九月九日忆山东兄弟[1]

王　维

独在异乡为异客，每逢佳节倍思亲。
遥知兄弟登高处，遍插茱萸少一人[2]。

[注释]

① 九月九日：指农历九月初九重阳节，民间有登高、插茱萸、饮菊花酒等习俗。山东：这里指华山之东。，王维的家乡就在这一带，故称在家的兄弟为“山东兄弟”。

② 茱萸（zhū yú）：又名越椒，一种香气浓烈的植物，传说重阳节扎茱萸袋，登高饮菊花酒，可避灾。

[简析]

这是一首思亲的七言绝句。王维的诗，有字句不苟、浑然天成、音调谐美的特点，这首诗就是个例子。诗的开头直接以思乡之情起笔，而后笔峰一转，将思绪拉向故乡的亲人，遥想亲人按重阳的风俗登高时，也在想念自己吧。诗意反复跳跃，含蓄深沉，既朴素自然，又曲折有致。尤其“每逢佳节倍思亲”具有高度的概括性，写出了人们共通的感情。直到今天，每逢节日，人们还是会自然吟诵。

芙蓉楼送辛渐①

王昌龄

寒雨连江夜入吴②，平明送客楚山孤③。
洛阳亲友如相问，一片冰心在玉壶④。

[注释]

① 芙蓉楼：遗址在润州（今江苏镇江），系晋润州刺史王恭所建。

② 吴：三国时的吴国在长江下游一带，故简称这一带为吴，与下文“楚”互文。

③ 楚山：春秋时的楚国在长江中下游一带，所以称这一带的山为楚山。孤：独自，孤单一人。

④ 冰心在玉壶：化用鲍照《白头吟》中“直如朱丝绳，清如玉壶冰”句意。比喻心地纯洁清明，表里如一。

[简析]

这首送别诗大约作于开元二十九年以后，此时，王昌龄当在江宁（今南京市）丞任上。辛渐是诗人的朋友，这次拟由润州渡江，取道扬州，北上洛阳，王昌龄可能陪他从江宁到润州，然后在此分手。原作一共两首，第一首写头天晚上诗人在芙蓉楼为辛渐摆酒饯别，这第二首写次日一早在江边送行。本诗构思新颖，首两句用苍茫的江雨和孤峙的楚山，烘托送别的孤寂之情；后两句自比冰壶，表白自己洁净的心地和坚定的信念。全诗即景生情，寓情于景，含蓄蕴藉，韵味无穷。

闺　怨

王昌龄

闺中少妇不知愁，春日凝妆上翠楼[①]。
忽见陌头杨柳色[②]，悔教夫婿觅封侯[③]。

[注释]

① 凝妆：盛妆。

② 陌头：意谓大路上。

③ 觅封侯：指从军以求取边功，封官受爵。

[简析]

唐前期，民族战争和对外战争频繁，大丈夫从军戍边，保家卫国成为一种风尚。因此，从军就成为人们当时“觅封侯”的一条重要途径。这首诗即写一位少妇在这种风尚影响下，也曾积极劝说丈夫从军以求建功立业，夫贵妻荣。但当她看到柳又绿，而夫未归，忽然省悟到时光流逝，春情易失，开始“悔教夫婿觅封侯”了。诗无刻意写怨愁，但怨之深，愁之重，已显露无余。

春宫怨

王昌龄

昨夜风开露井桃[①]，未央前殿月轮高[②]。
平阳歌舞新承宠[③]，帘外春寒赐锦袍。

[注释]

① 露井桃：种植在井边的桃树。

② 未央：汉宫殿名，这里代指唐宫。

③ 平阳歌舞：借用汉武帝卫皇后故事，说有人新近得到皇帝的宠爱。《汉书·外戚传》载："孝武卫皇后，字子夫，生微（贱）也，为平阳公主讴（歌）者。武帝过平阳，既饮，讴者进，帝悦子夫，赐平阳公主金千金。"

[简析]

这首诗描写宫怨，字面上却看不出一点怨意，只是从一个失宠者的角度，着力描述新人受宠的情状，这样，"只说他人之承宠，而己之失宠，悠然可会"（沈德潜《唐诗别裁》）。这种似此实彼、言近旨远的艺术手法，正体现出王昌龄七绝诗"深情幽怨，意旨微茫，令人测之无端，玩之不尽"的特色。

凉州词[1]

王　翰

葡萄美酒夜光杯[2]，欲饮琵琶马上催[3]。
醉卧沙场君莫笑，古来征战几人回。

[注释]

① 凉州词：唐代乐府曲名，是歌唱凉州一带边塞生活的歌词。

② 夜光杯：用白玉制成的酒杯，光可照明。它和葡萄酒都是西北地区的特产。这里只是用以表示宴席之盛而已。

③ 琵琶马上催：据刘熙《释名·释琵琶》说，琵琶是马上弹奏的乐器。古人有奏乐劝酒之俗，这里奏琵琶以催饮。

[简析]

这是边塞诗的名篇，千古传唱。诗写在边地荒寒艰苦的环境下，紧张动荡的征戍生活中，边塞将士的一次盛宴场面。首先用奇丽耀眼的词句，展现出五光十色、琳琅满目、酒香四溢的盛筵场景，使人惊喜而兴奋；紧接着“琵琶催饮”进一步烘托出热烈的气氛。三、四句极写征人互相斟酌劝饮。“醉卧沙场”和“几人回”不是在宣扬战争的可怕，也不是表现对戎马生涯的厌恶，更不是对生命不保的哀叹，它表现出来的是兴奋、开朗、豪放的感情，更是视死如归的勇气，充满盛唐的气概，令人激动和向往。

黄鹤楼送孟浩然之广陵

李　白

故人西辞黄鹤楼，烟花三月下扬州[①]。
孤帆远影碧空尽[②]，唯见长江天际流[③]。

[注释]

① 烟花：指柳如烟、花似锦的明媚春光。下：沿江顺流而下。扬州：点题中“广陵”。

② 碧空尽：在碧蓝的天际消失。尽：没了，消失了。

③ 天际：天边。

[简析]

这首送别诗，大约写于开元二十年（732）前后。诗人的摹景写情出语不凡，意境开阔，情丝不绝，色彩明快，风流倜傥，实在令人赞叹。第三、四句既是写景，更是写情，孤帆的影子都消失了，只有思念像长江水一样永远流在心中。

早发白帝城

李　白

朝辞白帝彩云间[①]，千里江陵一日还[②]。

两岸猿声啼不住[3]，轻舟已过万重山。

[注释]

① 白帝：即白帝城，在今天重庆奉节白帝山上。因地势高峻，尽得朝霞笼罩，所以说“彩云间”。

② 江陵：即今湖北江陵县，古说距白帝城一千二百里。

③ 啼不住：意谓一路上猿声不断。

[简析]

本诗又名《下江陵》。公元758年春，李白因永王李璘事件被牵连，流放夜郎（今贵州省西部），行至白帝城因遇“大赦”得赦免。这首诗即在返回江陵途中所作，当时李白已年近六旬。诗出色地描绘了船行三峡，瞬息千里的行程，情景交融，将诗人急欲东归的心情，洋溢于诗的明快节奏之中。既体现出“遇赦放回”的轻松愉悦，又展示了祖国山河的雄伟壮丽，同时显示出诗人一贯的豪放性格和诗作的宏阔境界及飘逸风格。

逢入京使

岑　参

故园东望路漫漫[1]，双袖龙钟泪不干[2]。

马上相逢无纸笔，凭君传语报平安。

[注释]

① 故园：故乡

② 龙钟：眼泪很多的样子。

[简析]

天宝八年（749）岑参在安西节度使高仙芝幕中掌书记，此诗当是他赴安西途中逢入京使者时的怀乡之作。前两句写怀念故乡的深情，后两句点题，请使者向家人“传语报平安”。用明白如话的语言，道出人人心中所有而笔下所无的感受，达到深刻感人的效果，实在是妙笔。

江南逢李龟年[①]

杜　甫

岐王宅里寻常见[②]，崔九堂前几度闻[③]。

正是江南好风景，落花时节又逢君[④]。

[注释]

① 李龟年：唐开元、天宝时著名音乐家。

② 岐王：最初是唐玄宗的弟弟封岐王，据时间推算，此或指嗣齐王。

③ 崔九：句下原注云：“崔九即殿中监崔涤，中书令崔湜之弟。”同样，按时间推算，此处当是崔九旧堂。因岐王、崔九并卒于开元十四年，龟年承恩晚于此。

④ 落花时节：当时是暮春三月。

[简析]

这首诗是大历五年（770）杜甫逃难到潭州（今湖南长沙）时所作。杜甫早年就听说过李龟年的大名，也曾欣赏过他的音乐，天宝年间繁华无限，也是梨园最盛之时，李龟年特承恩宠。想不到，遭逢安史之乱大家纷纷逃难，二人又在潭州相遇。家国沧桑，感时抚事，真是感慨万千，既是伤人也是自伤。就在这年冬天，诗人在耒阳的舟中去世。

滁州西涧[①]

韦应物

独怜幽草涧边生[②]，上有黄鹂深树鸣[③]。
春潮带雨晚来急，野渡无人舟自横。

[注释]

① 西涧：在滁州（今安徽滁县）城西。

② 独怜：特别喜爱。

③ 深树鸣：在枝叶繁茂的树上啼叫。

[简析]

此诗作于唐德宗贞元元年（785）诗人任滁州刺史之后。诗写滁州西涧暮春雨景，上半部分泛写，下半部分特写。下半部分景物中的声、色、动、静都与诗人游览时的“独怜”心境和谐统一。同样是看风景，诗人有不凡的感觉和发现，尤其是结句，简直很难用一幅画通过视觉形象将它表现出来。

枫桥夜泊[①]

张　继

月落乌啼霜满天[②]，江枫渔火对愁眠[③]。
姑苏城外寒山寺[④]，夜半钟声到客船。

[注释]

① 枫桥：在今江苏省苏州市西部。

② 这句写泊船的时间。

③ 江枫：江边的枫树。渔火：渔船上的灯火。这句写旅夜孤寂的情怀。

④ 姑苏：苏州的别称。因苏州西南有姑苏山而得名。寒山寺：在枫桥下，现为苏州古迹之一。

[简析]

张继是天宝十二年（753）的进士，与皇甫冉、刘长卿交厚。他的诗爽朗激越，不事雕琢，比兴幽深，事理双切，对后世颇有影响，可惜流传下来的不多，而最著名的就是这首《枫桥夜泊》。此诗就似一幅秋夜旅人泊舟图，时间、环境、心绪表现无遗，透过江南水乡秋夜幽美的景色，表达了诗人旅途中孤寂忧愁的思乡之情。尤其，夜半古寺的钟声，将人引入悠远的意境。全诗含蓄、精炼、自然、耐人寻味。张继凭此一诗名留千古，寒山寺也因此名扬天下。

寒　食①

韩　翃

春城无处不飞花②，寒食东风御柳斜③。

日暮汉宫传蜡烛，轻烟散入五侯家④。

[注释]

① 寒食：节令，清明前一二日。

② 春城：春天的城市，这里指长安。花：这里指柳花、柳絮。与下句的御柳相呼应。

③ 御柳：皇帝宫苑中的杨柳。古时，寒食节有折柳插门的习俗。

④ 五侯：汉桓帝时宠幸宦官，封五人为侯。此也说明当时宦官气焰之盛。这两句说，汉时寒食节禁烟火，而朝廷却给五侯家传送蜡烛。此处借汉喻唐。

[简析]

这是一首讽喻诗。寒食节禁火，然而受宠的宦官，却得到皇帝的特赐火烛，享有特权。首二句写仲春景色；后二句暗寓讽喻之情。诗不直接讽刺，只写“传蜡烛”的事实，含隐巧妙，入木三分。蘅塘退士批注：“唐代宦者之盛，不减于桓灵。诗比讽深远。”

月　夜

刘方平

更深月色半人家[①]，北斗阑干南斗斜[②]。
今夜偏知春气暖[③]，虫声新透绿窗纱。

[注释]

① 月色半人家：指月色明亮。

② 阑干：形容星斗横斜的样子。南斗：即斗宿，二十八宿之一，位于北斗之南，故称。

③ 偏：出于意外。知：感觉到。

[简析]

刘方平是天宝时的名士，工诗，善画，才貌双全。曾应进士试，又欲从军，均未如意，从此隐居颍水、汝河之滨，终生未仕，与皇甫冉、元德秀、李颀、严武为诗友。本诗写的是初春月夜黎明前的情景。诗的前两句写环境的幽静。后两句写诗人感觉到春天的气息，听到低微唧唧的虫鸣声，看到第一次“透”进绿色的窗纱——不知不觉中春来了。真是亲切有味，境界全出。

春　怨

刘方平

纱窗日落渐黄昏，金屋无人见泪痕[①]。

寂寞空庭春欲晚[2]，梨花满地不开门[3]。

[注释]

① 金屋：指华美的宫室。无人见：即无人在意关注。

② 春欲晚：即指春天即将过去，也指红颜即将老去。

③ 不开门：与“无人见”相照应。写宫女怨恨之深，但含蓄不露。

[简析]

这是一首十分出新的宫怨诗，意在写宫人因色衰失宠而生怨思。起句写时在黄昏，渲染凄凉气氛；二句写宫人幽闭金屋伤心落泪；三句写环境，满庭空寂，春色迟暮，衬托衰落难堪；四句以落花映心境，“梨花满地不开门”，写出极致，深曲委婉，味中有味。

征人怨

柳中庸

岁岁金河复玉关[1]，朝朝马策与刀环[2]。
三春白雪归青冢[3]，万里黄河绕黑山[4]。

[注释]

① 金河：即黑河，源出内蒙古，流入黄河。玉关：即玉门关，在今甘肃敦煌。

② 马策：马鞭。刀环：刀柄上的环。这里都是用来代指军旅生活。

③ 青冢（zhǒng）：昭君墓，在今呼和浩特市西南。

④ 黑山：即杀虎山，在今呼和浩特市东南。

[简析]

这首诗写的是征人久戍不返的怨思。所谓的“金河”“玉关”

“青冢”“黄河”“黑山”都是戍守之地，可见戍边范围之广和时间之久。岁岁朝朝和征人打交道的无非是“马策”与“刀环”。上半部分写情点题，下半部分借景含情，读来使人愈觉悲怨、凄凉。

宫　词

顾　况

玉楼天半起笙歌[①]，风送宫嫔笑语和。
月殿影开闻夜漏[②]，水精帘卷近秋河[③]。

[注释]

① 天半：指玉楼高耸入云。

② 夜漏：晚上计时的铜壶滴漏。

③ 秋河：指秋夜的银河。

[简析]

顾况是中晚唐诗人，唐肃宗至德二年进士，晚年隐于茅山。顾况与元结同时而略晚，也是一个关心人民疾苦的新乐府诗人。宫词一般是写宫女的哀怨，这首也不例外。前半部分以得宠宫女的笑语和歌，反衬未得宠者的愁苦落寞。后半部分即以工丽的对句暗写其寂寞哀怨而至通宵不寐。章燮云：“此诗不言怨，而怨情显露言外。若无心人安得于夜深时，犹在此间一一闻之，悉而见之明耶?”

夜上受降城闻笛

李　益

回乐峰前沙似雪[①]，受降城外月如霜[②]。
不知何处吹芦管[③]，一夜征人尽望乡[④]。

[注释]

① 回乐峰：回乐县附近的山峰。故址在今宁夏回族自治区灵武县西南。

② 受降城：唐时有中西东三处，这里指西受降城，在今宁夏回族自治区灵武县。

③ 芦管：用芦秆制成的笛管。

④ 尽：全。

[简析]

这首诗写久戍征人的思乡之情。前半部分写景，以绝妙景色写悲凉的战地，为后半部分作铺垫。后半是抒情，写征人在“沙似雪”“月如霜”的边塞闻笛思乡，画龙点睛地露出作意。此外，霜月、芦笛、乡思似构成一幅思乡图，意境颇为感人。

乌衣巷[①]

刘禹锡

朱雀桥边野草花[②]，乌衣巷口夕阳斜。
旧时王谢堂前燕，飞入寻常百姓家[③]。

[注释]

① 乌衣巷：在今南京市区东南，是三国东吴时的禁军驻地，由于当时禁军身着黑色军服，故俗称“乌衣巷”。东晋时王导、谢安两大家族，都居住在乌衣巷，人称其子弟为“乌衣郎”。

② 朱雀桥：秦淮河上的浮桥，在六朝都城金陵正南朱雀门外，为交通要道。乌衣巷即在桥边。

③ 王谢：王导、谢安，晋相，皆世家大族。这两句是说，当年王、谢世家的旧宅子现在已成为普通的民居了。

[简析]

刘禹锡主要活动在中唐，出身于书香门第，政治上主张革新，是王叔文派政治革新活动的中心人物之一。其诗文俱佳，与白居易、李白并称“刘白”，与柳宗元并称“刘柳”。《乌衣巷》是他在唐敬宗宝历二年（826）在金陵凭吊古迹的《金陵五题》之一。这首诗写诗人对盛衰兴败的深沉感慨。朱雀桥和乌衣巷依然如故，但野草丛生，夕阳已斜。荒凉的景象，已经暗含了诗人对荣枯兴衰的敏感体验。后两句藉燕子的栖巢，表达诗人对世事沧桑的慨叹，含蓄深婉。

春　词[1]

刘禹锡

新妆宜面下朱楼[2]，深锁春光一院愁。
行到中庭数花朵，蜻蜓飞上玉搔头[3]。

[注释]

① 春词：春怨之词。诗题一作《和乐天春词》。

② 宜面：脂粉和脸色很相宜。朱楼：即红楼，多指富贵女子的居所。

③ 玉搔头：玉簪。

[简析]

这首诗写春日宫女的愁怨。前两句写宫女新妆虽好，却无人见赏；虽是满院春光，在失意人眼中却是一院深锁不解的愁怨。后两句写寂寞无聊而生烦恼，只好数花解闷；凝神伫立之时，人花相映，蜻蜓作伴，倍显冷落孤寂。构思精巧，写得也委婉含情，神之所到，一位美丽而满怀幽怨的宫女形象如在眼前。

宫　词[①]

白居易

泪尽罗巾梦不成，夜深前殿按歌声[②]。
红颜未老恩先断[③]，斜倚熏笼坐到明[④]。

[注释]

① 宫词：此诗题又作《后宫词》。

② 按歌声：依照歌声的韵律打拍子。

③ 恩：君恩。

④ 熏笼：罩在香炉外面的竹笼。

[简析]

这是一首宫怨诗，此类诗惯用新人受宠来反衬旧人失宠后的凄凉心境，白居易此诗虽是如此，却也有独到之处。俞陛云评此诗艺术特色云："作宫词者，多借物以喻悲，此诗独直书其事，四句皆倾怀而诉，而无穷幽怨，皆在'坐到明'三字之中。""坐到明"与"梦不成"相照应。

赠内人[①]

张　祜

禁门宫树月痕过[②]，媚眼唯看宿鹭窠[③]。
斜拔玉钗灯影畔，剔开红焰救飞蛾[④]。

[注释]

① 内人：玄宗皇帝文采风流，在宫内特设有宜春院和梨园两处教坊，也就是宫廷文艺班子，唐时称这里学艺的伎女为内人，后又泛指宫人。

② 禁门：宫门。

③ 宿鹭窠：指睡有双鹭的窠。这句暗写宫人触景伤情。

④ 红焰：指灯芯头上的火焰。

[简析]

这是一首宫怨诗，但诗人匠心独运，不落窠臼，既不正面描写她们的凄凉寂寞的生活，也不直接道出她们愁肠百转的怨情，只从她们中间一个人在月下、灯畔的两个颇为微妙的动作，折射出她的遭遇、处境和心情。

集灵台 二首

张 祜

其一

日光斜照集灵台①，红树花迎晓露开。
昨夜上皇新授箓②，太真含笑入帘来③。

其二

虢国夫人承主恩④，平明骑马入宫门⑤。
却嫌脂粉污颜色，淡扫蛾眉朝至尊⑥。

[注释]

① 集灵台：即长生殿，在华清宫。

② 上皇：指唐玄宗。新：刚刚。授箓：指唐玄宗下诏令杨玉环出家为女道士事。箓：道家秘文。

③ 太真：杨玉环为道士时的道号。

④ 虢（guó）国夫人：杨玉环的三姐。

⑤ 平明：天刚亮。

⑥ 至尊：这里指唐玄宗。

[简析]

这两首诗一写贵妃，一写她的三姊，都是以写实来侧面讽喻玄宗。最大的特点就是含蓄，它似褒实贬，欲抑反扬，以极其恭维的语言进行着颇为深刻的讽刺，艺术技巧颇为高超。

题金陵渡[①]

张　祜

金陵津渡小山楼，一宿行人自可愁。
潮落夜江斜月里，两三星火是瓜洲[②]。

[注释]

① 金陵渡：渡口名，在今江苏省镇江的长江边，与瓜洲隔江相对。小山楼：渡口附近小楼，作者寄宿之处。

② 瓜洲：在长江北岸，今江苏省邗江县南，与镇江市隔江相对。

[简析]

诗写羁旅夜宿江上的情景，羁旅、山楼、斜月、夜潮，加上两三星火，画面清丽宜人，却极具萧瑟清冷的意味，充盈着无穷的愁绪。有人认为这首诗是诗人至京求官不遂后所作，寄寓怀才不遇、落拓失意之情；也有人以为是写乡愁情思的。寄愁是真，但愁什么，也确实难断。

宫中词

朱庆余

寂寂花时闭院门[①]，美人相并立琼轩[②]。

含情欲说宫中事，鹦鹉前头不敢言[③]。

[注释]

① 寂寂：寂寞冷落。花时：指春花盛开之时。

② 琼轩：对廊台的美称。

③ 这两句是说，宫女敢怒而不敢言，连鹦鹉也得防范，因为鹦鹉是会学舌的。

[简析]

朱庆余，唐敬宗宝历二年（826）进士，官至秘书省校书郎。他诗学张籍，人称“得张水部诗旨”。曾作《闺意献张水部》，据说张籍读后大为赞赏，并回诗作答，赞他“一曲菱歌敌万金。”于是声名大震。

这首宫怨诗写失意宫女无心赏花，虽有心聊聊宫中事，却怕鹦鹉学舌，不敢说出来，只能心照不宣，足见处境的险恶。构思独特，写宫女心事曲尽其妙。

近试上张水部[①]

朱庆余

洞房昨夜停红烛，待晓堂前拜舅姑[②]。

妆罢低声问夫婿，画眉深浅入时无[③]。

[注释]

① 近试：临近考试。张水部：即诗人张藉，曾任水部员外郎。

② 待晓：等到天亮。舅姑：即公婆，丈夫的父母。

③ 入时：谓合时宜。入：切中的意思。无：疑问语气词，相当于“吗”。

[简析]

此诗即是那首《闺意献张水部》，是一首请张籍指教的诗，其实也就是诗人作为参加进士考试的“通榜”，增加中进士机会的。此诗以新娘自喻，而以夫婿喻张籍，以舅姑喻主考官，意即临近考试了，我的作品会符合考官的心意吗？据说张籍读后大为赞赏，写诗回答他说：“越女新装出镜心，自知明艳更沉吟。齐纨为足时人贵，一曲菱歌值万金。”于是朱庆馀声名大震。如果不知道这个背景，我们便只能将它当作一首爱情诗来欣赏，可见唐诗未必只局限于表面上的文字，很多是有寓意的。

将赴吴兴登乐游原[①]

杜　牧

清时有味是无能[②]，闲爱孤云静爱僧。
欲把一麾江海去[③]，乐游原上望昭陵[④]。

[注释]

① 吴兴：郡名，治所在今浙江湖州。乐游原：在长安城南，是唐代长安城内地势最高地。

② 清时：清平时世。

③ 把：持，拿着。麾：旌旗，古时称出守州郡为“建麾”，作者此时将出任湖州刺史，故云。江海：指太湖，湖州地滨太湖。

④ 昭陵：唐太宗李世民的陵墓，在今陕西礼泉县东北。唐太宗重用人才，这里有怀念太宗“贞观之治”的意谓。

[简析]

这首诗是宣宗大中四年（850），杜牧由尚书司勋员外郎出任湖州刺史，将离长安时登乐游原所作。表达了诗人想出守外郡为国出力的抱负。作为当时的宰相之孙，他本可以过清闲自在的贵族生活，可他认为这样是“无能”，所以，“欲把一麾江海去”，去新开发的吴兴施展自己的理想抱负。临行前，诗人登上乐游原，遥望太宗的昭陵，不免追怀盛世，更加激起中兴国家的豪情壮志。诗写得简炼深刻，沉郁含蓄。

赤　壁

杜　牧

折戟沉沙铁未销[①]，自将磨洗认前朝[②]。
东风不与周郎便，铜雀春深锁二乔[③]。

[注释]

① 戟：古代一种兵器。铁未销：指折戟未烂。

② 磨洗：磨光洗净。认前朝：认出戟是东吴破曹时的遗物。

③ 铜雀：即铜雀台，曹操在今河北省临漳县建造的一座楼台，楼顶铸有大铜雀，台上住姬妾歌妓，是曹操暮年行乐处。二乔：三国时吴国的美女，大乔嫁孙策，小乔嫁周喻。

[简析]

这首诗是诗人经过赤壁（今湖北省武昌县西南赤矶山）这个著名的古战场，有感于三国时代的英雄成败而写下的咏史吊古诗。诗的开头二句，借物起兴，慨叹前朝人物事迹。后二句议论说：赤壁大战，周瑜火攻，倘无东风，东吴早灭，二乔也将被虏去，历史就要改观。似是讥讽周瑜成功的侥幸，其实倒不如说是为了诗的精巧构思，抒发了诗人对国家兴亡的慨叹。用语精当，有情有致，气势不凡。

泊秦淮[①]

杜　牧

烟笼寒水月笼沙[②]，夜泊秦淮近酒家。

商女不知亡国恨[3]，隔江犹唱后庭花[4]。

[注释]

① 秦淮：即秦淮河，源出宝华山，流经南京地区，入长江。

② 这句运用的是“互文见义”的写法，烟雾、月色笼罩着水和沙。烟：指像烟一样的雾气。沙：沙滩。

③ 商女：一说商女即歌女，在酒楼或船舫中以卖唱为生的女子。一说即商人妇。

④ 江：这里指秦淮河。长江以南，无论水的大小，口语都称为江。后庭花：即《玉树后庭花》，陈后主亡国之音也。

[简析]

这首诗是即景感怀之作。杜牧前期颇为关心政治，金陵曾是六朝都城，繁华一时，目睹如今的大唐国势日衰，当权者昏庸荒淫，深感社会危机四伏，不免要重蹈六朝覆辙，本就十分忧虑。在这样的背景下，诗人来到秦淮河畔，看到了繁华而迷离的景象，又听到商女演唱亡国之音《玉树后庭花》时，更是愤慨加感伤。由此，我们也可以感受到诗人忧国忧民的情怀。

寄扬州韩绰判官[1]

杜　牧

青山隐隐水迢迢，秋尽江南草未凋。

二十四桥明月夜[2]，玉人何处教吹箫。

[注释]

① 判官：观察使、节度使的僚属。时韩绰似任淮南节度使判官。文宗大和七至九年（833—835），杜牧曾任淮南节度使掌书记，与韩绰是同僚。

② 二十四桥：一说是扬州的二十四座桥，北宋沈括《梦溪笔谈·补笔谈》记载了每座桥的方位和名称。一说是一座桥，即吴家砖桥，又名红药桥，因传说曾有二十四位美女在桥上吹箫而得名。

[简析]

这是一首调笑诗。唐文宗大和七年到九年（833—835）前后，杜牧曾在淮南节度使（使府在扬州）牛僧孺幕中做过推官和掌书记，和当时在幕任节度判官的韩绰相识。杜牧在韩死后作过《哭韩绰》诗，可见他与韩绰交谊之深。此诗是杜牧离开扬州以后，怀念昔日同僚韩绰判官而作。诗的头两句是从山川物候来写扬州，为后面询问韩绰别后的情况作垫衬。后两句借扬州二十四桥的典故，与韩绰调侃，意思是说，你处在东南形胜的扬州，值此深秋之际，在何处教玉人吹箫取乐呢？意境优美，清丽俊爽，情趣盎然。

遣怀

杜牧

落魄江湖载酒行[①]，楚腰纤细掌中轻[②]。
十年一觉扬州梦，赢得青楼薄幸名[③]。

[注释]

① 落魄：漂泊。

② 楚腰纤细：典出《韩非子》："楚灵王好细腰，而国中多饿人。"掌中轻：《飞燕外传》说："赵飞燕体轻，能为掌上舞。"这里都是说扬州歌女体态苗条。

③ 青楼：华丽的楼宇，常被指为妓女的居处。

[简析]

这是诗人追忆扬州岁月之作。杜牧在淮南节度使牛僧儒幕府任推官、掌书记的那两年，居扬州，当时他三十一二岁，颇好宴游。从此诗中也可看出，他与扬州青楼女子多有来往，诗酒风流，放浪形骸。日后追忆，乃有如梦如幻、一事无成之叹。这是诗人感慨人生，自伤怀才不遇之作，正如《唐人绝句精华》所云："才人不得见重于时之意，发为此诗，读来但见其兀傲不平之态。世称杜牧诗情豪迈，又谓其不为龊龊小谨，即此等诗可见其概。"

秋 夕

杜 牧

银烛秋光冷画屏[①]，轻罗小扇扑流萤[②]。
天阶夜色凉如水[③]，卧看牵牛织女星。

[注释]

① 画屏：画有图案的屏风。

② 轻罗：柔软的丝织品。流萤：飞动的萤火虫。

③ 天阶：皇宫里的台阶。一作"天街"，解作天上的街市。

[简析]

这首诗是写一个失意宫女的孤独生活和凄凉心情。首句写秋景，一个"冷"字，暗示寒秋气氛，又衬出主人公内心的孤凄。二句写借扑萤以打发时光，排遣愁绪。三句写夜深仍不能眠，以夜色之凉，暗喻君情之冷。末句借羡慕牵牛织女，抒发心中悲苦。蘅塘退士评曰："层层布景，是一幅着色人物画。只'卧看'两字，逗出情思，便通身灵动。"成为一首脍炙人口的七言绝句。

赠别 二首

杜 牧

其一

娉娉袅袅十三余[1]，豆蔻梢头二月初[2]。
春风十里扬州路，卷上珠帘总不如[3]。

其二

多情却似总无情，唯觉尊前笑不成[4]。
蜡烛有心还惜别，替人垂泪到天明。

[注释]

① 娉（pīng）娉：形容美好的容貌。袅袅：形容体态轻盈。

② 豆蔻：本是一种多年生草本植物，形似芭蕉，初夏开花，二月初正是含苞未放之时。此处喻处女。

③ 这两句是说，繁华的扬州城里，再找不到比她漂亮的女子了。

④ 尊：同“樽”，酒杯。笑不成：因离愁别绪无心言笑。

[简析]

这两首诗是诗人在大和九年（835）调任监察御史离扬州赴长安时，与所爱的妓女分别之作。第一首着重写其美丽，赞扬她是扬州歌女中美艳第一；第二首着重抒写诗人对妙龄歌女的留恋惜别，描绘与她在筵席上难分难舍的情怀。就诗而论，表现的感情还是很深沉、真挚的。杜牧为人刚直有节，敢论列大事，却也不拘小节，好歌舞，风情颇张，本诗亦可见此意。

金谷园[①]

杜　牧

繁华事散逐香尘[②]，流水无情草自春。

日暮东风怨啼鸟，落花犹似坠楼人[③]。

[注释]

①金谷园：晋石崇的豪华宅第，故址在今河南洛阳。

②香尘：石崇为教练家中舞妓步法，以沉香屑铺象牙床上，使她们践踏，无迹者赐以珍珠。

③坠楼人：指绿珠。据《晋书·石崇传》载，石崇有爱妾名绿珠，美艳聪慧，权臣孙秀使人求之……崇勃然曰："绿珠吾所爱，不可得也。"孙秀闻之大怒，矫诏逮捕石崇。崇谓绿珠曰："我今为尔得罪。"绿珠泣曰："当效死于君前。"因自投于楼下而死。

[简析]

本诗写诗人见到过去西晋富豪石崇的金谷园早已繁花不见，一片荒凉，不禁顿生沧桑之感，对其爱姬绿珠的身死也寄予悲悼和同情。句句写景，却层层深入，景中不但有人，而且含情，写景意味隽永，抒情凄切哀婉。

夜雨寄北

李商隐

君问归期未有期，巴山夜雨涨秋池[①]。

何当共剪西窗烛[②]，却话巴山夜雨时[③]。

[注释]

①巴山：泛指巴蜀境内的山。

② 何当：犹何时能够。共剪西窗烛：在西窗下共剪烛蕊，使灯火更明。

③ 却话：回忆、追溯过去而谈起。却：回溯。

[简析]

此诗是李商隐在梓州（今四川三台县）柳仲郢幕中寄赠长安友人之作；又说题作《夜雨寄内》是写给妻子的。并说就诗的内容看，按“寄内”解，便情思委曲，悱恻缠绵；作“寄北”看，便嫌细腻恬淡，未免纤弱。不管寄谁，总之，诗人是以眼前之景预期将来，后两句即设想来日重逢谈心的欢悦，反衬今夜的孤寂。语浅情深，含蓄隽永。

寄令狐郎中

李商隐

嵩云秦树久离居[①]，双鲤迢迢一纸书[②]。
休问梁园旧宾客[③]，茂陵秋雨病相如[④]。

[注释]

① 嵩云秦树：嵩山的云，作者自喻，他当时在洛阳；秦地的树，喻令狐绹，他当时在长安。

② 双鲤：指书信。典出《古诗》：“客从远方来，遗我双鲤鱼。呼儿烹鲤鱼，中有尺素书。”

③ 梁园：故址在今河南商丘，西汉梁孝王在此修建宫室苑囿，招待宾客。司马相如当时就在梁王门下待过，并著了《子虚赋》。这里以梁园喻令狐楚招客之地，以司马相如自喻。

④ 茂陵：今陕西兴平县东北，以汉武帝陵墓而得名。病相如：司马相如曾因病，被免去孝文园令，住于茂陵。作者这时也正卧病洛阳。

[简析]

早期，李商隐因文才而深得牛党要员令狐楚（令狐绹之父）的赏识，后因李党的王茂元爱其才而将女儿嫁给他，故而遭到牛党的排斥。此后，李商隐便在牛李两党争斗的夹缝中求生存，辗转于各藩镇幕府当幕僚，一生郁郁不得志。这首诗是诗人于武宗会昌五年（845）闲居卧病洛阳时，寄给长安故友令狐绹的。令狐绹这时正任右司郎中。诗藉感谢故人关心之名以修好，意在不言，但用典非常贴切。首句写嵩山与秦川远隔，各在一方，以各自所见的“云”和“树”，寄寓思念；二句写收到书信后心中的感慰；三、四句写自己的境况，以因病免职闲居茂陵的司马相如自比，倾诉潦倒多病、寂寞无聊的心情。此诗尤贵在态度不卑不亢，而又颇具情致。

为有

李商隐

为有云屏无限娇①，凤城寒尽怕春宵②。
无端嫁得金龟婿③，辜负香衾事早朝④。

[注释]

① 云屏：以云母饰制的屏风。

② 凤城：指京城。

③ 金龟：唐朝大官原配金鱼袋，武则天即位改配金龟袋。

④ 衾（qīn）：被子。

[简析]

这首诗大约作于会昌六年（846）至大中五年（851）之间，即李德裕罢相以后，诗人妻王氏去世之前。这段时间李商隐个人和家庭的处境都十分艰难。李商隐一生长期沉沦幕府，落魄江湖，不是他没有才能，或有才能得不到赏识，而是与不幸卷入牛李党争的漩涡有关，以致成为朋党之争的牺牲品。“怕”为诗眼，一个“怕”字风波顿起；“无端嫁得金龟婿”与王昌龄“悔教夫婿觅封侯”和李益的“早知潮有信，嫁与弄潮儿”似是异曲同工，但更显苦涩与沉重。

隋　宫[①]

李商隐

乘兴南游不戒严[②]，九重谁省谏书函[③]。
春风举国裁宫锦[④]，半作障泥半作帆[⑤]。

[注释]

① 隋宫：指隋炀帝在江都（今江苏扬州）所建的江都、显福、临江等行宫。

② 戒严：此句是说隋炀帝骄横无忌，毫无戒备。

③ 九重：指皇帝居住的深宫。省：明察，理会。谏书函：给皇帝的谏书。《隋书·炀帝纪》载：隋炀帝巡游，大臣上表劝谏者皆斩之，遂无人敢谏。

④ 宫锦：供皇家使用的高级锦缎。

⑤ 障泥：即马鞯（jiān），垫在马鞍下面，两边下垂至马蹬，用来挡泥土。这后两句是说，正当春天农忙时节，全国百姓却被迫为皇帝南巡裁宫锦，一半用作马鞯，一半用作船帆。

[简析]

这首诗写隋炀帝骄横无忌、一意孤行地奢侈游幸，以致误己误国。盲目自大、疏于戒备、不听劝谏、妨害农时、以天下奉一人，独夫民贼的形象就这样活画出来。全诗无一议论之语，而讽喻之意即含在其中。

瑶 池

李商隐

瑶池阿母绮窗开[①]，黄竹歌声动地哀[②]。
八骏日行三万里[③]，穆王何事不重来[④]。

[注释]

① 瑶池：我国古代神话中的西方地名。阿母：即西王母，《穆天子传》记载，周穆王西游昆仑山，与西王母会宴于瑶池，临别对歌，相约三年后再来，但不久便死了。绮窗：雕饰精美的窗户。这句写西王母在瑶池开窗等待穆王。

② 黄竹：地名。《穆天子传》载，周穆王在黄竹路上见风雪冻死人，便作诗哀之。

③ 八骏：传说周穆王有八匹骏马，可日行三万里。

④ 穆王：西周人，姓姬名满，传说他曾周游天下。

[简析]

有人说这是一首情诗，反映了神仙也渴望爱情，但此言似并不可信。要知道，晚唐迷信神仙之风极盛，最高统治者尤最，好几位皇帝因服用丹药妄求长生而丧命，误己误国。李商隐此诗借虚构西王母念穆王的情节，意谓连西王母所忆念的穆王尚且无法起死回生，重游瑶池，徒留黄竹哀歌供后人凭吊，你们这些皇帝又何必妄想长生呢？

嫦 娥

李商隐

云母屏风烛影深[①]，长河渐落晓星沉[②]。
嫦娥应悔偷灵药，碧海青天夜夜心[③]。

[注释]

① 云母屏风：嵌着云母石的屏风。此言嫦娥在月宫居室中独处，夜晚唯烛影和屏风相伴。烛影深：烛光逐渐暗淡，映在屏风上的烛影愈发凝重。

② 长河：指银河。渐落：逐渐向西沉下。

③ 夜夜心：夜夜的心情都是痛苦的。

[简析]

传说嫦娥是帝喾的女儿，后羿的妻子，也称姮娥，美貌非凡，因偷吃了后羿从西王母那里求得的不死之药而奔入月宫，成为月中仙女。这首诗借想象嫦娥在月宫中的孤单寂寞，通宵独坐，难以成眠，水到渠成地引出“应悔偷灵药”，可见问道求仙未必如当初所向往的那般快乐逍遥。虽无半句议论，但思想却很深刻。

贾　生

李商隐

宣室求贤访逐臣[①]，贾生才调更无伦[②]。
可怜夜半虚前席[③]，不问苍生问鬼神。

[注释]

① 宣室：汉未央宫前殿正室，这里指代汉文帝朝廷。逐臣：被贬谪、放逐的臣子。

② 才调：才气。无伦：无与伦比。

③ 虚前席：古人席地而坐，这里指文帝不由自主地在坐席上移膝靠近贾谊。贾谊曾被贬为长沙王太傅，后来文帝又把他召回长安，可是倾心询问的却不是天下大事，而是荒诞的鬼神之事。

[简析]

贾谊是西汉名士，才高志大。汉文帝说是访求贤臣，可是夜半倾谈的却是神鬼之事，并非关乎苍生的国家大事。这首诗讽刺汉文帝徒有求贤之名，而无求贤之实。其实，诗人也是在针砭时弊，讽喻现实，从而寄寓自己怀才不遇之感。

瑶瑟怨[①]

温庭筠

冰簟银床梦不成[②]，碧天如水夜云轻。
雁声远过潇湘去[③]，十二楼中月自明[④]。

[注释]

① 瑶瑟：对瑟的美称。

② 冰簟（diàn）：清凉的竹席。银床：指洒满月光的床。

③ 潇湘：二水名，即潇水和湘江，在今湖南境内。

④ 十二楼：原指神仙的居所（见薛逢《宫词》注），此处指闺楼，思妇所居之处。

[简析]

这首诗是写闺怨的。瑟声悲怨，相传“泰帝使素女鼓五十弦瑟，悲，帝禁不止，故破其瑟为二十五弦”（《汉书·郊祀志》）。所以，在古代诗歌中，它常和别离之悲相关联。题名“瑶瑟怨”正暗示诗所写的是女子别离的悲怨。全诗没有透出一个“怨”字，只描绘清秋的深夜，主人公寂寞难眠而鼓瑟听瑟的各种感受。蘅塘退士评曰：“通首布景，只‘梦不成’三字露怨意。”

马嵬坡[①]

郑　畋

玄宗回马杨妃死[②]，云雨难忘日月新[③]。
终是圣明天子事，景阳宫井又何人[④]。

[注释]

① 马嵬（wéi）坡：在今陕西兴平市西，是杨贵妃缢死的地方。

② 回马：指安史之乱平定后，唐玄宗由蜀地返回长安。

③ 云雨：宋玉《高唐赋》述楚王梦遇巫山神女，神女自称“旦为朝云，暮为行雨”。后用指帝王艳遇及男女欢会。日月新：指安史之乱后，玄宗已然退位，肃宗即位，国家已非昔日的国家，天子已非昔日的天子。

④ 景阳宫井：故址在今江苏省南京市玄武湖边。南朝陈后主听说隋兵已经攻进城来，就和宠妃张丽华、孙贵嫔躲在景阳宫井中，结果还是被隋兵俘虏。这里二者对比，有褒玄宗贬后主之意。

[简析]

郑畋（tián）是唐武宗会昌二年（842）进士及第，后因拒黄巢有功，授检校尚书左仆射。这是一首咏史诗。天宝十五年（756）六月，安史乱军攻陷潼关，长安危及，玄宗仓皇奔蜀。道经马嵬坡，六军驻马哗变，杀奸相杨国忠，逼玄宗赐死杨贵妃，即为马嵬事变。诗的前两句写玄宗“回马长安”时，杨妃死已多时，意谓“重返”长安是以杨妃的死换来的。旧情虽难忘，但日月换新天，往事不堪回首。后两句以唐玄宗与陈后主并提作比，对玄宗有所婉讽，亦有所体谅，可谓能“出己意”又“用意隐然”，是咏史诗中的佳作。

已凉

韩偓

碧阑干外绣帘垂[①]，猩色屏风画折枝[②]。

八尺龙须方锦褥[③]，已凉天气未寒时。

[注释]

① 阑干：同“栏杆”。

② 猩色：猩红色。折枝：花卉画的一种技法，画枝而不带根，断如折枝的样子。

③ 龙须：这里指用龙须草织成的席子。

[简析]

韩偓（wò）是唐末诗人，十岁能诗，被李商隐赞为“雏凤清于老凤声”，曾得唐昭宗倚重，欲拜相，固辞不受。韩偓有《香奁（lián）集》，里面有许多反映男女情爱的诗歌，这是最为脍炙人口的一篇。此诗构思精巧，笔意含蓄，通过对一间华丽精致的金闺绣户和一年中最舒适的“已凉未寒时”的描绘，点染了深闺绣阁中的主人公渴望爱情生活的情怀。给人一种舒适温馨的感觉，不露情思却引人遐想。

金陵图

韦　庄

江雨霏霏江草齐[①]，六朝如梦鸟空啼[②]。
无情最是台城柳[③]，依旧烟笼十里堤[④]。

[注释]

① 霏霏（fēi）：形容雨细密的样子。

② 六朝：指吴、东晋、宋、齐、梁、陈。金陵为此六朝的都城。

③ 台城：也称苑城，在南京玄武湖边，原为六朝时城墙。

④ 笼：覆罩着。

[简析]

这是一首题画之作，诗人看了描写南朝史事的彩绘，有感于心，挥笔题下了这首诗。《金陵图》画的是六朝故事，而六朝都建都于金陵。这位画家并没有为南朝统治者粉饰太平，而是表现了它的凄凉衰败，使人看到三百年间的金陵，并非什么郁郁葱葱的帝王之都。生当唐末的诗人韦庄，更是从画面上的老木寒云、危城破堞，感受到浓浓的凄凉之意和沧桑之感，并将这种感觉融入此诗。

陇西行[①]

陈 陶

誓扫匈奴不顾身，五千貂锦丧胡尘[②]。
可怜无定河边骨[③]，犹是春闺梦里人[④]。

[注释]

① 陇西行：古乐府旧题。古时陇西亦称陇右，泛指今甘肃宁夏陇山以西的地方，当时为边地。

② 貂锦：汉时羽林军着貂裘锦衣，这里借指大唐的出征将士。丧胡尘：在与胡人作战中丧失生命。

③ 无定河：源出内蒙古鄂尔多斯，流经陕西，汇入黄河。

④ 春闺：这里指战死者的妻子。

[简析]

陈陶，中晚唐人，早年游学长安，研究天文学，于诗也颇有造诣。举进士不第，遂耽情于山水之间，终身处士。其诗多为旅途题咏或隐居学仙之词。这首《陇西行》反映了唐代长期的边塞战争给人民带来的痛苦和灾难。尤其后两句以“无定河边骨”与“春闺梦里人”比照，诗情凄楚，读来令人心酸。

寄 人

张 泌

别梦依依到谢家[①]，小廊回合曲阑斜[②]。
多情只有春庭月，犹为离人照落花[③]。

[注释]

① 谢家：此指梦中人的所居之处。白居易《奉和裴令公新成午桥庄绿野堂即事》有："花妒谢家妓，兰偷荀令香。""谢家"或本此。曹操的谋士荀彧官居尚书令，故称荀令，据说他嗜爱香气，身带之，所坐之处，香气三日不散。

② 回合：回环、回绕。这句是写梦中所见景物。

③ 这两句写梦醒后的孤寂心情和凄清景色。

[简析]

张泌事南唐为内史舍人。李良年《词坛纪事》说他"初与邻女浣衣相善，作《江神子》词。……后经年不复相见，张夜梦之，写绝句云云。""绝句"即《寄人》，原作共两首，此为第一首。首句写入梦之因，次句写梦中之景，三、四句写梦后触景伤情，情韵深婉。

杂诗

无名氏

近寒食雨草萋萋①，著麦苗风柳映堤②。
等是有家归未得③，杜鹃休向耳边啼④。

[注释]

① 近寒食雨：接近寒食节的雨，即"雨近寒食"的倒装。

② 著麦苗风：附着麦苗的风，即"风著麦苗"的倒装。著：有吹拂的意思。

③ 等是：到底是，真是，含慨叹意。

④ 杜鹃：鸟名，即子规，鸣声如说"不如归去"，能动旅客归思。

[简析]

这是歌咏游客居外不得返乡之情的诗。意思是说节令转换，季节新来，但自己依然羁旅漂零，听杜鹃啼血更为伤感，所以说你别再对着我的耳朵叫了，实在受不了啊。大有"每逢佳节倍思亲"之慨。

乐府

渭城曲

王　维

渭城朝雨浥轻尘[1]，客舍青青柳色新[2]。
劝君更尽一杯酒，西出阳关无故人[3]。

[注释]

① 渭城：就是咸阳，今天的陕西省西安市。浥：湿润。

② 客舍：旅馆。

③ 阳关：古关名，在甘肃省敦煌西南，由于在玉门关以南，故称阳关，是出塞必经之地。

[简析]

这首《渭城曲》又叫《送元二使安西》，是王维晚年之作，其创作年代当在"安史之乱"以后。当时的社会，各种民族冲突加剧，唐王朝不断受到来自西面吐蕃和北方突厥的侵扰。此诗是诗人送友人即将奔赴安西时所作，与此同期的诗作还有《送张判关赴河西》《送刘司直赴安西》等。这首诗语言朴实，形象生动，道出了人人共有的依依惜别之情。唐时即被谱成《阳关三叠》，成为饯别的名曲并编入乐府，历代广为传诵。

秋夜曲

王　维

桂魄初生秋露微[1]，轻罗已薄未更衣[2]。
银筝夜久殷勤弄[3]，心怯空房不忍归。

[注释]

① 桂魄：代指月亮。传说月中有桂树，高五百丈；有个叫吴

刚的人因学仙犯过错误，被罚在月中砍桂树，随砍随合。

② 轻罗：细软轻薄的丝织品，多用制夏衣。更衣：指换上厚暖的衣服。

③ 弄：弹奏。

[简析]

本题属乐府《杂曲歌辞》，是一首婉转含蓄的闺怨诗，写女子在天气转凉的初秋月夜衣着单薄、深夜独自弹琴，表现她独守空房、思念丈夫的怨情。语极委婉，情极细腻，结句尤其精妙。

长信怨①

王昌龄

奉帚平明金殿开②，暂将团扇暂徘徊③。
玉颜不及寒鸦色，犹带昭阳日影来④。

[注释]

① 长信怨：属乐府《相和歌·楚调曲》。据《汉书》记载，汉成帝早先最宠班婕妤，后来又宠爱赵飞燕姐妹，婕妤感到处境危险，便请求到长信宫去侍奉太后。长信宫：汉朝太后所居之地。

② 奉帚平明：意为清早殿门一开，就持着扫帚在打扫。

③ 团扇：相传班婕妤有《团扇诗》也叫《怨歌行》："新裂齐纨素，鲜洁如霜雪。裁为合欢扇，团团似明月。出入君怀袖，动摇微风发。常恐秋节至，凉飙夺炎热。弃捐箧笥（qiè sì）中，恩情中道绝。"以团扇的秋凉不用，比喻失宠被弃。

④ 这两句是说，班婕妤自叹失宠憔悴，比不上寒鸦的颜色，因为寒鸦从昭阳宫飞来，还带着太阳的光彩。玉颜：洁美如玉的容颜。日影：指阳光，又暗喻皇帝的恩宠。

[简析]

这首宫怨诗是借咏汉班婕妤而慨叹宫女失宠的。诗中前两句写班婕妤捧帚打扫宫殿时的偷闲和沉思，表现她孤寂无聊的心情，哀叹她如同团扇的命运。后两句以寒鸦作比，写她貌美却反不及寒鸦的怨情。寒鸦尚能从皇帝身边飞过，分享皇帝恩德，而自己幽处深宫已不及它，相比之下更见宫人命运之悲。全诗构思奇特，意蕴悠远，后两句写得尤为微妙传神。

出　塞[①]

王昌龄

秦时明月汉时关[②]，万里长征人未还。
但使龙城飞将在[③]，不教胡马度阴山[④]。

[注释]

① 出塞：乐府古题，属《横吹曲》。也是唐代诗人写边塞生活常用的题目。

② 这句为互文见义，即明月仍是秦汉时的明月，关塞仍是秦汉时的关塞。

③ 但使：只要。龙城飞将：并非指一人，实指卫青、李广，也泛指戍边名将。龙城：是匈奴的圣地，汉朝大将军卫青曾奇袭龙城，后与匈奴作战七战七胜。李广也是勇猛善战，匈奴称其为“汉之飞将军”。

④ 胡马：指西北少数民族入侵的骑兵。阴山：在今内蒙古境内，是我国古代防备匈奴的天然屏障。

[简析]

这首《出塞》应当是王昌龄早年赴西域时所作。诗人抓住月照关塞的典型环境，极具概括地从秦汉时代的边境战争写到唐代，希望朝廷起用良将，早日平息边塞战事，使人民过上安定的生活。王昌龄所处的时代，正值盛唐，这一时期唐在对外战争中屡屡取胜，全民族的自信心极强，故边塞诗人的作品中，多能体现一种慷慨激昂的向上精神和克敌制胜的强烈自信。全诗音韵铿锵，气势雄浑壮阔，悲壮而不凄凉，慷慨而不浅露，被称为唐人七绝的压卷之作。

清平调 三首

李 白

其一

云想衣裳花想容[①]，春风拂槛露华浓[②]。
若非群玉山头见[③]，会向瑶台月下逢[④]。

其二

一枝红艳露凝香[⑤]，云雨巫山枉断肠[⑥]。
借问汉宫谁得似，可怜飞燕倚新妆。

其三

名花倾国两相欢[⑦]，常得君王带笑看。
解释春风无限恨[⑧]，沉香亭北倚阑干[⑨]。

[注释]

① 这句说看到云彩便想到杨妃的衣裳，看到花朵便想到杨妃的容貌。

② 槛：栏杆。露华：带露之花。

③ 群玉：山名。《山海经》说，群玉之山为西王母所居之处。

④ 会：应。瑶台：传说在昆仑山上，西王母的宫殿。这句与

上句是赞杨贵妃的美貌，只有仙界才得见。

⑤ 这句写牡丹，以牡丹比杨妃之貌。秾（nóng）：花木茂盛。

⑥ 这句以楚王衬托玄宗，含有古人不及今人之意。

⑦ 名花：指牡丹，唐朝贵族特别看重牡丹。倾国：这里指杨妃。

⑧ 这句是说，君王所爱的名花和美人，能释解心中所有的愁闷怅恨。解释：消释。

⑨ 沉香亭：在唐兴庆宫龙池东北。

[简析]

这三首《清平调》（乐曲宫调中的一种）大概是天宝二年(743）春天，李白在长安为翰林供奉时所作。当时，唐明皇与杨贵妃在沉香亭观赏牡丹，特命李白作新乐章，于是有此三章。第一首从侧面写出杨贵妃的貌美如花；第二首头一句仍以花喻人，与上一首钩连呼应，紧接着以巫山神女和汉宫飞燕来烘托，说她们也未必如现实中的美人；第三首点明妃子和牡丹都常得君王宠爱，有了他们，所有的愁绪都能解除。诗属歌咏宫廷帝妃生活的艳体诗，虽无太大社会意义，但辞藻华丽、艺术手法高明。

凉州词[1]

王之涣

黄河远上白云间，一片孤城万仞山[2]。
羌笛何须怨杨柳[3]，春风不度玉门关[4]。

[注释]

① 凉州词：诗题又作《出塞》，为当时流行的一首曲子《凉州》配的唱词。郭茂倩《乐府诗集》卷七十九《近代曲词》载有《凉州歌》，并引《乐苑》云：“《凉州》，宫调曲，开元中西凉府都

督郭知运进”。凉州，属唐陇右道，治所在姑臧县（今甘肃省武威市凉州区）。

② 孤城：这里指玉门关。仞：古代的长度单位，一仞相当于七尺或八尺，这里是极言其高。

③ 羌笛：我国古代西方羌人所吹的笛子。古羌族主要分布在甘、青、川一带。杨柳：古人有临别折柳送行的习俗，古诗文中常以杨柳喻送别情事。羌笛吹奏的《折杨柳》也是怀乡怨别的曲调，歌词曰：“上马不捉鞭，反拗杨柳枝。下马吹横笛，愁杀行客儿。”《诗经·小雅·采薇》更有：“昔我往矣，杨柳依依。”

④ 玉门关：汉武帝置，因西域输入玉石取道于此而得名。故址在今甘肃敦煌西，是古代通往西域的要道。

[简析]

这是一首雄浑苍凉的边塞诗。诗人把目光由近向远，描绘出水天相接、山天相连的奇景和“一片孤城”隐约可见的独特画面。然而，这样萧索、荒凉的塞外，春风吹不过来，皇帝的恩泽也不能及此，戍边将士的疾苦可想而知。据《集异记》记载：玄宗开元年间，王之涣与高适、王昌龄到酒店饮酒，遇梨园伶人唱曲宴乐，三人便以伶人演唱各自诗作情况定诗名高下。结果三人的诗都被唱到了，而诸伶中最美的一位女子所唱就是“黄河远上白云间”。其事未必实有，但表明王之涣这首《凉州词》在当时已成为广为传唱的名篇。

金缕衣[①]

无名氏

劝君莫惜金缕衣，劝君惜取少年时[②]。

花开堪折直须折[③]，莫待无花空折枝[④]。

[注释]

① 金缕衣：缀有金线的衣服，比喻荣华富贵。

② 惜取：珍惜。

③ 堪：可以，能够。须：应该。

④ 莫待：不要等到。

[简析]

《金缕衣》是中唐时的一首流行歌词。据说元和时镇海节度使李锜酷爱此词，常命侍妾杜秋娘在酒宴上演唱。歌词的作者已不可考。这首诗作或许在艺术上并非最上乘，但“爱惜时光”的主旨和致意殷勤的劝语，无论如何都足以令人感慰并引起共鸣。有一种歌词，单纯而不单调，虽简单到一两句话，但反复咏唱，亦能余音绕梁，这首《金缕衣》就是，尤其贵在它的立意，唐诗三百首以此作结，也是编者劝人及时进取，不要“白了少年头，空悲切”。